D1664972

Die Kinder von Wien

DIE ANDERE BIBLIOTHEK

Begründet von Hans Magnus Enzensberger

Herausgegeben von
Klaus Harpprecht und Michael Naumann

Robert Neumann

Die Kinder von Wien

Roman

Mit einem Nachwort
von Ulrich Weinzierl

Eichborn Verlag
Frankfurt am Main 2008

Ich weiß, ich weiß. Schwer, daß man es eindeutscht. Aber wie ich es damals auf englisch schrieb, damals vor dreißig Jahren – war es da wirklich englisch? Es war nicht. So haben diese Besprisorni eben gesprochen, diese übriggebliebenen Kinder, trotzdemnochimmerlebendig aus allen Lagern, HJ-Schulungslager und DP-Durchgangslager und Werwolfausbildungslager und KZs, zueinandergefunden, weil sie allein waren, zusammen ist es wärmer. Sie haben deutsch gesprochen, gemischt mit Jiddisch, gemischt mit American Slang und Popolski und Russian Slang, damals, dort, in dem Keller in Wien. Es kann aber auch ein anderer Keller gewesen sein anderswo, es kann jeder Keller gewesen sein überall, damals Anno fünfundvierzig, jenseits von dem Meridian der Verzweiflung.

Fragt sich: Wozu eindeutschen, überhaupt? Für die Gestorbenen ein Denkmal in diesem Buch – vielleicht am besten auch ein Denkmal für die Sprache von den Gestorbenen? Gelebt haben sie nur kurze Zeit, aber mehr Zeit haben sie eben nicht gehabt, für sie war diese kurze Zeit ihre Ewigkeit. Und die Lebendiggebliebenen – wo?

Jid, vielleicht ist es ihm gelungen nach Israel und ist inzwischen aufgewachsen und gefallen gegen die Araber? Oder es ist ihm gelungen in die United States, President of the United Baby Doll Toys Corporation, und nur noch in seinem Slumberland Luxury Bed schlägt er im Traum um sich, er hat viele Alpträume, deshalb geht er zum Psychoanalyst.

Ewa wahrscheinlich eine Bäckersfrau mit sechs Kindern, Großbäckereigattin, sie sitzt an der Kasse. Außer sie ist damals wirklich professionell gegangen, ohne Büchel, auf-ab jahrein-jahraus, seit vierzig Jahren noch immer stattlich mit Gspaßlaberl und Doppelkinn, erst unlängst hat sie sich zurückgezogen auf Garderobentoilettedame im Opernkaffeehaus.

Goy, der mit den Russen gegangen ist, von ihm weiß man nichts. Towarisch Iwan Iwanowitsch Goy vielleicht, Aktivist in Magnetogorsk?

Und the Reverend Hoseah Washington Smith? Ach, the Reverend. Für ihn war es am bittersten. Später ein Mitarbeiter des Reverend Martin Luther King. Smith, vielleicht lebt er immer noch. Trotz der verminderten Lebenserwartung von so einem in den United States.

Nein, es war ihre Welt, ihre Sprache in jenem Augenblick ihrer Ewigkeit. Am besten, man deutscht nicht ein.

Erster Teil

1

Ein feiner Platz! Die Augen angepaßt an das Zwitterlicht, schaut er nicht aus wie ein Keller. Wahrscheinlich hat man gestützt, damit man heruntergehn kann in einem Luftalarm, Gasalarm oder was weiß ich. Das ist, warum es nicht alles zusammengequetscht hat, wie das Haus daraufgestürzt ist. Komisch, ein ganzes Haus fällt herunter auf das eigene Kellergewölb, und nicht ein Loch, nicht ein Riß. Der wirkliche Eingang ist natürlich geblockt, Mauertrümmer mit gesplitterten Balken, die ganzen Stufen herauf zur Straße verschüttet. Nur Licht kann durch dazwischen. Und Luft. Heißt aber nicht, einer geht vorüber und bleibt stehn und schaut. Man geht weiter, man denkt: Getrümmert. Aus.

Nicht zu glauben, was alles vorübergeht, Tag und Nacht. Es war früher nicht eine Hauptgasse. Erst nachdem die richtige Hauptgasse geblockt war von dem Volltreffer, haben sie begonnen und gehn da vorbei. Schaut man herauf von unten, was sieht man? Füße gehen nach Westen, Füße gehen nach Osten. Sandalen, Schuh, neue Militärstiefel, oder alte Stiefel, oder ganz alte Stiefel die auseinanderfallen, wenn man sie nicht zubindet mit einem Strick. Ein paar Räder dazwischen, Schiebkarren Ziehkarren Kinderwagen, was der Ami dazu sagt es heißt a Pram.

Das Geräusch dazu. Straßenlärm – aber nicht einmal ein richtiger Straßenlärm. Prams und Handwagen, anderes fährt nicht. Kein Geschrei kein Gered, alles hat sich längst ausgeschrien und ausgeredet. Nur das Geräusch wie man geht. Ein Geräusch – man hat aus ihm die Innereien herausgenommen, so hohl ist es. Von unten, vom Keller, wundert es einen: Es klingt die ganze Zeit verschieden und klingt doch dasselbe die ganze Zeit.

Höher herauf, so hoch wie ein Dachbodenfenster vielleicht von dem Haus, das nicht mehr da ist, könnte man die Sofien-kirche gesehen haben – wie weit? Zwei Revolverschuß weit, drei Revolverschuß, nicht mehr. Das steile Kirchendach ein-gedrückt. Ein Mann mit der Drehorgel irgendwo in einer von den kleinen Gassen, man sieht ihn nicht, man hört nur die Musik. Wie – einst – Lilimarleen.

Der Eingang geblockt, aber um die Ecke sind zwei Fenster gegen was früher der Hinterhof gewesen ist. Das eine Fenster ist weg, mit Brettern darüber genagelt, aber so schlau, daß man nur wissen muß wie, dann kann man dort heraus-herein über Balken und Kisten zum Klettern hingelegt. Das andere Fenster ist ganz. Ein richtiges Fenster mit richtig Glas und vor ihm ein Eisengitter. Schaut man es an, kommt einem vor es ist Frieden, so total ganz wie das Fenster ist. Schaut man von unten herauf, war dort früher der Hinterhof. Dort liegen Trümmer. Mit Schnee drauf. Schaut man von dort oben hin-unter, müssen erst die Augen sich angewöhnen bevor man sieht, was für ein feiner Platz dort unten der Keller ist.

Die zwei Männer oben stehen nicht vor dem Fenster, sie stehen vorn auf der Straße, wo der geblockte Eingang ist. Von unten sieht man von den beiden nur die untere Hälfte, mit vielen Menschen dahinter hin und her. Die Schuh von den zwein sind so man schmeißt sie am besten weg und han-delt bessere wenn man etwas zum Handeln hat. Komplette zwei Minuten schrein die zwei, erst jetzt stoppen sie.

»Was is los«, sagt Jid leise ganz hinten in dem Keller. Er ist ein Jiddisch Kind mit einem langen deutschen jiddischen

Namen, erster Name zweiter Name alles komplett, man kann es nicht gebrauchen, es ist zu lang. »Was is los? Was wollen sie?«

Er ist dreizehn, klein wie zehn, mit Augen ungeglänzt wie ein Mann von fünfunddreißig oder fünfundfuffzg. Dazu prima angezogen mit einer pelzgefütterten Kraftfahrerjacke, die aber um ihn herumhängt wie ein Schlafrock, so groß ist sie. Von den Ärmeln hat er ein Stück geschnitten, damit er frei ist mit den Händen.

Seine Hände sind lang mit dünnen Fingern immer in Bewegung, man glaubt Krabben Spinnen Schlangen was weiß ich, so bewegliche Hände hat der. Sagt er:

»Ich bin in meinem Zimmer gewesen, darum hab ich nicht gleich gehört. Was is los?«

Der Junge zu dem er spricht ist sieben, oder ist neun, oder er ist sechs. Mit blonden Krausen oder Curls oder wie sagt man, blonde Locken mein Ehrenwort daß man lachen muß, es ist wie ein Mädel. Er ist eingewickelt in eine Decke. Pferdedecke. Es schaut aus, es ist ihm warm. Darum vielleicht hat er sich nicht bewegen wollen. Sitzt hinten im Keller auf der Bank ganz hingewickelt und raucht einen Tschik, eine Zigarett. Dort ist er gesessen vielleicht schon die ganze Zeit.

»Was is los? Nix is los«, sagt er schläfrig. »Nur ein Geschrei.« Schaut herunter auf das Handwagel neben sich. »Ich hab schon geglaubt sie wecken das Kindl auf.«

»Mit was hast du sie zugedeckt? Mit Papier?«

»Das is die Zeitung von voriger Woche«, sagt Curls. »Begräbnisspielen.« Hebt das Blatt auf, liegt darunter ein Girl so winzigklein, mit einem Gesicht so groß man glaubt der Mond.

Sagt Jid: »Sie schläft nicht.« Ihre Augen sind weit offen. »Nein!« – Curls deckt sie wieder zu mit der Zeitung. »Sie will das so. Ist warm. Begräbnisspielen.«

Jid: »Sie hat die Augen offen.«

Die zwei Männer draußen, in dem Moment fangen sie wieder an und schrein.

Curls: »Laß sie schrein. Das ist der Mann vom Bezirksrat.« Gibt Jid einen leisen Lacher.

Die Füße oben von den Männern, weg sind sie. Dann sieht man sie auf der anderen Seite im Hof, dort steigen sie über die Trümmer. »Suchen das Fenster.«

»Ja«, sagt Curls, schläfrig. Bewegt sich nicht, gewickelt in die Decke.

Jid: »Goy, wenn er zurück sein würde vom Markt, würde er ihnen zeigen. Aber den Panzerknacker hätt er abliefern sollen. Feuerwaffen geben sie eine Woche Zeit daß man abliefert. Zu spät jetzt.«

»Ja.«

»Aber hängen tun sie nicht. Nicht mehr. Kinder nicht. Und Goy kann nicht lesen, also kann er sich verteidigen er hat nicht gewußt. Aber für die zwei dort draußen genügt seine Fäuste. Den Panzerknacker schmeißt er am besten in den Fluß.«

»Oder tauscht«, sagt Curls, schläfrig.

»Kann er nicht. Panzerknacker kann man nicht tauschen. Außer bei Polen. Was geben die Polen für Panzerknacker, wenn einer ein Junge ist? Wenn du ein Mädel bist – ja. Aber dann brauchst du keinen Panzerknacker.«

»Ja.«

»Goy, für ihn möcht ein Rasiermesser richtig sein.«

Mit den Fingern spielt Jid ein Rasiermesser aus der Tasche. Läßt es hochsegeln in die Luft. Fängt es. Läßt es segeln, links. In der Luft macht es sich auf, wie eine Schwalbe so elegant. Fängt er es, elegant. Ist es schon wieder verschwunden.

Curls: »Wo ist es?«

»In deiner Tasche.«

Curls schaut nach, da ist es. Lacht er langsam. »Jetzt in mein Ärmel.«

»Das is nix. Is das Kindl gut zugedeckt? Bin ich nah gekommen? Nein? Gut. Dann schau nach unter seinem Arsch.«

Curls nimmt die Zeitung weg. »Großartig.« Lacht ein bissel, holt das Rasier heraus.

Das Kindl schaut sie an, mit großen Augen ohne Glitzer. »Na, na«, sagt Jid. »Macht dir Spaß? Macht dir Spaß man spielt ein bissel? Na? Macht dir Spaß man gibt dir ein bissel kaltes Wasser?«

»Tschik«, sagt das Kindl ernst. Mit weiten Augen, was sich nicht rühren.

»Ist schlecht für dein Alter.« Jid hält seine Zigarett an ihren Mund. »Zieh«, sagte er. »Da. Kann nicht einmal ziehn.«

Curls, mit dem Rasiermesser: »Da ist ein Hakenkreuz aufm Griff.«

Jid: »Erst sagt sie, sie will rauchen, dann zieht sie nicht. Schau wie sie schaut auf uns. Sie is beinah schon weg.«

»Nein. Sie hat nur gern, wenn sie still liegt. Hast gern man spielt mit dir Leichenbegängnis, was? Da ist ein Hakenkreuz am Griff, schau.«

Jid: »Das Messer hab ich einem SS-Mann aus der Tasche und er hat nicht gemerkt. Auch seine Uhr – hat er nicht gemerkt.« Das Rasiermesser ist weg, er zieht es aus seinem Schuh, mit zwei Fingern, elegant. »Ich kann alles ziehen aus alle Taschen.« Beugt sich über das Kindl. »Magst rauchen? Nein? Sie ist beinah schon weg, schau dir an ihren Bauch. Das weiß ich vom Lager. Man kann sterben von Schrumpfbauch oder man kann sterben von Ballonbauch.«

»Oder man kann sterben von Flecken.«

Jid: »Es gibt fünf verschiedene Arten Flecken. Was weißt du? Nix.«

»Sie hat keine Flecken.«

»Sie hat einen Ballon. Willst du ein bissel kaltes Wasser? Da. Will nicht. Ballons wollen nie Wasser.«

Curls sagt: »Sie mag Geschichten.«

Jid: »Schau, sie haben das Fenster gefunden. Da kommen sie.« Sie stehen dort draußen, ihre beiden Unterhälften.

»Tür auf!« schreit der vom Bezirksausschuß. Er hat die amtliche Bescheinigung angesteckt an die Brust von seinem Regenmantel. Mit dem Stempel vom Magistrat und mit dem Siegel von der Kommandantura. Russisch und englisch oder amerikanisch. »Military-Governmentkommandantura-zivilexekutive.« Unter der Bescheinigung hat er einen großen Buchstaben angenäht, ausgeschnitten aus einem roten Fetzen. »P«. Politisch.

Er preßt das Gesicht ans Fenster, vielleicht kann er doch herunterschauen. »Kann sein, was Sie gesehen haben, waren nur Ratten.«

»Was ich gesehen hab, waren Kinder, nicht Ratten«, sagt der andere. »Ich bin da gegenüber gestanden gestern den ganzen Tag und hab aufgepaßt.« Er regt sich auf. »Ich hab eine Berechtigung zum Beschlagnehmen. Hab ich eine Berechtigung oder hab ich nicht?« Er knöpft den Mantel auf und will das Papier herausziehn mit den vielen Stempeln. Zwei, zehn Papiere hat er zwischen den Fingern. »Nein. Das ist die Eisenbahnfahrerlaubnis. Was ist das? Das ist der Ent-lausungsschein. Ziehen Sie es heraus, das richtige. Ich hab steife Finger von der Kälte.«

»Ich habs schon gesehen, regen Sie sich nicht auf, ich brauch es nicht.«

»Nein nein. Ich hab eine Requisitionsberechtigung für einen Schlafplatz. Wenn die Kinder dort unten leben, muß dort Platz sein für ein Bett.«

»Haben Sie ein Bett?«

»Ich hab sechs Betten gehabt. Ein Dutzend Betten hab ich gehabt vor dem Krieg. Ich hab eine Requisitionsberechtigung. Da is sie! Nein, warten Sie, das ist die Berechtigung fürs Geschäft. Ich hab ein Recht auf das Eckgeschäft dort hinten. Ecke Lilienstraße. Das ist mein Geschäft, es ist noch da. Ich bin zufuß gekommen den ganzen Weg von Karimmenstadt, es wieder zu übernehmen. Der Mann in dem Geschäft schmeißt mich heraus, schon dreimal hat er mich geschmissen. Ich muß irgendwo schlafen können. Den Keller da hab ich entdeckt und ich hab die Berechtigung.«

»Tür auf«, schreit der Regenmantel, nur damit jemand etwas schreit. »Ich hab mir den Mantel zerrissen an dem Nagel, da, schaun Sie her. Weil man da über die Trümmer klettern muß. Wer zahlt mir das?«

»Ich hab Ihnen den Mantel nicht zerrissen. Ich bin nicht verantwortlich. Wollen Sie jetzt den Keller für mich beschlagnahmen, ja oder nein? Ich werd Sie anzeigen wegen Antisemitismus. Ich darf mich nicht aufregen, ich hab ein schwaches Herz.«

»Allein kann ich nichts machen, ich muß warten, bis der andere Herr kommt. Schrein Sie mich nicht an, ich bin eine Amtsperson. Ich war drei Jahr im Lager. Haben Sie eine Nadel, geben Sie mir eine Nadel. Sie werden mir keinen neuen Mantel kaufen, da, schaun Sie sich das an.«

»Ich war sechs Jahr im Lager! Schrein Sie mich nicht an. Meine ganze Familie hat man vergast. Ich lass mich nicht behandeln wie Dreck. Hüten Sie sich, ich bin epileptisch! Der Doktor, wie sie das Lager befreit haben, hat gesagt, ich muß regelmäßigen Schlaf haben oder mich trifft der Schlag. Ich zeig Sie an. Auf wen glauben Sie, daß Sie schreien? Mein Neffe ist in der amerikanischen Armee.«

Der andere schreit: »Ich bin selbst krank! Ich bin selbst krank, drei Jahre lang hab ich im Lager – greifen Sie meinen

Arm nicht an! Ich bin eine Amtsperson, ich hab nur eine Niere.« Er beginnt zu zittern, mitsamt seinem »P«-Buchstaben und Amtsausweis. Seine Zähne schlagen, so zittert er. Sagt er zitternd: »Da! Endlich der andere Herr, da kommt er. Jetzt können wir sofort anfangen. Sie, was rennen Sie denn weg? Sie, Herr Silberstein. Hörn Sie, da kommt der Herr auf den wir gewartet haben. Wir können jetzt – Sie, Herr Silberstein, warum rennen Sie denn so?«

Rennt der tatsächlich davon, stolpernd, man hörts am Schritt. »Weg sind sie«, sagt Jid in dem Keller unten. »Nein, nur der eine. Der andere is noch da.«

»Eisenbahneigentum«, sagt Curls, »Eisenbahneigentum jeglicher Art, ob entwendet oder von DPs gekauft, namentlich Einrichtungsgegenstände, Schreibmaschinen, Telefone, Abortmuscheln und so weiter, werden, wenn nach Mittwoch dem 12. bei unberechtigten Personen aufgefunden – «

»Was liest du da?«

»Aus der Zeitung. Das Kindl mag, daß man ihm vorliest. Egal was. Nicht wahr, Kindl? Nicht wahr?«

»Am besten, du liest ihr aus dem Buch.«

Curls liest: »Bezüglich der Verwendung von Fliegeralarmsirenen hat die Kommandantura mit sofortiger Wirkung verfügt, daß diese Sirenen nur dann substitutionsweise für beschädigte Fabriksirenen verwendet werden dürfen, wenn die Beschädigung –. Was heißt ›substitutionsweise‹?«

»Lies ihr vor aus dem Buch«, sagt Jid.

»Also wieder Sirenen. Aber was heißt ›substitutionsweise‹?«

»Substitutionsweise is amerikanisch, es heißt: ein Schnitt. Man kriegt ein Viertelpfund von etwas substitutionsweise statt vorher ein halbes Pfund. Substitutionsweise heißt ein Schnitt in der Zuteilung.«

»Da sagts was von Fliegeralarmsirenen.«

16

»Von Fliegeralarm lies dem Kindl nicht vor. Lies ihr vor aus dem Buch. Was is das, was du da liest? Da. Militärkommandantura-Verordnungsblatt. Jeder muß Gräber schaufeln. Willst du, das Kindl soll Gräber schaufeln?«

Musik ist draußen. Drehorgel.

»Da«, sagt Jid. »Auch nix fürs Kindl. Lilimarleen! Das haben sie auf den Lautsprechern gespielt in Kolkowka. Dem Kindl lies aus dem Buch.«

»Du hast es aus dem Schrank weggenommen.«

Jid: »Ewa hat es herausgeschmissen. Sie reißt die Seiten heraus für den Abort. Ich erlaub das nicht. Wenn man die halben Seiten herausreißt aus einem Buch – schon kann man nicht richtig lesen.«

»Liest du das?«

»Ich behalt es jetzt in der Tasche. Von heute angefangen schlaf ich im Abort. Ich hab Durchfall. Wenn Ewa meine Sachen aus dem Schrank herausschmeißt, weil sie ihn haben will zum Schlafen für sich allein, schlaf ich auch allein. Im Abort. Vielleicht borg ich dir das Buch, daß du dem Kindl vorliest.«

»Durchfall?«

Jid: »Der Abort is der feinste Platz da in der Stadt.«

»Durchfall?«

»Ein Abort mit Rinnwasser und mit einer Schüssel, kein einziger Sprung darin. Das ist ein Wunder! Was fragst du Durchfall, was weißt du von Durchfall? Der Unterschied ist, bei Ruhr hat man rote Augen und sie rinnen. Weiß ich vom Lager. Ich hab gelbe Augen, also ist es Durchfall. Mit Hungertyphus hat man blaue Augen mit Flecken. Blaue Augen mit keine Flecken ist wenn sie dich aus der Gaskammer herausziehn. Ich könnt ein Doktor sein, wenn ich will. Ich hab Durchfall, Schluß.«

»Ich will viele Sachen lernen«, sagt Curls. »Ich will alles

lernen. Flecken und Durchfall und jedes Abzeichen von jeder Army. Alles.«

Jid: »Ich kann dich anlernen für alles. Eine Zigarett eine
Lektion.«

»Ich will Taschendieb lernen. Und Filmstar.«

»Mit Flecken«, sagt Jid, »is die große Wissenschaft, wie
schmiert man die Flecken über mit Dreck, für die Inspektion. Sie sehn ein einzigen Fleck – schicken sie dich schon ins
Gas.«

»Filmstar und alles«, sagt Curls. »Und Singen. Wir sind
ins Kino gegangen, ich und meine Mutter, zweimal die
Woche.«

»Ich kann dich auch anlernen, wie man streitet mit einem
Rasiermesser. Die feinste Art, wenn man will a Streit. In Kolkowka haben sie bei der Inspektion meine Mutter erwischt
mit Flecken – und schon aus. Gas.«

»Meine Mutter«, sagt Curls, »haben die Polen befreit,
gleich wie das letzte Schießen vorüber war. Polnische DPs.
Sie hat geschrien. Sie haben sie auf den Kopf gehauen und
befreit. Wie ich wieder aufgewacht bin, war sie schon weg.«

»Ich muß in mein Zimmer. Es is Durchfall.«

Curls sagt: »Sie kommt wieder.«

»Was is los, wo brennts?« fragt der Mann mit dem Pelzkragen
und der Melone. Er ist über die Trümmer gestiegen, er staubt
den Ärmel ab.

Der Regenmantel sagt: »Er ist davongerannt, im Augenblick wie er Sie gesehn hat.«

Der mit der Melone: »Man hat mir Ihre Botschaft gegeben beim Magistrat. Was ist los? Beschlagnahmen? Was?«

»Davongerannt im Augenblick wie er Sie gesehn hat. Hat
Sie vielleicht gekannt, von früher? Diese Juden verlieren den
Verstand, im Augenblick, wenn sie eine Amtsperson sehn

und er ist dieselbe Amtsperson. Hat sie ins Lager geschickt und da ist er schon wieder. Ohne daß ich Ihnen nahetreten will, Herr Kropf.«

»Was wird da beschlagnahmt?« fragt der mit der Melone. Er raucht eine Zigarre. Einen Pelzkragen hat er am Rock.

»Nix wird beschlagnahmt. Er ist weggerannt. Die rennen immer weg. Auch im Lager. Kommt wieder daher und verlangt sein Geschäft zurück, so sind die.«

Der mit Melone: »Menge Baumaterial da auf dem Hof.«

»Im Lager haben sie keine Geschäfte zurückverlangt«, sagt der Regenmantel zitternd. »Kommen zurück und schrein die Leute an. Ich hab nur eine Niere.«

Melone – keine Antwort. Schaut sich um. Raucht. Zigarr.

Der Regenmantel kreischt: »Ich kann jeden Augenblick tot umfallen, wenn man mich aufregt!« Jetzt hämmert er gegen die Bretter vor dem Fenster, schreit: »Aufmachen!« Lächerlich. »Schrein einen an, die«, sagt er noch leise.

Die Bretter vor dem Fenster lautlos auseinander. Die hatten Angeln, das war der Trick. Ein Boy heraus, mit Goldcurls wie ein Mädel. Sein Gesicht grau im harten Tag und Schneelicht. Die Schatten unter seinen Augen hat man im Keller unten gar nicht bemerkt. Er hat so viele Schatten unter den Augen, wenn zwei Dutzend Soldaten ein Mädel befrein, die hat nachher immer noch kleinere Schatten als dieser Boy. Sagt er: »Grüß Gott.«

Der Regenmantel: »Ich bin vom Ausschuß. Ich hab einen Beschlagnahmezettel.«

Lehnt der Boy im Fenster, höflich, so versperrt er den Weg hinein. Der Regenmantel: »Es is die patriotische Pflicht von jedem Patrioten, daß er Schulter an Schulter zusammenhält und dem Sturme die Stirn entgegenbietet besonders mit leeren Häusern und Wohnungen sowie Einzelzimmer aus nationalem Patriotismus.«

»Klar.« Der Boy hat noch was sagen wollen, aber es geht nicht. Am Ende sagt er doch noch: »Das is das Haus von Oberst Grau.« Mit Zitterlippen.

»Stimmt.« Der Regenmantel schaut in seine Zettel. »Da steht es drin. Stimmt. Oberst Grau. Ist tot.«

Melone dazu noch: »Aufgehängt. Bandit, Widerstandsbandit, hiesige Freiheitsfront, aufgehängt.«

»Nicht gehängt. Erschossen.« Lehnt da, jetzt parieren ihm die Lippen schon wieder. Und leise: »Ich bin der Sohn.«

Melone: »Menge Baumaterial, was da herumliegt. Dachziegel, Balken.«

Der Boy: »Das ist unser Haus.«

»Kommt nicht drauf an, von wem es das Haus ist«, sagt der Regenmantel, »es ist jedenfalls die patriotische Nationalpflicht von jedermann, solang es Leute gibt mit keinem Dach überm Kopf, daß man enger zusammenrückt und aus solidarischem Patriotismus –« Da hört er zu reden auf. Niemand hat ihn unterbrochen, er hört einfach zu reden auf.

Der mit der Melone: »Dachziegel, Balken, Bretter, Brennholz.«

»Das ist unser Haus«, sagt der Boy leise. »Das is nicht Brennholz. Ich bin nur da, weil ich auf meine Mutter wart.« Und schon wieder Zitterlippen, er kann nicht weiter für ein paar Augenblicke. »Meine Mutter hat gesagt, wenn sie wieder da ist, bauen wirs wieder auf.«

»Baun auf? Baun wieder auf? Das is Brennholz. ›Meine Mutter‹. Wo ist sie?«

»Befreit«, sagt der Boy.

Lacht Melone auf, einmal kurz.

Der Boy: »Sie wird wiederkommen.«

Der Regenmantel: »Vorwärts, vorwärts. Stellst du dich in den Weg – oder was? Schaun wir uns einmal den Keller an. Ich hab da eine Beschlagnahmegenehmigung, und jeder hiesige Volksgenosse –«

Gibt der Boy ihm den Weg frei, sagt kein Wort.

»Bist du dort unten allein?« – der Regenmantel, mit einem Nervenzucken. Und schreit: »Man hat da noch andere Personen beobachtet!« Aber nicht einen Schritt. Steht einfach da und zuckt.

Der Boy nickt. »Fünf sind noch unten. Wir sind elf gewesen. Sechs sind weg. Weg, tot, hin. Die liegen noch unten. Der Boden war gefroren, wir haben nicht graben können. Aber sie stinken nicht. Nicht solang es so kalt ist.« Und gibt wieder dem Mann den Weg frei.

»Was heißt das?« Der Regenmantel schaut sich um. Ängstlich. Der mit der Melone – nicht ein Wort mehr, steigt dort schon über die Trümmer, weg ist er.

»Was heißt das« – der Regenmantel, »du hast keine Gefühle für eine patriotische Verantwortung!« Aber keinen Schritt, er schreit nur: »Was heißt das – sie stinken nicht?«

»Fieber«, sagt der Boy gleichmütig. »Weiß nicht was Fleckenfieber. Mit Flecken.«

Der Regenmantel springt zurück, stolpert. Rennt weg, ein ganzes Stück. Keine Melone mehr weit und breit. Der Boy lehnt noch immer in der Fenstertür, da kommt der Regenmantel doch noch einmal. Zehn Meter weit bleibt er stehen. Ihm ist heiß in der kalten Luft, er wischt sich den Schweiß ab, so heiß ist ihm. »Du«, ruft er heiser über zehn Meter weg. »Du, wegen dem Holz. Ich weiß wen, der kauft Bauholz, zehn Wagen. Preis spielt keine Rolle. Bar! Na? Nix?« Zittert. »Er hat zwanzig Schreibmaschinen, amerikanische«, sagt er heiser. »Na? Nix?« Sein Gesicht verfällt. Er dreht sich weg, stolpernd.

Eine Wolke segelt hoch oben. Rauch steigt auf über dem Nordbahnhof, wo grad ein Zug einfährt, fünfundfünfzig Viehwaggons mit Männern Frauen Koffern, Soldaten hängen an den Trittbrettern, schreien, auf den Bahnsteig gespien, eine Rauferei eine Verhaftung Paßkontrolle, sieben Bahren aus einem Winkel mit sieben Toten, ein Weib heult wie ein Hund.

Der Boy mit den Locken lehnt mit einem Graugesicht in der offenen Fenstertür immer noch.

Hinten in der Paradiesgartengasse scheppern drei Jeeps und ein Schützenpanzerwagen.

Nebel steigt vom Fluß, Frost. Die Brücke kann man immer noch nicht benützen.

Ein Trupp Männer schaufelt im Waldfriedhof.

Krähen segeln hoch oben vom Waldhügel gegen den Fluß hinüber, krächzend, einen trübseligen Wanderruf.

Auf dem Sofienplatz vor dem gebombten Dom sind fünfhundertfünfzig schwarze Käfer ineinander verklammert. Siebenunddreißig Zigaretten kosten einen Liter Petroleum. Für elf Uhren ist der Kurs vier Schreibmaschinen und eine Flasche Schnaps.

Drei Flaggen hängen an der Kommandantura, brüderlich. Gestank steigt von dem ausradierten Kilometer am Kanal, dort ist es nicht so kalt.

Der Boy mit den Locken ist da schon in den Keller zurückgestiegen.

Die Drehorgel spielt immer noch.

2

Die Drehorgel spielt immer noch. Ein Mann pfeift dazu die Melodie. Er steht vor dem Fenster und will hinunterschaun. Steht wahrscheinlich schon eine ganze Zeit da. Dann geht er hinüber zum andern Fenster, das eine Tür ist. Klopft. Dann tritt er mit dem Stiefel gegen die Bretter. Splittert der Riegel, die Tür springt auf. Steht er da im Rahmen.

Seine Schuh sind deutsche Wehrmachtschuh. Die Hosen Zivilistenhosen, Manchestersamt. Die Jacke amerikanische Airforce wahrscheinlich eine Offizierjacke ohne Rang. Wo die Abzeichen waren, ist nur ein Fleck. Muß da auch eine ganze Reihe Orden gewesen sein, das Tuch darunter ist nicht verschossen. Das war einmal eine prima Jacke, mit Schultern ausgestopft. Für einen kleineren Mann als den, der da im Türfensterrahmen steht und herunterschaut. Sein Gorillarumpf sitzt in der feinen Kluft und macht sie lächerlich. Er hat eine britische Infanteriemütze auf, mit einer Rosette, die es nicht gibt.

Sein Gesicht – ein Gesicht was man vergißt, im Augenblick wenn man sich wegdreht. Schalterfensterbeamter, möchte man denken, so einer, der hinterm Schalter sitzt. Nein, falsch, der hat einen Kramladen in einem Dorf. Teiggesicht. Nur seine Augen sind so, daß man sich erinnert. Er ist weich in den Augen! Sie sind blaßblau gewesen und so, daß man nicht durchsieht, billige Produktion en gros, aussortierte Ausschußware mit kleinen Fehlern, man schmeißt sie in flache Schachteldeckel und offeriert sie zu einem Mezziepreis. Nasse Augen, man fragt sich ist es ein Katarrh, oder rinnt da heraus was er trinkt, oder ist er mit einem Gefühl er muß weinen die ganze Zeit?

»Grußgott«, sagt er, wie er heruntspringt, weich und schwer. »Halloh. Grüazi, Gutmorning, Heilwieheißterdenn-

gschwind.« Er ist auch weich im Kehlkopf, eine Weichkalt-
stimme ohne Stimme. Schaut sich um mit einem Inventur-
blick; der geblockte Ausgang, die Fenster, das ganze große
niedrige Kellergeschoß mit dem Kochherd und dem gestorbenen Heizkessel und der Tür von dem Wandschrank und
Türen wer weiß zum Keller daneben oder zum Abort. Er
wischt mit seinem Blick über Tisch Stuhl Bank. Es dauert
eine ganze Minute, bevor er bemerkt: ein Jid Boy liegt auf
der Bank mit halb zugeschlossenen Augen, beweglos. »Ha,
du«, sagt der Mann, ohne Stimme. »Biste taub, biste tot, oder
was?« Er schaut herum, Augen rot. »Stellst dich tot, was?«
Schaut sich um: »Ich such jemand.«

Sagt Jid: »Da is kein Jemand.«

»Intressant«, sagt der Mann. »Gut, du mußt ja wissen.«
Zieht sich den Stuhl nah her zu der Bank und setzt sich weich
und schwer. Schaut sich seine Teighand an, kurzsichtig, wie
wenn er sie zum erstenmal sieht. »Also da is kein Jemand«,
sagt er und schlägt dem Jid Boy über den Mund, mit seiner
Hand mit Ringen an den Fingern. War wahrscheinlich ein
Ring, was dem Boy die untere Lippe geschnitten hat. Ein
Schnitt nicht die Rede wert, kaum ein Tropfen Blut. Der Boy
wischt nicht einmal weg, er zuckt nicht, er liegt beweglos.

»Gut«, sagt der Mann, schwermütig oder wie nennt man
das. »Gut, ich kann warten. Keine Eile.« Setzt sich bequemer
hin, bis der Jid vielleicht beschließt, daß er sich erinnert, und
vertreibt sich inzwischen die Zeit mit Nachschaun, was hat er
alles in seinen Taschen? Er zieht ein Taschentuch heraus,
steckt wieder ein. Zieht die zusammengelegte Zeitung heraus, steckt wieder ein.

Zieht heraus, was hab ich da, ist es ein Bleistiftstumpf
und ein Taschenmesser, steckt wieder ein. Aus der Hosentasche zieht er einen kleinen Gummiball heraus und schaut
an, es ist wie er sieht ihn zum erstenmal. Er läßt ihn

hochfliegen und schnappt ihn zurück, mit der linken Hand, geschickt. Und noch einmal. Und noch einmal noch einmal. Schad, da is kein Kerl, mit dem man spielen kann, sagt er mit seinen Augen. Ich schmeiß du fang. Zwei Minuten, drei Minuten spielt er mit sich allein, bevor er wieder einsteckt. »Also«, sagt er, schwermütig. »Schon erinnert?«

Sagt Jid: »Wenn Sie einen Boy suchen was hier lebt, er is nicht zuhaus. Er is einkaufen gegangen und nicht zurück.«

»Boy, ah?« sagt der Mann. »Und das Radio, was?« Schaut sich um, vielleicht steht es wo.

Jid: »Radio? Über ein Boy mit ein Radio weiß ich nix. Wenn Sie einen gesehn haben er is da herein mit ein Radio, so wissen Sie nicht daß viele Leute da vorne hereingehn und hinten wieder heraus durch den Hof, wahrscheinlich also Ihr Boy mit Radio genauso. Wie soll ich wissen? Ich lieg da, ich hab Durchfall, also was hab ich zu tun mit Ihr Radio? Ich bin da gelegen die ganze Zeit.« Muß ein Fieber haben, er redt so viel. Oder vielleicht hat er Angst. Liegt aber beweglos. Der Bluttropfen von seiner unteren Lippe ist halbweg herunter das Kinn gekommen zu einem Halt.

»Nur ein Boy mit ein Radio, ja?« Schaut sich um, wachsam. Etwas liegt gleich daneben unter dem Tisch. Sieht es und bückt sich im Sitzen und hebt es auf. Ist es ein abgerissener Strumpfbandhalter, Gummiersatz, mit einem Stück Draht daß man es wieder verwenden kann, schmutzig rosa, am besten man schmeißt es weg. Schaut er es an, und riecht dazu, und steht auf, und nicht ein Wort. Ein anderes Stück hat weiter weg gelegen, vor dem hereingebauten Schrank neben dem kalten Ofen. Geht er herüber weich und schwer und reißt die Schranktür auf. Drinnen ist es leer. Man muß es vielleicht als Trockenschrank verwendet haben, früher einmal. Leer, aber ein paar Fetzen, ein Geruch von Parfum und Schweiß. Der Mann gibt einen kleinen Ton wie ein Jäger.

Nimmt in die Hand die Sachen, eins nach dem andern, und legt sie wieder hin. Dann kommt er zurück und setzt sich noch einmal. »Da« – ohne Stimme. Schlagt dem Jid Boy über den Mund. Nicht stark, nur so mit den Fingerspitzen.

Sagt Jid: »Ich hab geglaubt Sie suchen a Boy.«

Sagt der Mann: »Zu dem Boy hab ich nur gesprochen, weil eine Schickse mit dabei war. Dann war sie weg.«

»Auf die Schickse scharf?«

Der Mann zeigt auf den Wandschrank: »Die! Wo is die?«

Jid: »Dort drin hat sie früher geschlafen in dem Schrank.«

»Ich hab ihr gesagt, komm mit spazieren unten am Kanal«, sagt der Mann. »Dann war sie weg.« Er beugt sich zu dem Jid Boy wie ein Geheimnis. »Das is mein Geburtstag heut«, sagt er weich.

Sagt Jid: »Sie is nicht zuhaus.«

Der Mann: »Wo is die Schickse?«

Sagt Jid: »Wieviel?«

Der Mann: »Ich hab schon gezahlt. Ein Radio! Dem Kerl, der mit ihr gewesen ist. Dann war sie weg. Ich war besoffen. Jetzt bin ich klar.«

Jid: »Was weiß ich von ein Radio?«

»Ein Unrecht«, sagt der Mann. »Immer muß ich weinen an mein Geburtstag.«

»Wieviel?«

Der Mann: »Zehn Zigaretten. Zehn Tschik.«

»Nicht zu machen. Sie wissen selbst es is nicht zu machen für zehn Tschik. Auch nicht für zwanzig Tschik.«

»Fünfzehn Tschik. Ich krieg eine Schickse für fünf Tschik. Ich kann eine kriegen für nix! Vorige Woche habe ich eine mit Pelzmantel gekriegt, für fünfzehn.«

»Dann hat der Pelz nicht ihr gehört.« Jid liegt da noch immer beweglos, sein Gesicht ein Krampf. »Für das Mädel da möchte es kosten dreißig Zigaretten und wär eine Mezzie.«

»Ein Unrecht. Preistreiberei. Sagen wir fünfundzwanzig.«

Jid: »Nur daß ich den Preis sag. Da war ein Herr vorgestern zahlt fünfzig Tschik und ein Paket Trockeneipulver. Engländer. Soll ich diesen Moment tot umfallen wenn es nicht wahr is. Gekommen in sein eignen Jeep! Nur daß ich Ihnen sag was für eine Sorte Girl das Girl is. Gesund wie ein Fisch! Der Doktor im Spital vorigen Monat war ganz weg vor Staunen jemand is so gesund. Gibt kein gesunderes Mädel in der ganzen beschissenen Stadt, hat er gesagt, seine eigenen Worte. Sie wäscht sich! Die ganze Zeit. Kalt oder nicht kalt, sie wäscht, das is ihre Filosofie, sie wäscht. Das is die Sorte Girl was das Mädel is. Solche Brüste – so! Im Kino haben Sie nicht gesehn solche Brüste. Die größten Brüste in der ganzen Gegend. Nur daß ich Ihnen erklär was für eine Sorte von Girl sie is.« Ah, hat bestimmt Fieber, er redt so viel.

»Wo is sie?«

Jid: »Wieso weiß ich?«

Schaut der Mann auf seine schweren Finger und schlägt sie ihm übern Mund. Nicht stark eigentlich; nur von den Ringen wieder ein paar Tropfen Blut. »Wo is sie?« – ohne Stimme. Dann wartet er einen Moment, dann schlägt er härter, dann fragt er noch einmal.

»Weiß nicht.«

Schaut der Mann herunter auf seine Hand, mit Traurigaugen. Dann schlägt er sie dem Jid voll und flach ins Gesicht herein. Packt seine Nase und dreht sie herum. Es kommt Blut heraus, nicht viel, bloß so Tropftropf. Komisch, wie die rote Farbe hervorsticht gegen die weiße Haut. Das Gesicht von dem Jid hat sich in so ein Weiß gekehrt wie der Schnee draußen auf dem Haufen von Ziegelbruch.

»Ich weiß nicht.« Er strengt sich an, daß er es sagt. Seine Augen weit offen, so schaut er dem Mann zu, wie er aufsteht und in dem Keller herauf- und heruntergeht. »Es ist mein

Geburtstag heut« – weich wie Schmalz. Und setzt sich weit weg auf die unterste Stufe von der halbzerschmissenen Treppe, die einmal zu der Straße heraufgeführt hat. »Wo is die Schickse?«

Jid: »Sie können nicht sitzen auf der Treppe dort. Jeden Augenblick vielleicht kommt ein Balken oder Ziegel herunter und trifft Sie auf den Kopf. Sie geben nicht acht, schon hat man ein Unglück.«

Steht der Mann auf und kommt noch einmal und setzt sich auf den Stuhl, der neben Jid steht. »Wo is die Schickse?«

»Weiß nicht.« Jids Gesicht is ganz weiß.

Schaut der Mann seine Finger an mit weichen Augen. Wie der Blitz, mit der Kante von seiner Hand, schlägt er dem Boy quer über die Gurgel, es gibt einen dunklen Ton. Komisch. Wie wenn einer klopft auf die hohle Wand. Sofort brechen die Augen von dem Boy – aber dann, nein, sie brechen nicht, irgendwie kommen sie zurück. Er gibt nicht einen Laut. Wie soll er? Luft kriegt er nicht. Er strengt sich an für Luft, man kann sehn sein Gesicht wird blau. Aber einen Augenblick später fängt er sich trotzdem noch. Da atmet er wieder. Seine Augen weit offen, etwas das ist neu darin. Nicht Angst. Er ist schon auf der andern Seite gewesen von Angst und Tod. Jetzt atmet er wieder ohne eine Bewegung.

Der Mann: »Brüste. Brüste wie groß?«

Der Jid – nix.

Nimmt der Mann eine Flasche heraus, wie man sie in der Hose in der hintern Tasche trägt, und setzt sie dem Jid an den Mund. Schluckt der, mit einem Schmerz im Mund und in den Augen.

»Schnaps«, sagt der Mann.

Probiert Jid daß er etwas sagt, aber kann es nicht. Schluckt, grinst. Probiert noch einmal stark, daß er etwas sagt. Am End sagt er: »Freischnaps.« Eine große Bemühung, so leise man hört beinahe nicht. Mit einem Krampf in dem Grinsen. Komisch.

»Brüste wie groß?«

Sagt Jid nix.

»Brüste wie groß? Die Pelzmantelschickse hat Brüste gehabt. Die hättst du sehn solln. Gestern hab ich ein Mädel gehabt von dem Lager, Sudetenflüchtlingslager, hättst du sehn solln. Direkt vorm Draht von dem Lager und niemand sie drin gehört, hättst du hörn solln was die gekrischen hat, und niemand hat sie gehört. Brüste wie groß? Es is ein Unrecht, an meinem Geburtstag heut. Brüste wie groß?«

Der Mann bückt sich nah zu ihm. Nix zu machen. Der Jid – weg ist er.

Steht der Mann auf, weich und schwer. Schaut sich um, wie einer hat Angst man fängt ihn. Ein Ansichtskartenrahmen steht auf dem Sims überm kalten Küchenherd, ein leerer Rahmen, das Glas gebrochen. Vielleicht hat er Zehnpfennig gekostet oder Zehnsonstwas damals wie er neu war in einem Mezziesladen. Jetzt vielleicht wert a Tschik. Ein Souvenir! Der Mann schaut sich über die Schulter, mit Angst jemand sieht, und steckt es in die Tasche. Und weg. Zehenspitzen.

Der Jid beweglos.

Die Drehorgel spielt immer noch.

Goy ist fünf Minuten später gekommen oder zehn Minuten oder eine halbe Stund, mit Hoho, durch die Fenstertür. Er tragt nix am Kopf. Von Kälte und hartem Wind sind seine Ohren und breiter Mund und lustigen Augen rosarot wie er ist ein junger Schweinskopf im Fenster von einem Fleischhacker wie es noch Fleischhacker gegeben hat. Sein Haar auf dem runden Kopf ist kurz geschnitten, seit sie unlängst ihn eingefangen haben für die Entlausung. Vierzehn vielleicht, schaut aus wie sechzehn, sein dünner karierter Mantel aus allen Nähten gesprungen, seit er so in den Schultern gewachsen ist. Er wächst und wächst, mit Brotrinden wächst er, mit Kartoffelschalen, er würde weiterwachsen auch mit Gras, auch mit Ziegelschutt. »Juhu«, schreit er und stößt die Fensterverschlagbretter auf mit seinem Schuh, was mit einem Fetzen übergewickelt ist. Dabei stolpert er, beinah fällt er hin, weil die Schachtel die er trägt ist so ein Gewicht. Er hat Golochowski wirklich geheißen, oder Golubinski oder was weiß ich. Jid hat die Idee gehabt man heißt ihn Goy, für einen Jid heißt das was besonderes, er hat es erklärt aber man hat ihm nicht zugehört.

Schreit: »Juhu« und haut etwas auf den Tisch – sind es drei Rüben, vier. »Schau her«, und zieht noch zwei aus den geplatzten Taschen von seiner dünnen Jacke, die er wahrscheinlich schon als Kind getragen hat, vor achtzehn Monat oder zwei Jahr. »Schau, juhu«, brüllt er und zieht schon wieder zwei aus den Hosentaschen und schmeißt auf den Tisch. »Von a Händler in der Praterstraße. Ich tret ihn bloß so in den Arsch, will er mich fassen, also tret ich seinen Handwagen und er fällt um, darauf Schlax so viel Rüben in seine Taschen wie Platz hat und rennt, so natürlich der Mann rennt hinter Schlax, und ich inzwischen stopf mir alle Taschen voll, und er immer noch hinter Schlax, und Schlax im Bogen zurück zum Kanal, dort treff ich ihn. Prima.« Jetzt stoppt Goy und kommt nah. »Du, was is los, Jid? Du, Jid, was is los mit dir?« Tritt ganz nah zu ihm. Sagt: »Du stinkst von Schnaps.«

Jid liegt da mit offenen Augen, beweglos.

Sagt Goy: »Von jetzt an is a Eisenbahnzug jeden Tag. Heut war a große Rauferei um den Abfall, wo die Amerikaner den Abfall auf den Misthaufen schmeißen hinter der Kantine von die Amerikaner, a großartiger Abfall heut, einen Kerl haben sie totgekillt in der Rauferei. Ewa hat a Freundin getroffen, sie kennt sie von ein Lager. Heut sind neue Amerika-

ner gekommen, Pioniere, schwarz wie die Nacht. Nigger.«
Immer noch hält er die Schachtel und steht mitten im Keller.
Sagt: »Du stinkst von Schnaps.«

Jid noch immer mit offenen Augen, beweglos. Fragt:
»A Radio, was du da hast in der Schachtel?«

Goy: »Es is prima.«

Sagt Jid: »Er war schon da.«

Goy: »Ich versteck es. Was is los mit dir, du? Du stinkst
von Schnaps.«

»Ich hab Freischnaps gekriegt«, sagt Jid, leise.

»Prima.«

Jid: »Aber nicht genug.« Schmerz hockt in ihm, in den
Augen. »Ich brauch Schnaps. Das einzige, was man nehmen
kann, mit Durchfall. A Flasche Schnaps is im kleinen Keller
ganz hinten, du weißt, hinter der Kiste, wo die Fetzen liegen,
was der Bruder vom Kindl getragen hat und man hat nicht
verkaufen können. Und eingewickelt in die Fetzen, unter der
gebrochenen Waschschüssel, findst du die Flasche Schnaps.
Sie war nicht zum Trinken. Sie ist wert fünfzig Tschik mindestens. Ich hab sie einem Sowjetoffizier einfach aus der
Tasche gezogen und er hat nicht gemerkt.«

»Ich geh sie holen. Unter den Fetzen. Dort versteck ich
das Radio.«

»Wert fünfzig Tschik mindestens. Wenn ich machen kann,
daß die Engländer mich nehmen in ihrem Spital, würden sie
mir Schnaps geben für nix.«

»Aus dem englischen Spital haben sie heut zwölfund-
zwanzig herausgetragen. Zu die neuen Gräber in Simmering.
In dem Spital is vielleicht jetzt Platz.«

»Sie würden mir Schnaps geben für nix.« – Jid immer noch
den Krampf im Gesicht.

»Ich kann dich hinziehn im Handwagen vom Kindl.« Steht
da, Goy, noch immer mit seinem Radio.

»Wart. Wart, laß mich denken. Sie würden mir Schnaps geben für nix, also können wir dann unsere Flasche verkaufen für fünfzig Tschik. Auf der andern Seite, man kann nicht in das Spital herein außer man gibt dem Torwächter – stimmt? Und zwar geben sie einem Schnaps für nix, aber geben sie einem a Flasche? Nein. Sie geben einem a Glaserl. Sag vier Glaserl. Mehr nicht. Nie a Flasche komplett. Infolgedem is es richtig, man macht unsere Flasche auf.«

»Ich geh sie holen.«

»Nein«, sagt Jid, mit seinem Gesicht weiß. »Nein. Wenn es vielleicht gelingt ich kann durchkommen ohne« – er atmet schwer – »ohne fünfzig Tschik –«

»Da is Blut auf deinem Gesicht.« Goy kommt ganz nah zu ihm.

»Hat er dich gehauen?«

»Gehauen? Es existiert kein Mensch in der Welt was sich traut er haut mich. Hat er vielleicht probiert er nimmt meine Brotkarten da in der Tasche? Sie sind wert tausend. Sie sind wert a ganzes Leben. Aber hat er sich getraut? Es is kein Mensch was sich traut daß er mir zu nah kommt.« Er läßt seine dünnen Finger in die Tasche wandern. Ein Rasiermesser steigt zwischen ihnen auf, wie eine Schwalbe so elegant.

Goy bückt sich zu ihm, nah. »A Liter Blut, was da aus dir herausgeronnen is mindestens. Blut a ganzer Teich is da auf der Bank.«

»Blut«, sagt Jid. »Blut, Blut. Was weiß a Trottel wie du von Blut? Für mich is so a Mann wie der bloß a Haufen Dreck.« Er hält einen Bleistiftstummel in der Hand. »Schau dir an. Mitten aus der Tasche von dem Mann und er hat nichts bemerkt.« Sein Gesicht ein Krampf. »Freischnaps, dafür hab ich ihn verwendet, daß er mir geben muß, das is alles.«

»Prima.«

Jid steht auf, vorsichtig, ein Bein, das andere Bein, sein Gesicht ganz weiß von der Schwierigkeit von so einem Aufstehn.

»Also geh«, sagt er leicht, »du kannst mir die Flasche bringen. Ich will a Glaserl.«

Goy hinaus, und gleich kommt er zurück mit der Flasche. Ein Schraubenzieher ist auch schon da – Jid versucht, daß er aufmacht, aber es geht nicht, seine Finger sind nicht ruhig genug. Goy kann es, ungeschickt.

Sagt Jid: »Nicht amal Schnaps kannst du richtig aufmachen. Sehn möcht ich dich mit Schampanjer wo der Stöpsel – puff! Bei Bierflaschen – schon wieder anders. Was weißt du von Flaschen? Nix. Oder Gasflaschen. Sie haben Gasflaschen gehabt zuerst. Gib her den Schnaps. Was ich hab, is Durchfall. Weißt du Unterschiede vielleicht? Aber ich weiß jeden Unterschied in der ganzen Welt.« Seine Augen mit einem Glanz, aber das ist nicht das bissel Schnaps gewesen, wahrscheinlich nix besonders bloß ein Fieber. Sagt er: »Ich geh jetzt in mein Zimmer.« Dreht sich noch einmal, wie er hinausgeht. »Oder Bombenflaschen. Rühr eine an, stellt sich heraus sie explodiert.«

Jetzt hat man sehen können, auf seiner Fahrerjacke ist Blut.

3

Kein kleines Getu, was die zwei Mädel gemacht haben vor der Tür. Darf ich wirklich hereinkommen und solche Sachen. Das ist die Freundin von Ewa, die sie getroffen hat, wie sie mit Goy auf dem Markt gewesen ist. Der Name von der Freundin ist Adeltraut oder sowas. So möchte sie sich aber nicht genannt haben für a Million Tschiks, wo an jeder Ecke ein Russki steht oder ein DP. »Ate« sagt sie auf sich, so heißt sie. Das is auch noch nordisch aber, sagt sie, das verstehn sie nicht. Sie hat strohblonde Zöpfe und hellblaue Augen, mit einem Blick, daß man glauben möchte, jemand hat ihn mit echter Seife gewaschen, so ist der Blick. Auch was sie anhat. BDM-Zeug ohne Rang, gewaschen mit nicht einem Fleck darauf. Auch ihr Gesicht wie das Gesicht von was man nennt eine Oberschulschülerin, ein bissel starr vielleicht das Gesicht aber gewaschen, ein bissel nicht in Ordnung vielleicht aber so rein wie desinfiziert und abgekocht. Rote Wangen würden gepaßt haben zu so einem Gesicht, nur da ist was darin das stimmt nicht. So prima gewaschen noch und noch, aber jemand hat was mit ihren Augen angestellt. Jemand hat diese prima gewaschenen blauen Augen genommen und jedes hereingeschmissen in eine Höhle, es schaut aus wie zwei Höhlen mit plötzlichen Pfützen drin. Da schwimmen sie jetzt in einem ganzen Teich aus Schatten. In dem ordentlich aufgeräumten Gesicht schauen sie erschrocken aus.

Fragt sie: »Darf ich wirklich hereinkommen?«

»Aber ja, aber natürlich, komm.« Auch Ewa mit feinen Manieren, man ist sprachlos wieso kann sie so reden auf einmal. Sie ist von der reichlichen Art, alles im großen Stil. Nicht älter wie die andere, vielleicht fünfzehn, nur eben reichlich. Ihr Haar reichlich, ein reichliches gelbes Haar, halb kurz herunter geschnitten, ein reichliches grellrotes Kunstseidenband hält es zurück, aber das Haar rutscht heraus und gießt sich reichlich in alle Richtungen, ihre Stirn stark und fest, kein Mädel, ein junges Rind. Ihre Augen breit auseinander, man schaut sie sich gerne an. Sie sind braun und lustig. Sie sind nicht groß. Sie sind ganz gute Augen sind sie. Auf der kurzen lustigen Nase reitet ein breiter reichlicher Sattel von Sommersprossen. Ihr Mund mit reichlichen Lippen feucht. Nie macht sie ihn ganz zu, wie wenn sie sich wundert die ganze Zeit. So kann man die kraftstarken weißen Zähne sehn. Sie trägt eine grellblaue Seidenbluse, mit zwei grünen Seidenvögeln daraufgestickt wunderbar, ein Vogel rechts ein Vogel links, gerade über den Brüsten, was ebenfalls reichlich sind, und schwer, und fest. Weiß der Teufel von wo sie die Bluse hat, es gibt nicht eine feinere Bluse in ganz Besetzt-Europa. Dazu trägt sie Nietenhosen, Mechanikerlehrlinghosen, nagelneu, die hat sie höchstens zweimal zur Arbeit angehabt, wie man sie ihr damals zugeteilt hat in dem Arbeitslager, dann ist sie davongerannt.

»Komm herein«, sagt sie, auf ihre reichliche große Art. Sogar voraus geht sie, steigt herunter durchs Fenster mit einem eleganten Schwung von ihrem Prima-Arsch, dann hält sie höflich die Hand herauf und hilft der anderen, daß sie ihr nachkommt. Zwei Stunden sind sie zusammen und noch feine Manieren.

»Weil, weißt du«, sagt Ate wie sie zierlich heruntersteigt, »weil in Herausgeschmissenwerden hab ich Erfahrung. Erinnerst du dich an Ilona in dem Ungarnlager? Die hab ich wiedergetroffen. In Breslau. Glogau? Breslau? Na, irgendwo, ist egal. Ich treff sie, sagt sie sie hat was wo sie ganz allein wohnt, ein Gartenwerkzeugschuppen in einem Schrebergarten für sich allein, sie hat ja immer was besseres haben müssen, Ilona. Aber wie sie sagt komm herein, ist drinnen ein Soldat. Nackt. Schmeißt er mich heraus.« Setzt sich, manierlich. »Mein

Arsch war so blau nach dem Herausschmiß, ich hätt ein Vermögen verdienen können mit Herzeigen auf einem Jahrmarkt für ein Tschik Eintrittsgeld.«

»Eine Ungarin. Auf Ungarn kann man sich nicht vertraun.« Ewa tut was am Kamin. Sie zündet an, was Schwarzes hat langsam zu brennen angefangen und zu stinken.

»Schuh?« fragt Ate. »Judenschuh?«

»Zigeunerschuh Judenschuh«, sagt Ewa. »Nicht zu brauchen als Schuh, aber noch mit der ganzen Schuhschmier drauf. Die Schuh brennen prima.«

»Großartig.«

Ewa: »Aber sie stinken.« Setzt den Kessel aufs Feuer.

»Sie stinken, aber sie brennen.«

Sagt Ewa: »Wir haben auch Holz vom Dach. Aber es is naß. Aber es möcht nicht stinken. Die Zigeunerschuh stinken.«

»Aber sie brennen.« Ate manierlich den Stuhl nah ans Feuer gerückt, wärmt sich die blauen Finger. Sagt sie mit ihren Gedanken weit weg: »Mensch, is die Wohnung schick hier. Die Möbel und so.«

Ewa: »Da is wer an meinem Schrank gewesen! Hat meine Sachen durcheinandergeschmissen. Wieder der Jid.« Findet aber doch noch den Tabakbeutel, wo der Tee drin ist, da liegt er im Winkel von dem Schrank.

Ate: »Du hast da einen Jid? Sie stinken und machen einem den Bauch dick.«

Ewa: »Dieser Jid is der schlauste Jid, was es gibt.«

Sagt Ate: »Wenn er dein Mann is – tut es mir schrecklich leid, wenn ich was gesagt hab.«

»Mein Mann? Is er nicht.«

Ate: »Sie stinken und haben kurze Beine. Einzige Sachen, die an ihnen lang sind, is ihre Nase und du weißt schon was. Sie sind wie Affen. Eigentlich wie Käfer. Tritt drauf. Und sie stinken.« Sie nimmt die Tasse und spreizt graziös den kleinen Finger weg. »Du hättest unsere Scharführerin hören solln, wie sie vom Aufpassen im Jüdinnenlager zurückgekommen is. Der letzte Dreck aus dem Getto, hat sie gesagt. Die würden ohnedies nicht wissen, hat sie gesagt, was sie mit ihrem Leben anfangen solln.«

Ewa: »Der Jid da is anders.«

»Sicher hast du recht. Is das Brennesseltee?«

»Das is getrockneter Rübenschalentee.«

»Er is ein Genuß.« Steigt Farbe in die Wangen von dieser Ate, der Tee ist so wunderbar.

»Der Jid da is anders.« Ewa trinkt. »Die ganze Zeit muß ich mit ihm streiten wegen dem Schrank. Der Schrank is prima, so warm und trocken, man glaubt er is geheizt. Keine Wanze drin, nicht eine einzige, ob dus glaubst oder nicht.«

»Nicht möglich.«

»Ob dus glaubst oder nicht. Und für was will er den Schrank? Für Bücher! Zum Bücherhereinstellen will er ihn.«

Ate lacht höflich, silberig.

Ewa: »Aber er is der schlauste Jid was je gelebt hat. Schau den Tisch da an. Woher – na? Aus der Kanzlei von dem russischen Oberst in der Kommandantura. Unter seiner Nase weg! So ein Jid is der.«

»Toll«, sagt Ate. Flecken auf ihren Wangen, ihre Augen ein Glanz, der Tee ist so wunderbar. Sie hätt sich zu Tod trinken können an diesem wunderbaren Tee. Trinkt ihn manierlich, ein kleiner Schluck und wieder ein kleiner Schluck.

Ewa: »Oder die Angeln oben am Fenster. Mit Angeln, schau hin – schaut aus wie versperrt. Nächstens, sagt er, hängt er dort noch ein kleinen Spiegel auf, wo das weiß ich nicht, aber er hängt ihn so, daß man sehen kann, sagt er, wer auf der Gasse draußen vorübergeht. Is aber noch immer nix gegen den Abort. Abort hab ich dir erzählt? Mit Ziehwasser.

Der amerikanische König hat nicht so ein Abort.« Gießt wieder Tee ein. »Er geht nie weg, also is er jetzt dort. Er hat Durchfall.«

»Mit Ziehwasser? Nicht wirklich mit Ziehwasser?«

»Ich kann dirs ja zeigen. Ich könnt sofort, aber er is grad drin.« Sagt Ate: »Na, sicher kommt er irgendwann heraus. Wer weiß, kann ja sein!« Klar, sie glaubt nicht ein Wort, jetzt gibt sie sogar einen kleinen Kicher, dann deckt sie ihn schnell mit Husten zu. Sagt: »Im Zug war auch ein Abort mit Ziehwasser. Nicht wirklich Ziehwasser, aber so ein Abort mit einem Riegel wo man sich einsperren kann, aber natürlich hat man nicht können, weil sieben Leut zum Schluß in dem Abort waren, ich mein sieben Leichen. Jedesmal wenn einer in dem Waggon gestorben is, gleich haben sie ihn in den Abort gesteckt, die Leut nehmen ja keine Rücksicht. Noch Tee? Ja, bitte. Wenn du noch hast? Ah. Danke. Der Tee da is enorm. Enorm! Wie wir weg sind von Oberschlesien, bei der Abfahrt, hat man den Abort noch benützen können, nur das Ziehwasser war schon kaputt, aber dann war schon einer tot und dann noch wer tot und dann wieder wer, meistens Kinder natürlich. Männer erst wie die Polen angefangen haben, durch die Waggons zu gehn. Frauen nicht. Ein Pole ist immer ein Kavalier. Damen bringen sie nicht um. Nur: ›Leg dich hin, Frau.‹«

Sie trinkt Tee, kleinen Finger weggespreizt.

»Leichen und Leichen und lauter Leichen«, sagt Ewa. »Kotzt einen an. Die Leichen wachsen einem zum Hals heraus. Gestern haben sie mich eingefangen, ich muß einen Film anschaun. Einfach eingefangen – Militärpolizei. Erst hab ich geglaubt bloß eine Razzia, Entlausung oder Gräbergraben, die immer mit ihren Gräbern. Aber nein, alles was sie gewollt haben, schleppen einen zum Filmanschaun.«

»Nicht wahr.«

38

»Wahr! Und was für ein Film? Leichen! Leichen in einem Lager. Zu was? Vielleicht noch ein Mensch der hat nicht Leichen in ein KZ gesehn?«

»Film mit Musik?«

»Nicht einmal Musik. Leichen. Sonst nix.« Schenkt sich noch einen Tee ein. »War aber trotzdem prima. Kino, nicht? Sitzt man da. Weich unterm Arsch.«

Ate sagt: »Ich mag Filme von Sachen, die es nicht gibt. Von Liebe und so.«

»Früher hab ich gern Filme gesehn vom Führer.«

»Ich mag Filme von Liebe. Wirklich Liebe, weißt du? Nicht Legdichhinfrau und schon hinein und schon aus und weg.« Ewa: »Die immer mit ihrem Legdichhin und fuchteln mit dem Revolver und weg und geben nichts. Weißt du was ich sag was es ist? Geizig.«

Ate: »Warst du schon in einem Puff? Mich haben sie einmal eingefangen und ins Puff. Die Russen. Wegen – wie haben sie gesagt? Vagabundasch. Weil ich von dem andern Haus damals weggerannt bin, weil – hab ich dir nie erzählt? Also wie ich von dem Lager für BDM-Mädels weg bin, wohin hätt ich sollen? Da war eine Irrenanstalt, dort bin ich hin, aber eigentlich hatten sie ein Waisenhaus daraus gemacht, weil es noch vollkommen ganz war, kein Beschuß, keine Fliegerbomben, nicht zu glauben, also bin ich hin als Waise, aber da hat wer gesagt aus Gemeinheit, ich bin keine echte Waise, ich bin echt verrückt! Nur weil man dort die Irrsinnigen umbringt. Umgebracht hat, in der Schmachzeit oder wann das war, was weiß ich. Aber die haben gesagt, man bringt sie noch immer um, nur damit sie mich weggraulen, weil es nicht zerbombt war. Und echte Betten auch, da will jeder hin, da haben sie gedacht, ich krieg Angst und hau ab. Aber daß man die Irren umgebracht hat, daß wir die Irren umgebracht haben, ist ja doch ganz in Ordnung, bloß eine Spritze und schon sind sie tot und tut nich weh, ist auch richtig für die Nation, nicht? Juden und Schwule und Zwanzigsterjuliverbrecher und Juden und so. Aber wenn ich nicht verrückt bin und es nur eine Gemeinheit von denen war, warum soll ich mich dann abspritzen lassen – stimmts? Außerdem haben sie dort noch Benzin gespritzt, mit Benzin schreit man zwei Stunden lang, mit Benzin. Also bin ich davon nach – na, irgendwo, da waren schon die Russen und die haben mich geschnappt wegen Vagabundasch in – na, wie heißt es denn, Ort weiß ich nicht mehr, ist ja nicht wichtig, man kann sich nicht an alle Orte erinnern, nicht? Dort haben sie mich in ein Puff für Unteroffiziere gesteckt. Aber ich bin weg. Ich wollte nach Halle zu meiner Familie, weißt du. Ich hab gedacht, wenn ich zurückkomm, mach ich vielleicht später einmal das Abitur, darum bin ich von dem Puff weg zurück nach Halle, mein Abitur machen, aber Halle, wo das früher war, da war nix mehr. Weg. Das war, wie mich die Amerikaner geschnappt haben, aber nicht für Puff sondern bloß Camp für Mädels, wo man sie entlaust und so, mit Nonnen, jeden Morgen statt daß man einen schlafen läßt muß man beten gehn. Wozu? Aber wart mal, das war ja doch das Lager, wo ich dich getroffen hab, oder verwechsel ich da was?« Sie nippt an ihrem Tee, den Finger weggespreizt. Jetzt ist ihr warm. »Ich mag Liebe. Oder Vaterland und so Sachen. Himmlisch. Oder Mond, und dazu einen Fluß. Kennst du die Lorelei? Einmal hab ich ein Zimmer gehabt, da war das Bild von der Lorelei über meinem Bett, das war in Halle. Das ist jetzt weg. Ich mag große Sachen. Wo man in den Augen naß wird, und ›Heil‹, und man kann nicht schlucken, so groß ist alles. Oder der Führer. Groß!«

Sagt Ewa: »Jetzt gibts auch amerikanische Neger da in der Stadt. Heute gekommen.«

»Schwarze. Ich möcht wissen, ob so ein Schwarzer sich

wäscht.« Ewa: »Waschen is überhaupt nicht gesund. Mach ich nie. Parfum!«

»Ich mag nicht, daß man mich wieder schnappt. Die Russen! Ich hass' die Russen. Untermenschen. Wie Käfer. Am besten, man tritt drauf.«

»Russen«, sagt Ewa. »Russen. Amerikaner. Polen. Engländer. DPs. Weißt du, was ich glaub? Ich glaub, ich krieg ein Kind.«

Ate: »Untermenschen und drauftreten. Schrecklich.«

»Russen«, sagt Ewa, »und DPs und Polen und Engländer. Ich hab ein dicken Bauch, glaub ich.«

»Der Russe zerstört die abendländische Zivilisation«, sagt Ate. »Weißt du, wie ein Bauch ausschaut, wenn's geschnappt hat?« Steht Ewa auf und streift die Nietenhosen hinunter.

Ate: »Schaut nicht geschnappt aus, wenn du mich fragst.«

»Glaubst du?«

»Die Wärme von so einem Feuer auf dem Bauch – prima.«

»Ja.«

Ate: »Aber einen dicken Bauch hast du nicht.«

In dem Augenblick kommt Jid.

Ewa: »Das ist Jid. Und sie heißt – wie war das?«

»Ate. Germanisch. Wissen die andern aber nicht.« Gibt ihm die Hand. »Sie kenn ich doch. Von wo?«

»Karimmenstadt«, sagt Jid. »Oder Kolkowka?«

»Waren Sie nicht der in dem Durchgangslager? Ihren Namen hab ich da auf der Spitze von der Zunge, warten Sie.«

»Ich war in dreizehn Durchgangslagern.«

»Dann stimmts. Sie haben Krach gemacht, Tag und Nacht, weil –. Nein, kann nicht stimmen. Der, den ich mein, dem haben sie beide Beine abgeschnitten. Erfroren.«

Sagt Jid: »Vielleicht haben wir uns woanders getroffen.« Schüttelt sie den Kopf. »Jetzt weiß ich schon. In dem Asyl!

Wir haben Sie den Kellergeist genannt in dem Asyl. Sie haben immer was von Kirschen geredet, immer von Kirschen.«

»Nein.«

»Dann ist es ein Irrtum.«

»Ja. Es ist schwer mit Gesichtern, es gibt zu viele Gesichter. Tut mir leid ich war nicht da wie Sie gekommen sind. Ich war in meinem Büro, mit Durchfall.«

»Da, bitte, jetzt hörst dus selbst.« Ewa zieht wieder die Hosen hoch. »Durchfall! Hab ich dir ja gesagt.« Gießt Tee ein für Jid, in ihre Tasse. Eigentlich ist es ein Blechnapf. Aber wie neu, nicht ein Flecken Rost, nicht ein Flecken Dreck darauf.

»Sie sagt, Sie haben einen Abort mit Ziehwasser.« Ate hält ihre Teetasse mit dem Finger abgespreizt.

»Stimmt«, sagt Jid. »War früher die Konversation von schwanger? Ober Schwanger kann man mir nix vormachen. Ich war so oft dabei, wie man selektiert hat, ich kann gar nicht zählen wie oft. Bei Schwanger muß man den Unterschied wissen zwischen wirklich schwanger und Hungerballonbauch. Oder Tripper. Oder Krebs. Oder schwanger. Wenn es Tripper is, hat man Ausschlag und stinkt. Ausschlag und es stinkt nicht – is es Schwindsucht. Hab ich mir alles ausgerechnet in meinem eigenen Kopf.«

»Da, bitte. Hab ich dir ja gesagt. Das is die Sorte Jid, was der Jid da is.«

»Wissen Sie auch was von Verrückt?« fragt Ate.

Jid: »Tut mir leid ich bin gerade jetzt ein bissel schicker. Gratis oder nicht gratis, bei Durchfall is es das einzige.«

»Weißt du, was ich nachdenk?« sagt Ewa. »Ich denk nach, von jetzt an geh ich vielleicht aufn Strich.«

Ate: »Wissen Sie was von Umbringen, wenn ein Mädel verrückt ist und man bringt sie um?«

»Was is da noch zu wissen? Meschugge – bringt man sie um und Schluß.«

Ewa noch einmal: »Als Beruf, weißt du?«

»Was.«

»Ich geh auf den Strich professionell als Beruf, hab ich mir ausgedacht.«

»Fällt mir ein«, sagt Jid, »da war einer hat dich gesucht. Der was Goy ihm das Radio schon vorausgegeben hat. Ich warn dich zu Vorsicht, mit dem laß dich nicht ein, er is kein Gentleman was man sich verlassen kann.« Spricht nicht weiter, erst später sagt er: »Man geniert sich man is so schicker.« Setzt sich. Weiter nicht ein Wort.

Ewa: »Die Ate da hat mir unsern Abort nicht geglaubt. Laß mich ihr den Abort zeigen.«

Jid, sitzt er da wie ein Streichholz, man hat sich mit ihm die Zigarett angezündet und dann blast man es aus. Sagt er: »Schicker. Oder a Fieber. Oder schicker.«

Ewa: »Schau, Jid, wir müssen wirklich auf den Abort. Laßt du zu wir müssen dafür auf den Hof hinaus? Ich hab einen Gast, tust du mir das an, daß du mich zum Lachen machst vor einem Gast?« Jid: »Es is abgesperrt, weil jetzt is es mein Büro. Du hast Seiten herausgerissen aus dem Buch, das feinste Buch und du immer zwei Seiten und noch zwei Seiten und noch, jedesmal kriegst du mich herum und ich laß dich herein.«

»Nur noch dieses Mal laßt du mich hinein, Jid, noch das eine Mal, nur daß ich ihr zeig es is wirklich ein echter Abort mit Ziehwasser was man einfach zieht und kommt schon.«

»Nicht einmal Stalin selbst hat so a Abort«, sagt Jid. »Hast gehört, Ate? Nicht einmal Stalin!« Bittet sie weich: »Den Schlüssel, Jid.« Jid zieht ein zerfetztes Buch aus der Tasche von seiner Fahrerjacke. »Die Hälfte von dem Buch is weg, weil du – zwei Seiten, drei Seiten jedesmal. Da, alle Blätter fliegen herum, ich hab sie wieder zusammengetan.« Gibt ihr den Schlüssel.

Ewa: »Und zwei Blätter, Jid. Zwei! Weil ich mag das Buch so, es is so weich. Jid, bitte, Jid. Die zwei herausgerissene Blätter da, sie sind eh schon heraus, was kannst du machen mit ihnen? Nix.«

»Diese zwei Blätter nicht«, sagt Jid.

Ewa: »Sie sind so weich!«

Sagt Jid: »Diese zwei Blätter nicht! Sie sind eine Verkündigung von die zwei Führer, der von England und der von Amerika beide zusammen. Hör dir an! ›Wir, der Präsident der Vereinigten Staaten und der Erste Minister des Vereinigten Königreichs‹ –« Ewa nimmt ihm die Seiten aus der Hand.

Sagt Jid: »Ich weiß sie auswendig.« Seine Stimme sitzt in einem Boot, was hin und her schwankt auf einem Wasser. »Ob du nimmst oder nicht nimmst, ich weiß sie auswendig jedenfalls.«

Ewa: »Er weiß sie auswendig. Da kannst du es sehn. Das is die Sorte Jid, die der Jid da is.«

»Ich bin schicker«, sagt Jid. Da sitzt er hilflos.

Sagt Ate: »Ich weiß jetzt. Sie sind doch nicht der von dem Irrenhaus. Komisch, wie der immer von Kirschen geredt hat. Jetzt erinner ich mich, den haben sie ja doch dann abgespritzt. Mit Benzin. Er hat gekrischen, zwei Stunden lang.« Geht hinaus, mit Ewa.

»Ich bin schicker«, sagt Jid zu sich allein.

4

Komisch, wie leis der war, wie er zum zweitenmal gekommen ist – der mit der Ami-Offizierjacke und dem Gesicht wie ein Bäcker. Kein Laut zu hören, steht er wieder im Fenster. Jid hat ihn nicht bemerkt. Der bewegt sich ohne Laut wie eine

Katz. Obzwar es scheint, ihm ist inzwischen noch eine Schnapsflasche über den Weg gerannt. So schicker, man glaubt nicht ein Mensch kann so schicker sein. Seine billigen Augen, weich wie kernweiche Eier, seine Augen schwimmen in Schnaps und Schnaps, daß ihm der Schnaps aus der Haut schwitzt überall. Unglaublich man kann in einen Mensch so viel Alkohol schütten und es rinnt nicht heraus. Halt ein Streichholz an ihn, explodiert er mit Flammen. Aber der – nicht ein Laut. Steht noch immer oben im Fenster. Geduckt. Wie er in den Keller herunterspringt, macht es einen dumpfen Plump, plumpen Dumpf, wie ein Apfel ins Gras fällt.

Jid fährt herum.

»Wo is sie?« fragt der Mann, ohne Stimme.

Jid hat ja doch da auch einen Schuß Schnaps in sich gehabt, nicht wahr. Oder doch Fieber? Oder Angst? Das Rasiermesser aus der Tasche wie ein Blitz. Ohne ein Wort, geht er schon den Bäcker an. Aber nächsten Augenblick – schon alles vorüber. Der Mann zieht ein das Bein, dann läßt er es schießen. Trifft mit dem Stiefel Jids Bauch und was er zwischen den Beinen hat, genau in die Mitte wie er ist ein Preisschießer auf einem Schützenfest, er muß sich jahrelang geübt haben zu diesem Tritt.

»Au«, schreit der Boy, so leise, in sechs Schritt Entfernung hätte man nichts gehört. Und sackt zusammen wo er steht. Was es unheimlich gemacht hat, war die Stille. Die ganze Sache vorüber und nicht ein Laut.

Sagt der Mann, ohne Stimme, beklagt er sich: »Beinah hättst du mich geschnitten.« Er geht nah zu dem Boy, der da liegt und sich krumm macht mit Bewegungen wie ein Wurm, den jemand in zwei Hälften geschnitten hat. Genau gezielt tritt der Mann dem Boy auf die Hand, damit er sie aufbricht. Das Rasier hebt er vorsichtig auf und schaut es an. Ein Souvenir, sagt er ohne Wort mit die Augen. Er probiert unsicher, und probiert immer wieder, daß er es in seine Tasche schiebt, aber findet sie nicht. Das dauert und dauert, er ist so schicker, aber dann findet er sie. Er steckt das Messer ein.

Der Jid kommt langsam hoch. Er kann schon aufrecht sitzen aber nicht aufstehn. Sitzt und bewegt sich nicht. Die Schmerzen schauen ihm aus den Augen, aber nicht ein Laut.

»Beinah hast du mich geschnitten«, beklagt sich der Mann und setzt sich auf die Treppe, wo das Gerümpel darüber hängt. Die Augen von dem Boy gehn herüber zu den gebrochenen Dachsparren und Ziegeln, gehn über den Schädel von dem Mann. Wenn ich herübergehn kann und nur um zwei Zentimeter das Holz verschieben, kracht es ihm auf den Kopf. Aber er kann sich nicht bewegen, sein Gedärm schmerzt, jeden Augenblick wird er sein Gedärm auskotzen auf den dreckigen Boden.

Jedenfalls für die Dachsparren ist es schon zu spät. Der Mann ist wieder aufgestanden, schicker aber beharrlich. Niemand weiß wo er es hernimmt, daß er so beharrlich ist. Greift den Stuhl, kippt ihn daß er auf die Seite fällt, dann tritt er auf ihn und tritt und tritt. Die Beine schon abgebrochen, eins nach dem andern. Dann nimmt er die Bank und schwingt sie hoch herauf, niemand kann verstehen von wo hat er die Kraft. Schwingt die schwere Bank hoch herauf und dann krach auf den Tisch, daß die Tischplatte splittert. So ein Tisch in Stücke zerhauen – gar nicht leicht. Schon schwitzt er, aber er macht weiter mit seiner Beharrlichkeit, ein beharrlicher Arbeiter, dazu nicht ein Wort, und so schicker er kann nicht aus den schlammigen Pfützen schaun was seine Augen sind. Jid sitzt auf dem Boden und starrt ihn an, wie er die prima Möbel in Stücke schmeißt. Alles mit nicht ein Wort, das macht es so schrecklich.

Das war, wie Goy durch einen Zufall hereinkommt. Wenn er den Lärm gehört haben möchte, hätte er den Panzerknacker mitgebracht, oder mindestens einen Stecken. So aber hat er keine Waffe mit sich. Grade ist der Mann dabei, daß er den Ofen herausreißt. Springt Goy ihn an. Nächsten Augenblick liegen sie schon beide am Boden. Goy packt seinen Kopf, und wie wenn er ein Hammer ist, hämmert er den Kopf von dem Mann gegen den Steinboden, und hämmert und hämmert und noch und noch.

Merkwürdig, der Mann probiert gar nicht wirklich daß er sich freimacht. Er schaut den Goy nur an aus seinen billigen Augen, während sein Kopf gegen den Boden schlägt. Nicht ein Laut, nur der Kopf schlägt gegen den Boden. Das einzige was der Mann tut, ungeschickt, aber er probiert immer wieder, ist daß er in seine Tasche greift. Endlich findet er das Rasier und zieht heraus, aber die Finger sind ihm zu ungeschickt, schon verliert er es. Tanzt es über den Steinboden und bleibt liegen, zwei Meter weg.

Von da an probiert der eine und probiert der andere, jeder daß er das Messer kriegt. Der eine hält den andern und umgekehrt, dabei nicht ein Ton, nur schwer atmen und schwitzen. Das ist wo Jid hätte helfen können, aber kaum versucht er daß er sich aufrichtet, reißt ihm der Schmerz das Gedärm heraus. Komisch, in dem Kampf ist das Stöhnen von dem Jid, der nicht mitkämpft, das einzige was man hören kann.

Dem Mann gelingt es zuerst, daß er das Messer greift, aber er läßt es wieder los, wie Goy ihm in das Handgelenk beißt. Endlich kriecht Jid herüber zu dem Messer und stößt es so, daß Goy es erreichen kann. Reißt Goy sich los und springt auf. Springt aber der Schickere auf im selben Augenblick, wie der Blitz. Noch immer kein Laut. Goy mit dem Rasiermesser, so schleichen sie im Kreis der eine um den andern und nicht ein Laut.

Jetzt endlich geht Goy den Mann vorsichtig mit dem Messer an, gleich kommt ihm Blut aus dem Unterarm. Dann kommt ihm Blut von der Wange, ein zackiger Schnitt. Nicht ein Laut. Der Mann zieht sich zurück, ein Schritt und noch ein Schritt, überall mit Blut. Es sieht aus er will das Fenster erreichen. Versperrt ihm Goy den Weg. Jetzt endlich steht auch Jid gerade, aber von der Stelle bewegen kann er nicht. Jetzt zieht Goy einen langsamen Schnitt dem Mann über die Brust.

»Sowas darf man nicht«, sagt der, ohne Stimme. Gerade da hat er seinen Augenblick. Es schaut aus er stolpert, aber in Wirklichkeit zieht er nur das Bein herauf. Nächsten Augenblick schießt er es vorwärts, bestimmt hat er Jahre lang geübt diesen Tritt. Dabei, im Treten, stößt er ein Krächzen aus, merkwürdig, ein Triumph wie ein Jäger im Moment er trifft, es ist seit langer Zeit in dem Keller der erste wirkliche Laut von einer wirklichen Stimme.

Der Laut ist noch in der Luft, wie er jetzt sein Gleichgewicht verliert, er ist zu schicker. Steht gerade vor der Treppe, und mit dem Triumph von einem Jäger noch auf dem Mund, fällt er nach hinten gegen die Dachsparren die das Gerümpel zurückhalten. Dachsparren Gerümpel gebrochene Ziegel, alles bricht herunter auf ihn. Goy und Jid, beide stehn sie und schaun. Und schwitzen. Und atmen schwer. Liegt da der Mann mit Schutt und Balken auf ihm und bewegt sich nicht mehr.

»Ich muß was trinken«, sagt Jid. »Hol den Schnaps.«

Goy: »Is er tot?«

»Ich muß trinken, jetzt sofort.«

Sagt Goy: »In zwei Stund friert er steif. Aber später stinkt er. Ich zieh ihn raus.«

Ewa kommt da herein, mit Ate.

»Was is los?«

Ate: »Oh.« Stehn sie beide und starren.

»Ich zieh ihn raus«, sagt Goy. »Hau-ruck.«

Es ist nicht schwer ihn zu schleifen. Goy schaut ihn an. »Nicht stark zerquetscht.«

Ewa: »Wer hats gemacht?«

Goy: »Wir müssen ihn eingraben.«

Jid: »Schau dir an, ein prima Waffenrock. Da mit dem Messer hast du ihn geschlitzt.«

»Eingraben in ein Bombenloch hinterm Bauplatz. Man muß ihn eingraben.«

Jid dreht den Mann um mit seinem Fuß, jetzt liegt er am Rücken. Wirklich nicht sehr zerquetscht.

Sagt Ate: »Man muß immer zuerst die Augen anschaun, ob er gebrochene Augen hat.«

Ewa: »War er sehr geil auf mich?«

Dreht seinen Kopf hin und her, neugierig, mit ihrem Fuß. Goy: »Man muß ihn eingraben.«

»Schmeißt ihn unter den Bombenschutt«, sagt Ate.

»Schmeißt ihn in den Fluß.«

»Zerbrich dir nicht den Kopf«, sagt Ewa unfreundlich. »Er ist geil gewesen auf mich, nicht auf dich.« Dreht immer noch seinen Kopf hin und her mit der Schuhspitze. »Er ist nicht stark zerquetscht.«

Jid: »Jemand muß heraus auf die Gasse und aufpassen, ob wer kommt.«

Diesen Augenblick kommt der Boy mit dem Curls herein, mit dem Kindl und mit einem Hund. »Schau her«, sagt er, »wir haben einen Hund! Dem Kindl gehts besser und –. Wer ist das, wie liegt er da? Den Hund da hab ich drüben an der Ecke gefangen, dort hat er herumgerochen in dem Haus, im Schutt wo früher ein Haus war, jetzt ist dort nix, dort hat er gerochen.« Kommt näher. »Wer ist das? Ist er tot?« Den Hund hält er an einer starken Schnur um den Hals gebunden, ein freundlicher Hund, er schaut so zerzaust aus man muß lachen.

Sagt Jid: »Du kannst draußen auf der Gasse stehn, aufpassen.«

Curls: »Du, Kindl, schau her, da hast einen toten Mann. Da hast eine wirkliche tote Leiche, schau. Amerikanische Offizierleiche. Wer hat ihn hingemacht?«

»Das is kein Amerikaner.«

Curls: »Ich kenn den Hund von früher. Heißt Herr Müller.« Das Kindl läßt sich aus dem Wagen herausfallen. Es geht ihm wirklich viel besser, es ist so bitter entschlossen. Jetzt kann man auch sehen, warum es nicht laufen will. Die zwei Beine sind nicht sehr gut. Dünn wie Streichhölzer von einem verhungerten Wickelkind, man schmeißt es auf den Haufen ohne eigene Nummer. Auf den Händen und Füßen bitter entschlossen kriecht es zu auf den Hund. »Hund«, sagt es, wie ein Befehl. Alle schauen sie zu, der erschlagene Mann liegt da, niemand kümmert sich.

»Hund!« Der Hund hat sich erschrocken und reißt am Strick, er will weg vom Kindl.

Curls: »Er heißt Herr Müller.«

»Er is zum essen«, sagt Goy.

Der Hund hat sich losgerissen, jetzt rennt er in den hintersten Winkel von dem Keller und ist verrückt vor Angst. Kriecht das Kindl ihm nach, quer durch den Keller.

»Ich mach ihn tot.« Goy hebt ein Stück Ziegel auf von der niedergebrochenen Treppe.

Sagt Curls: »Er heißt Herr Müller.«

»Schon recht.« Goy, freundlich, schmeißt den Stein. Der Hund heult auf. Curls fängt den Strick, da hat er den Hund wieder. Nimmt Goy noch einen Ziegel auf. »Ich kill ihn« – freundlich.

Curls: »Das Kindl kann mit dem Hund spielen.«

»Hund.« Das Kindl ist grimmig entschlossen. Der Hund knurrt, mit gesträubtem Fell.

»Eigentlich is er zum essen. Hundsuppe. Prima.«

Dann gibt Goy auf. Den Ziegel schmeißt er herauf durchs leere Fenster.

Jid: »Die Leich muß weg.«

»Ja«, sagt Goy. »Oder so einen Hund auf Kohlen braten, wenn man Kohlen hat. Oder Suppe. Einmal haben wir Hundsuppe gehabt im Lager. HJ-Lager, wo man Werwolf gelernt hat.«

»Warst du ein Werwolf?«

»Werwolf, ja. Eigentlich hab ich in eine Burg gesollt weil der Doktor gesagt hat, so eine prima Rasse wie ich, das gibts sonst gar nicht, daß einer so eine prima Rasse ist. Aber wie dann die Roten gekommen sind, haben sie gesagt, jetzt müssen wir zuerst die Roten schlagen. Also war ich ein Werwolf, zwei Tage lang. Alle sind weggerannt. Da haben wir einen LKW organisiert, und davon. Das is, wie ich ein Werwolf gewesen bin. Oder man bratet so einen Hund überm Feuer, wenn man ein Feuer hat.«

Jid steht da neben dem Toten beweglos und schaut ihn an.

Sagt Goy noch: »Oder Karnickel braten. Oder Vögel braten, da kann man jeden Vogel nehmen. Oder Rüben braten. Oder Frösch braten, wenn man Frösch erwischen kann. Oder gebratener Hund mit Haufen Rüben und ein Sack Kartoffel und – ah, und Sardinen zum Beispiel, Amerika-Sardinendosen, Amerikaner schmeißen Dosen in Eimer mit dem Amerikanermüll, in den Mülleimern findet man sie, und aufmachen und braten mit Brot in Sardinenfett. Und Müll. Einmal hab ich mit einem Griff aus einem Amerikanermüll drei neue Dosen Amerikanersardinen herausgeholt. Mit einem Griff.«

Die andern stehen um Goy herum und hören ihm zu, so eine prima Geschicht ist das. Die Leiche vergessen, nur Jid starrt sie immer an. Und weiter die Leich vergessen, bis das Kindl – dem ist wirklich sehr viel besser. Kriecht es zu der Leich hinüber, zeigt mit dem Finger auf die Soldatenkappe was der Tote vom Kopf verloren hat wie es ihn erschlägt, zeigt drauf und verlangt: »Das. Haben. Das!« Jetzt schauen sie alle hin.

Jid: »Jemand muß draußen aufpassen, Curls!«

»Okay.« Curls geht heraus, beleidigt weil man ihn wegschickt. Ewa: »Die Kappe paßt genau zu meiner Bluse da. Grad was ich brauch.«

Goy: »Der gehört eingegraben jetzt sofort.«

Sagt Ate: »Ich gehöre ja natürlich nicht dazu, aber seine Hosen könnte ich dringend brauchen. Wenn ihr ihn eingrabt, braucht er ja seine Hosen nicht.«

»Auf wen war er geil?« fragt Ewa. »Auf mich oder vielleicht auf dich?«

»Das da«, sagt das Kindl entschlossen. Brüllt: »Das!«

Goy: »Da hat er einen Gummiball in der Tasche.« Er zeigt ihn allen.

Sie ziehen den Toten aus, einen Augenblick später ist er schon fast ganz nackt. Nur seine Unterwäsche und seine grell gelben Socken hat er noch am Leib.

Ate zu Ewa: »Liebling«, sagt sie wie Zucker, »reg dich nicht auf, die Leiche gehört schon dir.«

Sagt Jid: »Hat er keine Uhr, kein Geld, wieso hat er keine Uhr?«

»Magst Ball spielen?« Goy schupft den Ball zum Kindl. Curls, draußen – ein Pfiff.

»Kommt wer«, sagt Jid. »Schnell, die Leich weg. Hinten heraus. Nein, is zu spät. Hilf heben, Scheiße, zu schwer. Heb auf! Ja, jetzt. Ruck! Mädels weg, Mädels hinaus, vorwärts. Alle weg!« Draußen, Curls, pfeift er noch einmal, und schnell nocheinmal nocheinmal.

»Es kommt wer herunter.« Jid fangt an zu zittern. »Die Leich verstecken, ja, gut, stopf in den Schrank und zu. Und jetzt alle weg.« Er schaut hinauf, hinaus, sein Gesicht wie Kalk. »Da. Kommt schon. Ein Mann. Ein Offizier, einer allein. Amerikaner.« Schaut hinauf schärfer. »Ein Nigger!«

Zweiter Teil

1

Der Mann ist groß und schlank. Ganz jung ist er nicht, vielleicht vierzig vielleicht fünfzig. Schwer zu sagen, bei einem Schwarzen. Dabei ist er nicht wirklich schwarz – mehr grau und braun. Spanierblut, Indianerblut, alles zusammen vielleicht ebenso viel hereingemischt wie das afrikanische Negerblut. Nur noch in seinen Gelenken sitzt Afrika. Wind sitzt in der Art wie er sich bewegt, es strömt und es strömt ein Fluß, the Great Old River. Schaut merkwürdig aus, irgendwie paßt es nicht zu der Uniform von einem American Officer.

Die Uniform sitzt zu gut und sitzt gleichzeitig überhaupt nicht. Er aber schaut aus wie wenn er denkt look here, da trag ich diese großartige Uniform. Just look, das bin ich, ein Niggerkind von St. Louis, Mississippi – und now schau dir an so weit hab ich es gebracht mit Offizierspangen auf meiner Uniform und die Medal da hab ich auch, zur höheren Ehre von Gott und my Negro people in this democratic Democracy.

Auf der Nase hat er was man früher getragen hat, ein Kneifer mit einem Doublegoldrand wie in the good old days, sogar mit einer schwarzen Seidenschnur, daß es nicht herunterfällt. Es paßt nicht, nicht in die jetzige Jetzigkeit, nicht zu dem Slum wo der Mann geboren ist, nicht zu dem großen flachen ernsten Gesicht von ihm, es paßt nicht. Es schaut aus im Ernst braucht er den Kneifer gar nicht, er sieht ganz gut, nur es ist mit seinem Goldrand eine von den Sachen was er geträumt hat als ein Niggerkind und jetzt hat er es erreicht. Aber sein Gesicht ein gutes Gesicht trotzdem, vieles Studieren in die Stirne hereingefurcht, mit starken Haaren rings herum ordentlich getrimmt und schon grau. Außerdem vielleicht ist es doch nicht die Uniform als Offizier, was ihn so stolz macht, sondern die zwei kleinen Kreuze auf dem Aufschlag? Militärpfarreraufschläge. Sagt er: »Guten Tag, guten Morgen!«

Die fremde Sprache spricht er so genau und vorsichtig wie er geht auf Zehenspitzen auf einem Seil. Steigt herunter in den Keller und schaut sich um, wie wenn er ist der Pfarrer vom District da. Sagt: »So wohnt man da also.« Mit the Great Old River von back home in der Stimme, wie er es ausspricht.

Jid schaut ihn genau an, herauf und herunter von Kopf bis Fuß. Der Mann is okay. Mit der Polizei hat der Mann da nix zu tun. Nicht wahrscheinlich, so ein Mann wie der interessiert sich spezial für eine Leich. Schau dir ihn an, alles in allem ist er in Ordnung. Hat er gesagt ›so wohnt man da?‹ Also wahrscheinlich hat er Ewa früher am Markt gesehn und ist hinter ihr her bis da zum Haus. Manche wie der da geben acht sie sprechen nicht zu einem Girl auf der Straße wo jeder sieht, wegen dem Verbot No Fraternization.

Sagt Jid: »Ja, so wohnt man da. Haben Sie Glück. In der ganzen Stadt finden Sie nicht so eine Okkasion für a Gent wie Sie!« Einer was sich auf der Straße nicht traut und einem Girl nachgeht bis zum Haus, bevor daß er den Mund aufmacht – das ist ein Geschäft. Dazu noch ein Nigger. Vielleicht gibt es ein spezielles Nigger-Fraternisierverbot?

Jid: »Es ist die einzige sichere Okkasion für Sie in der ganzen Stadt.«

Der Mann schaut herum teilnahmsvoll mit seinem Goldrandkneifer. Vor zwei Stunden ist er angekommen, ausgebildet für den special Seelsorgerjob und herübergeschickt straight from the United States of America. Das hier war der für ihn bestimmte Platz in der Wüste von Europa, und er entschlossen er will ein guter Hirte sein, a good shepherd, nicht nur für achthundert Negro soldiers. Er hat seine Sachen im Quartier abgestellt, und mitsamt seinem Goldrandkneifer ist er jetzt auf dem ersten Rundgang. So also konnten the Lord God's Kinder leben und dabei noch immer lebendig sein. »Was für eine Wohnung!« sagt er. »What a place!«

»Ja«, sagt Jid. Er ist ja gewöhnt, daß die Leute die Wohnung bewundern. Jeder möchte so eine Wohnung bewundern. Feinste Wohnung in der ganzen Stadt! Mit Möbeln.

Ein bissel Blut bei der Treppe – bückt er sich und wischt es mit seinem Ärmel weg.

Der Mann schaut zu und fragt: »Hast du ein Kaninchen geschlachtet?« Vielleicht hat das Rabbit gar nicht dem Boy gehört, denkt er. Vielleicht ist das gar nicht das Blut von einem Rabbit. Er erinnert sich an die hungrigen Tage, wie er selbst so ein Boy war. Vielleicht hat der da einem Nachbarn ein Huhn gestohlen. Man hat ihn ja gewarnt, betreffend den sittlichen Verfall in der Wüste Europa. Man muß sowas zunächst übersehen, wenn auch mit einem Zwinkern, damit der Boy nicht vielleicht glaubt, man ist ein weltfremder Fool. »Ein Kaninchen geschlachtet?« – sagt er noch einmal und zwinkert.

Jid schaut ihn genau an. Er hat sich in dem Guy da offenbar getäuscht. Da hat es doch so einen SS-Sturmführer gegeben. Immer wenn ihm ein Kind in den Weg lief – »Kaninchen killen« hat er es genannt, das war sein Witz. Dann hat er immer seine Finger abgewischt an der Hose. Und wie kommt jetzt dieser Nigger-Offizier aus Amerika zu der Redensart von der SS?

Sagt Jid: »Kaninchen gekillt? Und wenn ja? Ich sag nicht,

Sie haben recht, aber wenn wir wirklich haben – was dann?«
Er übersetzt es für den Guy. »So what?« Amerikanisch. Alle
Leut müssen heute alle Sprachen kennen in der beschissenen
Stadt. »So what, wenn wir wirklich –?«

»Wir?« Der Mann nickt lächelnd. »Und wo sind ›wir‹?«

Schaut Jid ihn wachsam an. There you are. Bitte. Der
Guy hat überhaupt nichts gegen Kaninchenkillen, er meint
Business. Wo sind ›wir‹! Dafür ist er schließlich hergekom-
men. »Sie is das kolossalste Girl in der ganzen Stadt«, sagt
Jid. Dreißig Tschik, denkt er. Vielleicht kann man riskieren
bei so einem Nigger man verlangt fünfzig Tschik.

»›Sie‹?« fragt der Mann lächelnd. »Deine Schwester?«

»Nein. Aber ich kümmer mich für sie ums Geschäft.« Ums
Geschäft? Der Mann hat nicht recht verstanden. Er lächelt:
»Ist sie jetzt in der Schule?«

»Das is in Ordnung. Da müssen Sie sich nicht sorgen. Sie
is über sechzehn.« Der ist ja grün, denkt Jid. Der is grün wie
Spinat. Der hat ja überhaupt keine Ahnung. Vielleicht sogar
sechzig Tschik. Der Mann: »Es wäre trotzdem besser, wenn
sie zur Schule geht.« Jid schaut ihn genau an, Kopf zu Fuß,
Fuß zu Kopf. »Ich weiß ein anderes Mädel, was noch das
Alter is, wo man sonst in die Schul geht. Warten Sie ein bissel. Sitzen Sie!« Es ist nicht wahr, ich kenn keine grad jetzt,
denkt er, er ist ganz außer sich, nächsten Augenblick rennt
ihm der Guy davon, kein Tschik, kein garnix. »Ich hol sie.«
Jid zerbricht sich den Kopf. »Ich hol sie, sie wohnt gleich
danebenan.«

»Wenn sie im Haus daneben wohnt«, sagt der Mann, »will
ich sie ein anderesmal besuchen, wenn du mir die Wohnung
zeigst.« Sagt Jid, verzweifelt: »Eine ganz kleine hab ich hier,
aber Sie werden sich vielleicht nicht interessieren, sie is noch
ein Kindl.« Er muß sich das Nasse von der Stirn wischen, er
ist so außer sich, seine Augen verzweifelt der Mann geht weg.

»Sie hat a Ballonbauch«, sagt er, wie wenn das ist eine Attraktion.

»Warum sollte ich mich nicht für sie interessieren?« fragt der Mann mit einer Priesterstimme. Seine Augen verwundern sich, hinter Glas, hinter dem Kneiferglas. Wischt der Boy sich die Stirn, sagt: »Boys – das ja. Vielleicht wollen Sie Boys?«

Darauf der mit der Priesterstimme: »Du bist doch selbst ein Boy.« Ein bissel hat es ihn schon aus der Fassung geschmissen. Vielleicht kennt er die Sprache doch nicht quite well enough? Vielleicht nicht genug! Es macht ihn unhappy, aber er lächelt. Sagt: »Gerade an dir nehm ich besondern Anteil.«

Schaut Jid ihn an. »Das sagen Sie noch einmal.« Und zur Sicherheit auch amerikanisch: »Say it again.« Er ist doch sonst nicht auf den Kopf gefallen, der Boy, a clever Jid, aber er ist verzweifelt es kommt ihm vor er ist so ungeschickt. ›Say it again‹, aber was er denkt ist nur, der Guy ist meschugge and that is that.

Aus! ›An dir nehm ich besondern Anteil‹, wer nehmt schon Anteil an einem Jid Boy was schaut aus wie er? Dieser Guy, a black United States Officer, du hast geglaubt er is a Sucker, du legst ihn herein, stellt sich aber heraus er is meschugge noch und noch, nächsten Augenblick rennt er weg. Wenn er nicht will a Girl und nicht will a Boy, was will er? »Hören Sie«, sagt Jid mit Verzweiflung, »hören Sie mich aus.« In a minute wird es garantiert ihm einfallen, so eine Sorte Jid ist er. »Sitzen Sie einen Augenblick sitzen Sie.« Kein Stuhl mehr, also schleppt er die halb zerbrochene Bank zu dem Gast, mit Schweiß vorne auf der Stirn.

»Danke«, sagt der Mann, »aber zum Sichsetzen ist es ein bißchen kalt hier.« Lächelt, und weiß nicht was soll er tun, und wie alle Geistliche es machen reibt er sich die Händ.

Der Boy steht und zittert und denkt verzweifelt. ›Kalt?‹ Warum redet der Guy von kalt? Ist er gekommen er will Kohle verkaufen? Oder Holz? Oder nicht verkaufen vielleicht sondern er kauft? Kann sein das gebrochene Holz draußen auf dem Hof? Klar! Das Holz! Zwei andere Guys sind schon gekommen früher und haben wollen. Aber ein Amerikaner, zu was kauft er Holz? Also kann es nicht Holz sein, also was will er? ›Kalt‹ hat er gesagt? Stop, jetzt hat er es. Der Guy ist ein Nigger, also ist er wahrscheinlich gewöhnt es ist heiß dort von wo er kommt.

»Hören Sie mich aus«, sagt Jid, »ich hab für Sie ganz genau die richtige Sache. Eine amerikanische Offizierjacke, prima warm. Sie können sie tragen über die Jacke da oder unter die Jacke da. Gut, ein bissel zerschnitten über der Brust nicht die Rede wert, aber dafür kriegen Sie sie als eine enorme Okkasion. Nur ein bissel stopfen müssen Sie ist sie schon wie neu. Hundert Tschik. Gut, Ihnen geb ich sie für nur achtzig Tschik. Was sagen Sie, what do you say? Die Jacke is die enormste Okkasion in ganz bloody Austria. Von ein amerikanischen General! Eisenhower selbst hat sie getragen mein Ehrenwort, soll ich tot umfallen in dieser Sekunde wenn Eisenhower sie nicht getragen hat. Gut, siebzig Tschik. What do you say?« Schaut ihn an verzweifelt. »Okay, fünfzig Tschik.« Vielleicht nimmt der Guy von dem Gekillten auch noch die Schuh? Maybe die Kappe? Sagt Jid: »Fünfzig, und als Daraufgeschenk geb ich Ihnen noch a militärische Kappe. Was sagen Sie jetzt?«

Ja, da steht nun also dieser Mann, the Reverend Hosea Washington Smith ist sein Name, von der Herz-Jesu-Kirche in Beulah, bei Claxtonville, Louisiana, in den United States of America – da steht er und findet sich nicht zurecht. Wie soll er sich helfen, was soll er tun? Einmal hat er gehört von einem, der will nach Spanien, der lernt die Sprache, aber wie er hinkommt, stellt sich heraus, irgendwo muß ein Mißverständnis gewesen sein, Bücher verwechselt oder sowas, jedenfalls er kommt hin und spricht, ist es nicht Spanisch sondern Portugiesisch was er gelernt hat, wie sie das in Spanien reden klingt es wie man einen entfernten Bekannten trifft aber den Namen weiß man nicht, es ist wie eine Wand von Glas zwischen ihm und dem Sinn von was der andere sagt, nein, den wirklichen Sinn versteht er nicht. Der Fall von dem Mann in Spanien, das ist hier sein Fall. Irgendwo muß da eine Verwechslung sein. Da dieser Boy, schaut aus er ist ein Kind von zehn, aber spricht er so ist er ein Mann von – nein, das richtige Alter kann man gar nicht sagen, und alles hinter der Wand von Glas. Ein Kid! Auf was will das Kid heraus?

»Hören Sie mich aus«, sagt Jid. »Ein Radio! Was würden Sie sagen zu einem Radio? Oder vielleicht Sie wollen nicht zahlen mit Tschik, was man sagt mit Zigaretten? Okay, keine Tschik, Sie können das Radio zahlen mit Benzin. Nein, bleiben Sie, gehn Sie nicht weg, ich weiß was Sie brauchen. Ein Radio, natürlich haben Sie schon ein Radio, ein American Gent wie Sie, zu was ein zweites Radio? Jemand is kein Geschäftsmann, also zu was braucht er ein Radio was er nicht braucht? Stimmt? Aber ich weiß, was Sie wirklich brauchen. Ein Gent wie Sie, braucht er a Mikroskop! Manche Leute verkaufen Mikroskope mit ohne Linsen. Weiß ich vielleicht nicht über Mikroskope? Ein Mikroskop ohne a Linse stinkt. Ein Mikroskop ohne Linse kriegen Sie überall. Aber ich hab a Linse! Ich werd Ihnen eine Linse verkaufen. Was sagen Sie, what'ye say? Stalin hat nicht so eine Linse. What'ye say now?« Schweiß auf der Stirn, sein Gesicht grau, seine Augen bestehen aus nichts wie Verzweiflung.

The Reverend H. W. Smith sagt: »Glaubst du an Gott?«

»An welchen?« Jid denkt wie der Blitz. Sofort hätt er sehen

müssen daß mit der Uniform von dem Guy etwas nicht ist wie sonst. Die Abzeichen darauf sind anders. Anderseits, immer erfinden sich Amerikaner was Spezielles für ihre Uniform, keine Uniform genau wie die andere, sie sind keine Sowjets sie sind keine Deutschen, also wozu hätte man hinschauen sollen vielleicht ist ein kleiner Unterschied? ›Glaubst du an Gott‹, hat er gesagt, und kleine Kreuze am Aufschlag. Vielleicht ein Galach, ein geistlicher Reverend? Ein Galach von welchem Gott?

Jid, vorsichtig: »Glaubst du an welchen Gott?«

Der Mann lächelt nicht mehr: »Es gibt nur einen.«

Jid lacht trocken. Ein Spaß! Nicht daß es ihn angeht, dieser Gott oder jener Gott ist ihm furzegal, was für eine Sorte Gott der Gott von ausgerechnet den amerikanischen Niggern ist, das weiß er nicht, aber jedenfalls, der Guy ist ein Galach, kein vernünftiger Mensch läßt aus eine Chance daß er sich beliebt macht bei einem Galach, nur mit dem da ist die Schwierigkeit er ist zu grün! Kommt daher und sagt ›Es gibt nur einen Gott‹!

»Hören Sie mich aus, Mister. Nur ein Gott – hab ich schon gehört. Es hilft Ihnen überhaupt nicht. Immer wieder sind ein paar Jidden gewesen im Camp und haben es probiert. No good. Einmal ein Jid, ist er immer ein Jid. Oder wenn Sie ein Nigger sind, sind Sie einmal für allemal nicht ein Arier sondern ein Nigger. Gott spielt keine Rolle.« Ich verderb mir das Geschäft, denkt er, aber wenn einer so grün ist und man weiß besser, kann man nicht widerstehen man muß es erklären, Geschäft oder nix Geschäft. Vielleicht hab ich ein bissel Fieber, denkt er, Durchfallfieber, Ruhrfieber ist anders. Oder vielleicht war der Schnaps zu viel, es ist einfach so, daß ich es erklären muß.

Er schaut den Mann herauf und herunter von Kopf zu Fuß. »Sind Sie ein Galach?«

Da ist noch immer die alte Glaswand zwischen diesem Guy und dem Sinn. Wie ist das? Er sollte sein – wer oder was? »Ich bin the Reverend H. W. Smith«, sagt er. »Militärpfarrer. Geistlicher.« Er fühlt sich ungeschickt und ist traurig und weiß nicht warum.

»Militärpfarrer.« Jid nickt. Ein prima Job. ›Glaubst du an Gott‹ – das ist die ganze Arbeit. »Wieviel machen Sie, was zahlt man Ihnen«, sagt er, »nein don't tell me, lassen Sie mich nachdenken, ich weiß es selbst. Wenn Sie in der British Army sind – sind Sie aber nicht. Wenn Sie in der deutschen Wehrmacht sind, angenommen es würde noch eine Wehrmacht sein, möchten Sie bekommen – ist aber gleichgültig, weil es gibt nicht die Wehrmacht mehr. Ein SS-Galach hätten Sie sein sollen – das ja, das war mit Zuschlag, gewöhnlicher Wehrmachtgalach ist nicht die Mühe wert. Sie sind American Army – wait a moment. Kein Ring, also sind Sie nicht verheiratet, also verdienen Sie im Monat dreihundertfünfundzwanzig Dollar und sechzig Cent.«

»Es kommt nicht darauf an, wieviel ein Mensch verdient, mein Sohn«, sagt der Mann, »es kommt darauf an, wie ein Mensch lebt. Ob er wirklich in Gott lebt, meine ich.« Ich sage das schlecht, denkt er, ich spreche nicht seine Sprache. »Nebenbei«, sagt er, »ich verdiene 296 Dollar, nicht 325, nebenbei.«

Jid: »296 und zehn Prozent Auslandzulage, ist es 325.«

»Es ist nicht wichtig.« Der Mann wird rot, und merkt es, daß er rot wird, und haßt es. »Auslandzulage oder keine Auslandzulage, wichtig ist nur, ob man in Gott lebt, mein Sohn, ob man an ihn glaubt, ob man sich sehnt nach seinem Reich. So ist das, ich möchte, daß du das verstehst, nur das ist wichtig und nicht –« Er spricht nicht weiter, hilflos, er setzt sich schwer auf die zerbrochene Bank. »Nur das ist wichtig, nicht jene dreißig Dollar Unterschied oder wieviel das ist.« Sieht müde aus, mit einemmal. Sein Lächeln verschwunden. »Ich möchte dir helfen«, sagt er leise.

Jid: »Herr Galach, wenn Sie mir wirklich helfen wollen, gibt es eine Sache, da können Sie mir helfen. Ein paar leere Blätter amerikanisches Armeegalachbriefpapier.«

»Briefpapier?«

»Was will ich darauf schreiben? Möchte ich es verwenden für etwas Schlechtes? Ich würde schreiben: ›Ich, der unter-gezeichnete Galach, befehle dem Magazinverwalter von der Amerikanischen Armee, daß er dem korrekten Besitzer von diesem Schein, Herrn Jiddelbaum, soll er ihm einen halben Liter komplette Milch geben mit nicht einen Tropfen Wasser hereingemischt, er soll es ihm geben für einen ganzen Monat jeden Tag.‹ Weil Milch – Milch! Erinner ich mich an Milch? Ich erinner mich. In meiner Lebzeit hab ich Milch getrunken – ganze Flaschen! Einmal war ich krank, haben sie mich in ein Spital geschickt. Der Schlag soll mich treffen diesen Au-genblick, wenn sie mir dort nicht gegeben haben Milch, nicht wie man Schnaps kriegt ein Schluck und noch ein Schluck, sondern ganze volle Gläser haben sie gegeben, man trinkt einfach herunter. Damals war ich zehn. Nein, lassen Sie mich denken. Neun war ich damals. Vier Jahr is es her.«

Er sagt mürrisch: »Niemand kann mir erzählen über Milch.« Einen plötzlichen Schweiß wischt er sich von der Stirn. »Es gibt Kuhmilch und Ziegenmilch und Milch von Frauen. Einmal im Camp war eine Frau, sie hat Milch aus sich heraus ihrem Kind gegeben, bis es drei Jahr alt war, dann hat sie nicht weiter Milch machen können aus sich heraus, also ist sie herumgegangen und hat allen Leuten gesagt, wenn sie nur wieder schwanger wird, möchte es vielleicht wieder gehen. Also ist sie wieder schwanger geworden, aber es hat nicht geholfen, denn kaum hat man bemerkt sie ist schwan-ger, bei der Selektion, hat man sie schon ins Gas geschickt.

Das is was man wissen muß über Milch.« Schweiß von der Stirn gewischt. »Zu was also möcht ich gebrauchen Ihr Briefpapier? Zum darauf schreiben. Es is keine Sorte Brief, was ich nicht schreiben kann. Schnorrbriefe, Liebesbriefe, einmal hab ich Schnorrbriefe geschrieben für eine ganze Entlausungsstation, achtzig Mann. Ein Professor war dort, mein Ehrenwort, Professor für Tanzen, aber wen haben sie gebeten soll ihre Schnorrbriefe schreiben? Mich. Das is die Sorte Schnorrbriefschreiber was ich bin. Oder Liebesbriefe für Polen. Ein Pole kann schreiben oder nicht, bei ihm is es Liebesbriefe, das is die polnische Filosofie. Aber möchte ich Ihr Galachpapier benutzen für Liebesbriefe, Herr Galach? Nein. Geb ich Ihnen mein Ehrenwort! Geben Sie mir nur zwei leere Blätter, ist schon genug. Ich benütz das eine für Milch und das andere benütz ich zum Hinkommen und das is alles.«

»Zum Hinkommen? Wohin kommen?«

»Wohin? Irgendwohin. Wo es nicht hier ist sondern anderswo. Toronto.«

»Toronto in Kanada?«

»Is das Kanada? Gut, Kanada. Ich mag den Ton wie es klingt – Toronto. Oder Amazonas.«

»Amazonas ist nicht ein Ort. Amazonas ist ein Fluß.«

»Ein Fluß – schlecht? Warum nicht ein Fluß? Oder Jokohama!«

»Das ist weit.«

Fragt Jid: »Weit von wo?«

Der Mann sagt nichts.

Fragt Jid plötzlich: »Was haben Sie da in der Tasche?«

»In meiner Tasche?« Der Mann schreckt auf. Dann lächelt er. Merkwürdig, jetzt ist er wieder gutgelaunt wie früher, merkwürdig. Aber es ist nicht wie ein Reverend Galach lächelt, man möchte sagen professionell, sondern so grinst ein Picaninny in den Hinterhöfen ein Nigger Boy, weiß Gott wie lang hat er nicht so gegrinst. Grinst er und sagt: »Was hab ich in meiner Tasche? Kalorien!«

»Kalorien. Kein Mensch kann mich lehren Kalorien. Kalorien, das is von was man stirbt.«

»Nein.«

»Man kann sterben von zwölfhundert Kalorien bei den Engländern, oder man kann sterben von neunhundert Kalorien bei den Franzosen, von achthundert Kalorien stirbt man im KZ.« Plötzlich setzt er sich hin. Der Schmerz. »Nur die Amerikaner«, sagt er mit einer Anstrengung, »nur die Amerikaner haben sich so angewöhnt an Kalorien, sie sterben nicht davon. Sie können in sich hereinnehmen dreitausendachthundert Kalorien, sie können sechstausend in sich herein – sie sterben nicht.« Sein Gesicht ist weiß: »Pardon. Es ist Durchfall. Vielleicht muß ich ein bissel Schnaps.«

Der Mann hat ein Paket aus der Tasche gezogen. Jetzt macht er es auf. »Sandwiches«, sagt er. »Belegtes Brot.«

»Belegtes Brot.« Jid sagt es ohne Stimme. Sein Gesicht ist weiß. Wenn nicht das Kindl angefangen hätte und macht Krach gerade in diesem Augenblick, hätte der Reverend H. W. Smith vielleicht noch eine ganze Zeit nicht bemerkt, er ist mit dem Boy nicht mehr allein. Er fährt herum, da waren sie alle: Curls und das Kindl und die zwei Mädeln und Goy. Das aufgemachte Paket mit den Broten liegt auf der Bank, plötzlich stehen sie da in einer Reihe hintereinander, wie man sich anstellt zum Anschauen von einer Sehenswürdigkeit, vor einem Fenster wo man von draußen zusehen kann, die US Soldiers kaufen drinnen ein.

Natürlich ist es nicht wirklich ein Krach, was das Kindl macht, es liegt nur in seinem Handwagen und jammert. Nicht einmal ein richtiges Jammern, es wimmert nur, ein Probierjammern, so schwach wie wenn man etwas von weit weg hört. Die Augen von dem Kindl sind gar nicht offen, vielleicht hat sie das belegte Brot gar nicht gesehen und hört nur man spricht davon. Vielleicht ist es nur die Witterung in der Luft, daß es da etwas gibt, was das Kindl so aufregt. Es geht ihm auch wieder schlechter, da liegt es und schaut aus wie tot. Zum Lachen eigentlich: tot, und es kommt doch von ihm das Echo von einem Echo von einem Jammer es will etwas zum Essen.

Das sagt auch Curls. Sagt er zu dem Reverend Smith: »Komisch«, sagt er, »komisch, Mister, das hat das Kindl noch vom Lager. Im Lager sind manche so schwach – wenn der Trog mit der Suppe hereingeschoben wird, können sie sich nicht mehr rühren, sie können nur jammern, damit die anderen wissen, sie sind noch lebendig. Komisch«, erklärt er es höflich zu dem Gast, und inzwischen geht wie aus der Ferne das leise Jammern an. Für eine ganze Minute ist es der einzige Laut was man hört. Entschuldigt Curls sich weiter mit seiner Höflichkeit: »Aber bitte, Mister, lassen Sie sich von dem nicht stören, es heißt nur es geht dem Kindl wieder schlechter, wie lang dauert es bis so ein Kindl hin ist, zwei Stunden vielleicht, dann ist so ein Kindl hin.« Beugt sich zu dem Handwagen nieder, freundlich. »Na, Kindl? Zwei Stunden, dann bist du hin, stimmt?«

Er schaut auf und erstaunt sich, wie der Mann mit seinem Goldzwicker auf der Nase zu dem wimmernden Kindl herüberkommt mit einem Lächeln wie zerrissen wenn man es bombt, ein gebombtes Lächeln, und hält ihm ein Brot hin. Das Kindl macht gar nicht die Augen auf, es krallt nur die Nägel herein in das Brot und krallt es durch und krallt es durch und durch, mit seiner ganzen Kraft hält es sich fest an dem Brot, dabei ist es doch schon beinahe tot, nicht zu glauben was noch für eine Kraft sitzt in so was. Keinen Sinn! Es hat nicht einmal versucht es steckt das Brot in den Mund herein.

»Hat keinen Zweck«, sagt Jid, »Ballonbäuche essen nicht, weil sie haben keinen Hunger.«

Merkwürdig, der Jid Boy. Seit die Brote da liegen mit Belegt darauf, zuckt in ihm etwas. Wenn man ihn anschaut, sieht es aus, wie wenn eine Kraft in ihm ist, daß er alle Brotschnitten an sich reißt und reißt und reißt, aber eine ganz genau gleiche Kraft hält die andere Kraft zurück. Da ist er hin- und hergerissen zwischen den beiden Kräften und redt und redt.

Sagt er: »Hier, das da is ein Käsbutterbrot, man nimmt ein Brot, und Butter schmiert man darauf, und Käs eine ganze Zweimonatration klatscht man noch darüber, das is die amerikanische Filosofie. Ob ich mich auskenn mit belegte Brote? Ich hab vielleicht mehr belegte Brote gesehen in meinem Leben wie –.«

Zum Lachen. Die anderen bloß dagestanden und schweigen und starren. Sie haben sich langsam näher geschoben, ein Schritt und dann wieder ein kleiner Schritt, zu der Bank, auf der das aufgemachte Paket liegt. Ihr Schweigen wie aufgeladen mit Elektrizität, mit etwas man kann es nicht sagen was es ist. Wenn man es anschaut, schnuppert man in der Luft – hat es einen Geruch?

Auch der Mann fragt sich, was ist das, es hat ihn so erschrocken. Fällt ihm ein: Zirkus! Die Käfige, wie er ein Kind war, ist er um sie herumgeschlichen, immer wenn ein Zirkus gekommen ist. Ein Wildestiergeruch! Ja, wilde Tiere, bevor man sie füttert, haben sie in sich so eine drohende Stummheit, daß man sich erschreckt. Der Mann spürt seine Stirn ist naß. Von der Stille hebt nur die Stimme von dem Jid Boy sich weg, ununterbrochen wie ein Affengeschnatter.

Die Angst vor dem wilden Tier, eine Angst wie im Dschungel, vielleicht noch tief eingesenkt in die Seitenwasser von seinem Negerblut – aber im nächsten Augenblick ist es schon wieder weg. Und im nächsten Augenblick ist er schon wieder the Reverend H.W. Smith, ein Gent mit einem Kneifer mit Goldrand, der es zu was gebracht hat im Leben. Weit und breit kein Affengeschnatter, was für ein Unsinn, da ist bloß ein Jid Boy, und über belegte Brotschnitten hält er einen Vortrag. Schinkenbrote, belegt man sie mit Schinken. Mit was sonst? Lächelt der Mann schon wieder und hebt seine Stimme, the Great Old River Voice, seine Mississippi-Stimme, und damit sagt er: »Sie sind alle für euch!«

Zwei Sekunden. In der ersten probieren sie noch alle, daß sie sich nicht einfach auf die Brote heraufstürzen sondern sich anstellen ordentlich einer hinter dem andern der Reihe nach. Es ist zum Lachen. Ein paar Kinder, was stellen sie sich an? Nur, das Sichanstellen sitzt eben in ihrem Blut, wo hat man schon gehört man bekommt etwas außer man stellt sich an? Aber nach der zweiten von den zwei Sekunden sind die belegten Brotschnitten von dem Reverend Smith, Jesus Church, Beulah, Claxtonville, nicht einfach bloß ausgeteilt, sondern sie sind auch schon verschwunden, sie sind vernichtet und ausradiert, weit und breit auf der ganzen Erde von ihnen nicht mehr eine Spur.

Das hat sich abgespielt in vollkommener Stille. Auch der Jid Boy hat aufgehört mit seinem Gered. Heruntergeschluckt, heruntergewürgt, aber ohne Erleichterung, ohne Freud, ohne nix, ohne daß auch nur einer verzieht das Gesicht und lacht. Es war das, auf was es ankommt, es war ernst wie man macht ein Kind, es war harte Arbeit wie Sterben, der Tod selbst ist nicht ernsthafter.

Mit dem stärkeren von den Mädeln und mit dem starken Boy, wie er mit seinen Muskeln eingezwängt dasitzt in seiner engen Jacke, mit den zwei ist es noch einfach. Auf ihren Gesichtern ist etwas feierlich, nein, falsch, ein Triumph aber ohne Freud daran, ein abgestumpfter Triumph, wie wenn sie sagen möchten: voll, ich hab's, Klappe ist zugefallen darüber, du Trottel hast es dir herauslocken lassen und ich habs geschnappt, jetzt probier, kriegs wieder heraus aus mir, du wirst nicht, du kannst nicht.

Anders der andere Boy was man ihn nennt Curls, und das andere Mädel, das mit germanischen Zöpfen. Der Boy hat ja doch eine feine Art, ›Mister‹ sagt er oder ›bitte‹ mit jedem zweiten Satz. Und das Mädel so zimperlich, und ihr Getue, und wenn sie die Tasse zum Trinken hält, streckt sie den kleinen Finger weg. Aber jetzt, seh dir die beiden an! Die Augen fallen ihnen beinah aus dem Kopf heraus, so eine schwere Arbeit ist es für sie, noch zehn Gramm schwerer und sie sacken zusammen. Sie sind schon früher blaß gewesen, jetzt sind sie noch viel blasser blaß, wenn das überhaupt sein kann, und die Gesichter von beiden naß von Schweiß.

Noch schlimmer ist es mit dem Jid Boy. Gerade noch geschnattert wie ein Aff, und es gibt nichts was er nicht von belegte Brotschnitten weiß, Käs hin und Schinken her, aber jetzt, wie er es wirklich bekommt, stellt sich heraus, er hat nur geprotzt und alles was er gesagt hat ist nix, nur blauer Rauch. Da hält er sein Brot, mit prima Butter geschmiert und eine dicke Schnitte prima Zungenwurst oben darauf geknallt, und hält es und starrt es an. Kein Geschnatter mehr, plötzlich ist es gestoppt und er steht und starrt. Einen Moment hat es ausgeschaut wie er muß sich erbrechen. Sein Gesicht angespannt. Sein Gesicht verzerrt. Sein Gesicht wie in Stücke auseinandergerissen. Er kann sich nicht dazu bringen, daß er das Brot hereinsteckt in sein Gesicht! Grad hat er noch groß dahergeredet über das Kindl, es ist am Sterben hat er gesagt, das ist der Grund warum es nicht Hunger hat. Wahrscheinlich ist ihm das selbst eingefallen, das ist warum er seinen Mund zwingt zu einem Satz, so ein prima erstklassiges amerikanisches Belegbrot ist wert sechs Tschik oder zehn Tschik oder mehr und am liebsten hat er beschlossen er behält es zum Verkaufen für soviel Tschik. Nimmt es und stopft es in seine Tasche und schon hinaus.

»In mein Büro«, sagt er daß man es kaum versteht, es hat ausgeschaut er erbricht sich im nächsten Augenblick. Weg ist er, fort, aus.

Sagt Ate: »Er hat einen Ziehwasserabort zum Ziehn, wo man einfach zieht und Wasser kommt heraus.«

Seit dem Gered von dem Jid Boy ist das der erste richtige Laut seit einem Jahrhundert.

Das ist das Ende gewesen von der Verzauberung. Solang man wilde Tiere anschaut und bewegt sich nicht, ist man sicher sie tun nix. Aber jetzt hat jemand gesprochen!

Goy, ein Knurren: »Mehr.«

Das ist ein Signal. Alle beginnen sie und bewegen sich. Sie kommen näher an den Reverend Smith, ein Schritt näher. »Mehr«, hat Goy verlangt, und der Galach hat noch nicht Zeit gehabt daß er etwas sagt, da zeigt schon ein anderer, Curls, ein Boy mit feinen Manieren, zeigt er schon mit dem Finger auf die andere vollgestopfte Tasche von dem Mann und sagt: »Da!«

Nicht daß er einfach etwas feststellt, oder verlangt, sondern er ist der Staatsanwalt. Der Angeklagte hat behauptet, er hat nichts mehr, aber hier dieser Finger sagt es ihm ins Gesicht: du lügst. Darauf probiert der Mann gar nicht erst noch anders, sondern er greift herein in die volle Tasche und zieht heraus. Was drinnen ist, stellt sich dabei heraus es sind Bücher. Aber nicht wirklich Bücher sondern dünn, richtig gedruckt aber nicht viele Seiten. »Traktate«, sagt der Mann und hält eines hoch, so kann jeder es sehn. Seine Hand dabei unsicher ob sie soll oder nicht, so daß man nicht sagen kann ist es eine Einladung daß sie sich überzeugen sollen er lügt nicht, oder sich überzeugen man kann es nicht essen, oder ist er wirklich so meschugge er bietet ihnen wirklich Traktate an, in diesem Keller hier und jetzt? Was ein Galach imstande sein kann, wenn er einmal meschugge ist, weiß man nicht.

Unglaublich, es scheint, das hat er wirklich zuerst wollen – ihnen etwas offerieren aus gedrucktem Papier. Erst einen Moment später schämt er sich drinnen in seinen Augen und zieht die Hand zurück. Schämt sich – oder hat er Angst? Ohne noch ein Wort steckt er das Gedruckte zurück in die Tasche. Vielleicht hat er ihnen doch nur zeigen wollen es ist nichts was sich auszahlt daß man es nimmt und hat?

Aber was zahlt sich aus, vielleicht hat er anderes was sich auszahlt? Er lächelt, aber mit einer kleinen Angst und mit einem kleinen Schrecken in seinen Augen noch immer. So schaut er jetzt selber nach in allen seinen Taschen. Zu essen – nix. In der Westentasche eine kleine flache Schachtel aus Blech. Sagt er: »Da, Pillen. Die würdet ihr nicht mögen.«

»Sie sind aus Schokolad«, sagt Ewa, mit Flüstern. Alle sind sie ihm schon wieder nähergerückt um noch einen kleinen Schritt. Ate, ohne Atem: »Schokolade –«

»Abführmittel!« sagt der Mann mit seiner Great Old River Voice, da hat er ihnen seinen Joke geschmissen mitten in ihr Gesicht. Nach einer Sekunde hört er schon auf mit seinem Lachen, sein Lachen hat keinen Widerhall, da stehn sie nur und schauen ihn an, aufmerksam, ohne Freud, ohne Bewegung. Er hat nicht sagen können, vor was er sich fürchtet, aber da ist wieder die kleine Angst. »Abführschokoladepillen«, sagt er.

Sagt Curls: »Meine Mutter hat Abführpillen genommen, Mister. Meine Mutter ist befreit worden, von polnischen DPs.« Und kehrt sich zu den anderen daß er es ihnen erklärt: »Die Pillen machen, daß man scheißt.«

Ewa nimmt von der Hand von dem Mann die Schachtel weg. Ernst, wie wenn es ein amtlicher Auftrag sein möchte, fängt sie an mit Pillenverteilen, eins eins eins, dreimal rundherum, alle Augen auf ihren Fingern.

Curls noch einmal: »Sie machen, daß man scheißt.«

Alle haben sie sie gegessen, ohne ein Wort, so feierlich wie in der Kirche, alle horchen sie dann noch nach dem Echo von dem Geschmack.

Goy: »Noch was.«

Es ist jetzt nicht mehr so, wie man bittet und kriegt geschenkt. Es ist auch nicht man befiehlt und der andere ruck-zuck. Es ist nicht ein Überfall mit Revolver. Es ist ganz trocken und zugleich alle Nerven gespannt, ganz ohne ein aufgeregtes Gefühl. Es ist: der irdische Besitz von dem Mann, er heißt Smith, sein Körper samt Uniform mit Abzeichen und Orden – das alles gehört nicht ihm und hat ihm vielleicht nie gehört, sondern es ist alles das Material für eine wissenschaftliche Kommission, die man geschickt hat daß sie es ausforscht. Auch der Mann selbst ist nicht davon ausgeschlossen, er ist mit dabei in der Kommission, ein Mitglied hat soviel zu sagen wie jedes andere. Plötzlich fühlt er, das ist so ganz okay, auch er muß ja doch etwas ausforschen, es schreit da etwas daß er es ausforscht. Etwas muß ganz neu abgeschätzt werden, genau kennt er sich selbst noch nicht aus, aber er weiß sicher er findet es. Zum Beispiel diese Abführpillen waren für ihn etwas ganz Neues jetzt. Oder schau dir an das Feuerzeug klettert da aus seiner Westentasche, seine Finger, wie wenn er träumt, helfen dabei nur ein bissel nach. Es ist so neu, nie früher ist er einem Feuerzeug begegnet in seinem Leben und jetzt zum erstenmal schaut er ihm ins Gesicht. Es ist nicht ein Überfall, es ist nicht daß da dieser Kreis von ernsten Tieren ganz ohne Freude enger und noch enger um ihn herumsteht, sondern daß alles plötzlich so neu ist – das ist es was macht daß der Mann sich erschrocken hat, etwas Leichtes von einem Erschrecken, ohne Gewicht.

»Das is für mich« – Goy.

»Ja« – Ewa. »Ein Feuermacher. Das is für dich.«

»Ja, Mister« – Curls. »Er mag das gern – Feuermachen.«

»Ja« – Ewa. »Sagen Sie ihm er soll einen Heuschober anzünden oder ein Haus oder was Sie wolln. Sagen Sie ihm Sie möchten daß etwas brennt – schon brennt es. Großartig. Das is die Sorte Goy, die der Goy da is.«

»Ja«, sagt Goy und nimmt sich das Feuerzeug.

»Er soll nix anzünden«, sagt Ate. »Einmal haben sie eine Hütte angezündet mit Juden drin.«

»Juden verbrennt er nicht«, sagt Curls.

»Juden verbrenn ich nicht« – Goy. »Vieh, das ja, das verbrenn ich. Einen Kuhstall oder so. Oder ein Haus. Oder Vieh.« Ganz gesprächig jetzt.

»Weißt du, was ich glaub, Darling?« sagt Ate zu Ewa. »Ich glaub ich mag es lieber ein Kerl ist brennverrückt wie ein Kerl ist fickverrückt.«

Ewa: »Manchmal is Goy auch fickverrückt. Nicht oft.«

»Nicht oft«, sagt Goy. Er untersucht das Feuerzeug, freudlos. The Reverend Smith sagt hastig: »Was hab ich denn noch in der Tasche? Da, look. Nichts mehr. Nur noch das Taschentuch.« Ate, schnell: »Das ist für mich.«

Ewa: »Oder für mich. Es paßt zu dem andern was ich schon hab. Aus den beiden mach ich mir einen Schlüpfer. Die Hosen da reiben mich schrecklich auf, ich bin schon ganz wund.«

»Wenn du wund bist, Darling«, sagt Ate, »vielleicht ist es Tripper.«

»Nein. Nicht Tripper. Aufgerieben ja, aber Tripper nicht.«

Ate: »Wenn du es sagst, ist es sicher nur aufgerieben, Darling. Aber das Braun von dem Taschentuch! Ich hab kein braunes Taschentuch gehabt seit der Zeit, als ich noch ein Kind war. Es war ein Ehrentuch! Als Ehre für meine erste Prüfung. Großdeutsche Geschichte. Genau das gleiche Braun. Darling, es ist ganz bestimmt Tripper.«

Reißt dem Mann das Taschentuch aus der Hand, es ist ein Ausbruch, eine Sekundengewalttat, sie stopft sich das Tuch in die Tasche, mit einem blauen Blitz in den Augen.

»Friede«, sagt der Mann, »regt euch nicht auf, da ist noch ein zweites Taschentuch.«

»Ich bin gesund wie ein Fisch im Wasser«, erklärt Ewa dem Reverend H.W. Smith.

»Ich bin ganz sicher, du bist gesund«, sagt er. »Look here, da ist noch etwas. Das ist – «

»Der Doktor hats selbst gesagt«, erklärt Ewa dem Reverend, »im englischen Feldlazarett erst vor zwei, drei Monat. Mit seinen eigenen Worten hat er gesagt – «

Ate lacht silberig.

Der Mann: »Was ich da habe, look here, ist eine Nagelfeile.« Er gibt sie Ewa und zwingt sich daß er lächelt, da lächelt er schon wieder, es ist ihm gar nicht leichtgefallen, eine große Verzweiflung sitzt in ihm.

»Eine Nagelfeile«, sagt Ewa und wird tief rot.

Ate steht daneben, schweigend.

Ewa, noch einmal: Ja.« Und sagt noch dazu: »Sie hat einen blauen Griff, dasselbe Blau wie meine Bluse.«

Der Reverend: »Ja.«

Ewa: »Ja.« Schaut die Feile an. »Genau das Blau.« Sie hat beinah die Stimme verloren, sie ist tief rot, auch er ist tief rot unter seiner dunklen Haut, ein Reverend mit einem Kneifer, ein erwachsener Mann.

Ewa schaut noch immer die Feile an. Sagt leis: »Sie is

blau.« Auf der Seite von ihrer Hose hat sie eine kleine Tasche, dort steckt sie die Feile hinein. Ihre feuchten, immer halb geöffneten Lippen suchen nach einem Wort, dann findet sie es. Sagt sie, mit diesen ungeschickten Lippen: »Vielen Dank«, sagt sie.

Der Mann: »Das ist alles. Das da, das ist nur noch meine Brieftasche, die muß ich leider behalten. Da – nein, nichts. Das ist leider alles, was in meinen Taschen gewesen ist.«

Goy: »Die Knöpfe.«

»Wie meinst du das?« Sie stehen eng im Kreis um den Mann, noch immer.

»Die Knöpfe, Sir«, sagt Curls.

Ate: »Sie meinen, Mister, kann ja sein vielleicht Sie geben uns ein paar von den Knöpfen.«

»Meint ihr die Knöpfe da an meinem Mantel und meiner Jacke? Die darf ich nicht abschneiden.«

»Nicht alle, Sir.«

Ate: »Die von der Strickweste die Sie drunter anhaben, Mister. Die Strickweste gehört Ihnen privat, nicht? Und die Metallbuchstaben, U und S. Und die Knöpfe auch.«

Curls: »Und die US-Buchstaben, Sir.«

»Was wollt ihr mit denen?«

»Sie haben.«

Eng stehen sie um ihn, ohne daß sie sich freuen, aufmerksam, so schauen sie, wie er die Knöpfe und die Metallbuchstaben abreißt von seiner Uniform, einen und noch einen, und gibt sie ihnen, wieder und wieder einen, mit einer merkwürdigen Bewegung, merkwürdig schwer vom Denken. »Das ist alles«, sagt er schließlich leise.

Ate: »Was ist in der Brieftasche?«

Er nimmt seine Brieftasche und klappt sie auf. »Da, ein paar Dollars, schaut, nicht viel. Morgen ist Zahltag. Hier, das ist mein Zahlbuch. Zweihundertneunundsiebzig. Da. Weil der andere Boy – wo ist er? Weil der gesagt hat, es sind dreihundertfünfundzwanzig.«

»Und die Sachen da in den andern Fächern, Sir?« fragt Curls. Sie stehen so eng um ihn er kann sich kaum bewegen.

Die leichte Angst ist wieder in seine Augen gestiegen hinter dem Goldrandkneifer. Sie steigt hoch und sinkt zurück, alles im selben Augenblick.

Er fürchtet sich nicht mehr. Wovor soll er sich fürchten? »Das da«, sagt er ruhig, »sind meine Ausweispapiere. Da, das ist mein Name: Smith. Und das – was ist das? Bloß ein Zettel mit meinen Ausgaben. Zigaretten: 20 Cents. Pfeife repariert: 1 Dollar 25. Da: 10 Cents für einen Bettler. Briefmarken: 30 Cents. Ich schreibe meine Ausgaben genau auf, das ist meine Art, man weiß nie wo das Wechselgeld hinkommt, wenn man das nicht so aufschreibt. Was ist da noch? Ein Foto. Das ist alles.«

»Ein Foto von Ihrem Girl, Smith?« fragt Ewa.

Ate: »Sind Sie verheiratet?«

»Smith trägt doch keinen Ring«, sagt Curls.

Ate: »Smith kann verheiratet sein auch ohne Ring.«

The Reverend H. W. Smith sagt: »Ich bin nicht verheiratet.«

»Ist das ein Foto von einem Girl?« fragt Ewa. »Zeigen Sie's her.«

Ate: »Warum sind Sie nicht verheiratet?«

»Da«, sagt Smith. »Da auf dem Foto das ist mein Haus in –.« In Beulah, bei Claxtonville, Louisana, in den Vereinigten Staaten von Amerika, will er sagen und sagt es nicht, es ist so weit weg.

»Ein feines Haus«, sagt Curls.

Ate: »Ist das Ihre Haushälterin, da im Garten?«

»Das ist meine Mutter«, sagt der Mann. »Das Foto ist zu klein, man kann sie nicht gut sehn.«

»Sie haben eine Mutter?« fragt Ewa.

Goy: »Ist sie auch eine Negerin?«

»Ja«, sagt the Reverend H. W. Smith ruhig. »Sie ist auch eine Schwarze. Und ihre Großmutter war noch eine Sklavin.«

»Eine Sklavin?« fragt Curls. Sie schauen den Mann an, schweigend.

»Ja.«

»Wieviele Zimmer haben Sie in dem Haus?« fragt Ate.

»Fünf«, sagt der Mann. »Nein, wartet: sechs.«

»Sechs nur für Sie und die Mutter?« fragt Ewa.

»Ich seh keinen Luftschutzbunker, Sir«, sagt Curls.

»Ist der Bunker hinter dem Haus?«

Ate: »Wahrscheinlich hat Smith den Bunker im Keller.«

»Er hat einen Garten«, sagt Ewa.

Ate: »Haben Sie einen Apfelbaum?«

»Ja«, sagt der Mann, »ich hab einen Apfelbaum.«

Ate: »Einen?«

Goy: »Mit Äpfeln?«

Ate: »Ich mag Birnen lieber.«

Curls: »Haben Sie einen Birnbaum, Sir? Sie, Sir, haben Sie einen Zwetschgenbaum? – Zwetschgenbaum hat er nicht.«

»Haben Sie einen Rosenbaum?« fragt Ewa.

Ate: »Rosenbäume gibts nicht.«

Ewa: »Gibts!«

Ate: »Gibts nicht.«

»Vielleicht hat er einen«, sagt Ewa.

Curls: »Hat er nicht.«

»Vielleicht hat er trotzdem einen.«

Curls fragt ihn: »Haben Sie einen, Sir?«

Ate: »Wo kriegt er seine Sachen her? Gibts dort einen Laden? Auf dem Foto ist keiner. Wo kriegt er seine Rationen?«

»Seine Mutter stellt sich für ihn an«, sagt Ewa.

Curls: »Kriegen Sie jeden Monat Käs, Sir? Kriegen Sie ein Ei?«

»Vielleicht hat er eine Henne für sich allein in dem kleinen Verschlag da, schau, die legt Eier für ihn allein«, sagt Ewa. »Vielleicht hat er zwei Hennen.«

»Haben Sie zwei Hennen, Smith? Zwei Hennen hat er nicht.« Ate dreht sich um, nach Jid, der eben hereingekommen ist. »Er hat einen Apfelbaum.«

»Mit Äpfeln«, sagt Goy.

Ate: »Er hat nicht gesagt mit Äpfeln. Er hat eine Mutter.«

»Nigger«, sagt Goy. »Eine Niggermutter.«

»Hat er einen Rosenbaum?« fragt Ewa.

Ate: »Das sagt er nicht.«

»Was hat er da in der Tasche?« fragt Jid.

»Nichts«, sagt Ewa. »Bücher.«

»Traktate, Traktätchen«, sagt the Reverend H. W. Smith und zieht den Packen noch einmal aus der Tasche.

Jid: »Bücher. Niemand kann mir erzählen von Büchern. Ich hab alle. Jedes verschieden.«

»Traktätchen«, sagt Smith. »Ich habe sie mitgebracht, um –.« Er nimmt eines der kleinen Hefte und legt es auf den zerbrochenen Tisch, ganz an den Rand, wie ein schüchterner Besucher sich setzt an den Rand von einem Stuhl. Und dann nimmt er das kleine Heft wieder weg und zuckt die Achseln, er kann sich nicht helfen. »Wozu bin ich hergekommen? Um zu helfen. Um zu erziehn? Wiedererziehn? Erziehn?« Er sagt es so leise, er sagt es beinahe exklusiv zu sich selbst.

Jid: »Wiedererziehn? Wir sind schon wiedererzogen.« Der Mann die Achseln gezuckt und blättert in dem gedruckten Zeug. »Es sind nicht nur religiöse Traktätchen«, sagt er ohne Lust. »Schau, da sind auch Geschichten.« Ohne Lust hält er Jid eines von den dünnen Büchern hin. Es hat einen bunten

Umschlag. »Wie alt bist du? Hast du gesagt, erst dreizehn? Das ist ein Geschenkbuch für einen Boy von – ›für Knaben von dreizehn bis fünfzehn‹ steht da. Von denen hab ich einen ganzen Koffer voll. Damit bin ich nach Europa gekommen.« Er hält es Jid hin, zögernd. »Willst du's haben?«

Der Boy nimmt es mißtrauisch und schlägt auf. »Kurze Zeilen« – tadelnd.

»Wahrscheinlich Gedichte«, sagt der Mann.

»Wenn es kurze Zeilen hat«, sagt Jid, »is das eine Schiebung. Wenn sie weniger auf die Zeilen herauftun, warum geben sie es nicht billiger?« Er schaut es mißtrauisch an, fragt: »Gedichte? Was heißt Gedichte?«

»Was heißt Gedichte? Gedichte sind –«

»Stop for a moment«, sagt der Boy. »Da steht ›Brust‹ und auf der nächsten Zeile am Ende ›mußt‹. Wait a minute. ›Feuer‹ steht auf der nächsten Zeile ›teuer‹. Es klingt wie – wie –«

»Es reimt sich«, sagt der Mann. »Das sind Gedichte.«

»Es reimt sich, es reimt sich«, wie wenn er das Wort möchte auswendig lernen. Und fragt: »Zu was reimt es sich?«

Der Mann: »Wozu? Es reimt sich, weil es ein Gedicht ist. Darum ist das ein Gedicht.«

»Aber zu was? Zu was is das gut?«

Der Mann schaut ihn hilflos an. »Findest du nicht, daß es schön ist so?«

»Schön? Zu was will es schön sein?«

Der Mann setzt sich, hilflos. Zuckt die Achseln.

Eine Drehorgel draußen, irgendwo. »Hören Sie?« sagt Jid. »Schöneblauedonau. Das hat man im Lager gespielt, auf dem Lautsprecher, damit man den Krach nicht hört.«

Der Mann sitzt da, mit seinem schweren Körper.

Jid sagt: »Sie haben geschrien und geschrien und man hat nicht gehört. Nur gesehen hat man: sie schrein.«

Der Hund, was sie gesagt haben er heißt Herr Müller, ist gerade da unruhig geworden und mischt sich herein. Er hat sich beruhigt gehabt mit Curls und dem Kindl und ist zurückherübergekommen, unter Kindls Handwagen liegt er, aber gerade jetzt kommt er heraus und schnüffelt. Es scheint es ist der Schrank, wo es ihn hinzieht. Schnüffelt an dem Schrank, mit aufgestandenem Fell, was man sagt gesträubt.

Goy probiert daß er es fixt. Nimmt einen Ziegelstein und geht los auf den Hund, sieht ihn der aber kommen und schleicht sich weg in den hintersten Winkel.

Es ist nix was man sich wirklich aufregt, aber alle schauen sie hin, mit Wachsamkeit. Aus dem Schrank kein Laut.

»Der Hund. Ein Sauhund.« Goy schaut hinter dem Hund her aus der Ferne, mit langsamen Augen. Bleibt stehn, geduckt, mit dem Ziegelstein in der Hand.

Alle schauen jetzt auf Goy. Auch der Reverend schaut ihn an und weiß nicht, was ist los.

Ate: »Hat wer früher gesagt von Gedichte? Ich weiß ein Gedicht. Über allen Wipfeln ist Ruh, in allen Gipfeln spürest du die Reihen fest geschlossen SA marschiert die toten Brüder die Rotfront und Reaktion in unsern Reihen mit. Das ist das Horstwesselgedicht.«

Ewa: »Ich weiß auch ein Gedicht.«

Sie sagt es auf, vier Zeilen, reimt sich Schurz mit Furz und ticken mit ficken, sie sagt es auf wie gesungen, mit einer eifrigen Schulmädelstimme, die ist viel jünger wie Ewa selbst. Man muß sich wundern, wo hat sie die Stimme her.

Sagt Curls plötzlich: »Sie hat es falsch aufgesagt, Sir.«

»Ich?« sagt Ewa. »Nein.«

»Ja.«

Sagt Ewa: »Es ist richtig. Ein englischer Flieger hat es mir eingelernt. Es is ein Gedicht.«

Curls: »Ich mein dieses Gedicht. Das Horstwesselgedicht.

Das geht so. Über allen Gipfeln ist Ruh. In allen Wipfeln spürest du kaum einen Hauch. Die Vögel schweigen im Walde. Warte nur, bald ruhest du auch.« Stille. Keiner, der was sagt.

Jid, endlich: »Ich weiß ein Gedicht. Aber es reimt sich nicht.« Sagt er es auf: »Wir der President von die United States und der Erste Minister von was man es nennt the United Kingdom betrachten wir es als richtig zum Verkünden gewisse Grundsätze –.« Unterbricht er sich. »Ewa hat es genommen.«

Fragt Ewa: »Is es ein Gedicht?«

Jid: »Ewa hat es genommen für den Abort, aber ich weiß es auswendig. Erster Paragraf! ›Unsere Länder streben nicht nach neue Eroberungen‹ – nein, das laß ich aus, ich fang später an in dem Gedicht, hör mich aus. Paragraf Nummer sechs!« Er stoppt er muß nachdenken, dann sagt er es, so leise daß man beinah nicht hört. »Paragraf sechs. ›Nach der Zerstörung von der Nazityrannei hoffen wir, wir machen einen Frieden was er für alle Nationen die Möglichkeit geben wird daß sie in Sicherheit leben in ihre Grenzen und es wird dazu sein eine fixe Garantie, daß alle Menschen leben können ihr Leben in alle Länder frei von Not und Angst.‹« Jetzt hat man ihn beinah schon überhaupt nicht mehr hören können, so leis spricht er. Steht er da, mit Runzeln auf der Stirn, so viel muß er denken. Sagt: »Untergezeichnet: Churchill und Roosevelt.«

»Das ist kein Gedicht«, sagte Ewa.

Jid: »Hör mich aus!« Und leise: »Wir hatten einen Gottesdienst an jenem Sonntag in unserer atlantischen Bucht die Sonne schien hell und warm während der Präsident und ich und wir alle die alten Hymnen sangen die unser gemeinsames Erbgut tatamta tatamta wie heißt es ich hab schon wieder vergessen, wart – in der die kurze gefahrbedrohte Spanne eines Menschenlebens verglichen wird mit der Unveränder-

lichkeit dessen dem tausend Jahre sind wie gestern, wir sangen Forward Christian Soldiers und ich fühlte in der Tat, der
Schlag soll mich treffen wenn ich weiter weiß, nein wart ich
weiß schon, daß wir einer Sache dienten zu der wir aufgeru-
fen gewesen sind durch Seinen Trompetenstoß, und daß hier
die einzige Hoffnung lag, aber auch die garantierte Hoffnung
mit Garantie, daß ma die Welt rettet von unmeßbarer Ernie-
derung. Untergeschrieben Churchill.«

Jids Stimme ist, daß man sie jetzt überhaupt nicht mehr
hören kann. Steht da mit seiner gerunzelten Stirn, es schaut
aus wie er horcht hinter dem was er gerade gesagt hat, aber es
ist schon weg und ausgetönt. Sagt er noch: »Aber du hast
recht. Es reimt sich nicht.«

Da stehn sie mit Schweigen. Sagt niemand nix.

2

Das Racket, der Lärm und Krach ist direkt hereingebrochen in
dieses Schweigen. Der Hund, was man zu ihm Herr Müller
sagt, hat sich zurückgeschlichen zu dem Schrank. Schmeißt
Goy den Ziegel. Geht der daneben. Kracht gegen die Schranktür.

Vielleicht hat der Ziegel die Tür aufgebrochen, oder vielleicht hat der Mann sie aufgestoßen von innen, dadurch daß
er sich bewegt hat. Denn er bewegt sich, er ist nicht gekillt,
stellt sich heraus. Rollt heraus, was heißt da Leiche, ein
schwerer Mensch, ohne seine Fantasieuniform ohne Stiefel
nur noch mit Unterhosen. Rollt heraus greift dahin dorthin,
steht mit Mühe auf. Geronnenes Blut ist überall auf seinem
Schädel. Da steht er und schwankt hin und her, wie er ist
noch betäubt. Schaut zersmescht aus aber total lebendig.

Schaut wie eine Mordanzeige, was man aufhängt vor der Polizeistation, ›Unbekannter Toter im Straßengraben gefunden‹. Aber lebendig und ready for a Fight, wenn jemand a Fight will. Seine Augen mit einem Ausdruck wie wenn er sich wundert, blasse Killeraugen, billige Herstellung für den Mezzieshop.

Sagt er: »He.« Ohne Stimme.

Er ist so groggy, er bemerkt nicht einmal, wie sich alles erschreckt. Sie sind alle davongelaufen wie Mäuse zu ihren Löchern, wenn die Köchin plötzlich zurückkommt in die Küche. Ewa, Ate, Curls, schon verschwunden wie der Blitz, was Curls noch den Handwagen mit dem Kindl hinter sich wegzerrt. Der Hund, Herr Müller, rast er hinter ihnen her zur Tür, ist aber zu spät, die Tür schon zu, aber wie er verzweifelt aufheult, macht sie sich noch einmal eine Sekunde auf für ihn, dann, krach, zu. Alles schaut aus wie ein Spaß, aber in Wirklichkeit ist es so, daß man sich erschreckt. Nur der Mann aus dem Mordfoto, in seinen Unterhosen, ist zu groggy daß er etwas bemerkt.

Er ist so groggy er versteht nix. Die Mädel und die Kinder weg, ist da noch the Reverend Smith, stehen geblieben wo er steht. Dann der Jid Boy, er ist so gelähmt vor Schreck er kann nicht rennen. Dann noch Goy, was jedenfalls nie einen Gedanken hat man rennt davon.

Goy ist der erste, daß er eine Bewegung macht. »He«, hat gerade noch der Mann mit Unterhosen gesagt, darauf Goy, wie wenn man hat früher eine Arbeit nicht zu Ende gemacht, also muß man jetzt von wegen der Ordnung, also hebt er den Ziegelstein auf, was er früher den Hund verfehlt hat, und mit dem Stein will er dem Dreivierteltoten auf den Schädel. Aus Freundlichkeit! Gnadenschuß, möchte er sagen, wenn man ihn fragt und der Zufall will er kennt das Wort Gnadenschuß. Er schaut sogar beleidigt aus, wie der Reverend Smith ihn stoppt mit einem Griff was ihn zwingt, daß er den Stein wieder fallen läßt. Der Reverend macht das ohne Gedanken, das Ganze kommt ihm vor es passiert nicht wirklich es ist geträumt. Goy also schaut aus wie er ist gekränkt für den Leichnam, hat so ein Dreiviertelleichnam vielleicht nicht ein Recht er kriegt seinen Gnadenschuß? Er hebt ein Stück Holz auf, ein abgebrochenes Stück von dem gesplitterten Tisch, und geht mit ihm herüber zu dem Mann in Unterhosen und schlägt es ihm über den Schädel mit verkrustetem Blut darauf.

Es hat keinen Zweck gehabt, es war keine Kraft in dem dünnen Brett, es zersplittert mir nix dir nix, wie ein Streichholz, und läßt keine Spur zurück. Nur der Mann, jetzt wacht er endlich auf. Wacht auf – sagt noch einmal: »He«, ohne Stimme und ist beleidigt. »Das kannst du nicht machen.« Was der macht das ist ihm nicht recht! Eine verwirrte Erinnerung wacht auf in seinen billigen Augen. Schaut er sich um dahin dorthin und man kann sehen er denkt. Er hat doch angefangen mit einem Geschäft da in diesem Keller, erinnert er sich jetzt, er hat doch da etwas machen wollen, alles zerschlagen oder sowas. Dann ist etwas dazwischengekommen. Was? Jedenfalls, sagt es in seinen Augen wie er herumschaut, jedenfalls was er angefangen hat, macht er jetzt zu End. Auch er mit Sinn für Ordnung.

Sagt er noch einmal: »He!«

Sagt Jid: »Sie, hören Sie. Was fällt Ihnen ein Sie rollen sich da so aus dem Schrank?« In seinen Augen kann man sehen die Moire, er fürchtet sich, aber er zwingt sich mit Verzweiflung daß er sagt, scharf: »Geben Sie sofort Ihren Namen, wie heißen Sie?« Und dreht sich, da kontrolliert er schon das Klappern von seinen Zähnen, und sagt zu dem Galach: »Das erste Mal in meinem Leben, daß ich den Guy da seh.« Und zu den Unterhosen wieder, schreit er ihn an:

»Ihren Namen, augenblicklich. Was machen Sie da? Jetzt aber dalli zeigen Sie Ihre Papiere, los!« Noch immer diese Angst in seinen Augen. Nur einen Moment wenn er aufhört zu schreien, hat er schon verloren.

Weil er in Unterhosen, das ist vielleicht warum der Kerl unsicher geworden ist. Vielleicht ist er auch noch nicht ganz bei sich. Oder vielleicht vertraut er sich selber nicht: ich bild mir da Sachen ein, vielleicht bin ich nur voll mit Schnaps? »He«, sagt er ohne Stimme, beleidigt. »Was heißt das, mich so anschrein? Ich bin dort nicht hineingekrochen, also wenn ich dort drinnen gewesen bin, hat mich jemand –«

Man hat sehen können es arbeitet in seinem Kopf, mit seinen Gedanken drängt er sich durch den Nebel heraus ins Licht. Sagt er: »He«, schon mit einer ganz anderen Stimme, »he, komm einmal her, du kleine Judensau, du dreckiger Judenhund, dich hab ich ja schon einmal gesehen, was? Komm her, ich werd dich –«

Und dazu machen seine Hände eine Bewegung, wie er erwürgt jemand in der leeren Luft. Noch immer nicht sicher wie er auf seinen Beinen steht, aber seine Hände sind schon wieder okay. Hinübergehen zu dem Boy traut er sich noch nicht zu, also pfeift er ihm, so pfeift man einem Hund. »Den Jid hab ich schon einmal wo gesehn«, sagt er zu dem Reverend, wie man spricht von Mann zu Mann. Jetzt hat sein Gehirn den Nebel auseinandergerissen, in seinen Killeraugen kann man das sehen.

Sagt Jid: »Das hat man davon man rettet das Leben von so einem Guy.« Dreht sich zu dem Galach. »Nie dürfen Sie so einem Guy das Leben retten, wenn das ist was man davon hat.«

»Mein Leben retten, mein Leben retten«, sagt der mit Unterhosen zu dem Reverend und macht eine Bewegung er scheucht weg einen Fliegenschwarm. »Mein Leben retten.«

Von Mann zu Mann schaut er dem Reverend ins Gesicht, mit Augen aufgewacht aus dem zergangenen Nebel, und rät ihm ohne Stimme: »Sie dürfen nie einer Schickse nachgehen dahin wo sie wohnt. Hinter ein Gebüsch können Sie sie legen, oder wenn Sie ein Zimmer haben auch gut, aber nie gehen Sie einer –.« Da schaut er genauer hin. »Sie sind Geistlicher? Entschuldigung, Hochwürden.« Dann sagt er, schon viel kleiner geworden, mit einer großen Bewegung von den Armen: »So wird man da behandelt. Hauen einen auf den Kopf, dann ziehen sie einen aus, dann –!« Die Ungerechtigkeit, nicht wahr, eine Ungerechtigkeit hat man ihm begangen. »Noch dazu an meinem Geburtstag!« Mit billigen Augen, es ist wie sie schwimmen jedes in einem flachen Teich.

Sagt Jid zu dem Reverend: »Was heißt auf den Kopf hat man ihm gehauen? Gleich wird er behaupten, man hat ihn niedergeschlagen und gestrippt.« Jetzt hat er schon keine Moire mehr. »Nie«, rät er dem Reverend H. W. Smith, »nie dürfen Sie zu Hilfe kommen so einem Guy. Jemand smescht ihn nieder da draußen vor Ihrem Fenster und Sie schleppen ihn herein, damit er sich nicht draußen totfriert, und Sie heben ihn auf in einem Schrank was ein Schrank ist mit nicht einer einzigen Wanze im ganzen Schrank, alles aus Hilfe weil sonst kommen sie und holen ihn sich noch ab – «

»Wer is ›sie‹?« fragt der mit Unterhosen den Reverend, »was für ›sie‹, jeder kann sagen ›sie‹.«

Jid: »Er is ein Deserteur.«

»Eine Lüge«, sagt der in Unterhosen ohne Stimme und scheucht alles weg mit der Hand, alle Fliegen, was aber keine einzige Fliege im Keller ist, aber er scheucht sie weg. »Ich bin kein Deserteur, ich bin überhaupt nicht diensttauglich ich bin krank.«

»Hat er recht. Seine Augen sind krank«, sagt Jid. Hat er überhaupt je eine Angst gehabt? Sagt: »Hat er recht, seine dreckigen Augen sind beinah schon krepiert, da sitzt das Kranke drinnen.«

»Was«, beschwert sich der Mann bei dem Reverend, »was sagt er da von kranken Augen. Es gehört sich nicht man sagt einem Mann sowas an seinem Geburtstag. Er rudert mit den Armen. »Sagt ›seine dreckigen Augen sind am Krepieren‹. So redet man nicht in Gegenwart von einem Geistlichen.«

Jid: »Haben Sie Anfälle?«

»So redet man nicht in Gegenwart von einem Geistlichen von der christlichen Kirche«, sagt der in Unterhosen, stimmlos. »Fragt einen ob er Anfälle hat. An seinem Geburtstag.« Er dreht sich zu Jid. »Anfälle! Ich hab eine Halsentzündung, das ist alles was ich hab.«

Jid: »Ah, wirklich. Was Sie nicht sagen. Eine Halsentzündung sonst nix. Niemand kann mir erzählen über Halsentzündung, es ist entweder Pest oder Syphilis. Oder Irrsinn. Hängt ab von der Art von dem Ausschlag was Sie da haben in Ihrem Hals.«

»Pest«, sagt der Mann anklagend zu dem Reverend Smith. »Redet zu einem Mann über Ausschlag an seinem Geburtstag.« Er dreht sich wieder zu Jid und schreit ohne Stimme: »Pestausschlag im Hals, haha.«

»Kann natürlich auch sein schwarze Blattern«, räumt Jid ein.

»Das kannst du nicht machen!« Der Mann rudert mit den Armen. »Du kannst mir ja in den Hals schauen wenn du willst.«

»Ihrem Hals komm ich nicht in die Nähe für tausend Tschik.«

»Haben Sie das gehört?« fragt der Mann den Reverend. Rudert mit den Armen, in den Ärmeln vom Unterhemd. »Ausschlag! Zum Lachen.«

Jid: »Gerade graben sie ein paar Löcher für Gräber gleich

dort hinten. Einen feinern Platz für ein Grab finden Sie nicht in der ganzen beschissenen Stadt. Churchill hat nicht so ein Grab. Stalin hat nicht so ein Grab. Luxusgräber mit Warteliste sind das. Für zehn Tschik kann ich machen, man setzt Sie auf die Warteliste für so ein Grab für zehn Tschik.«

»Haben Sie das gehört?« sagt der Mann zu dem Reverend. »Redet über Gräber zu einem Mann an seinem Geburtstag nur weil er den Hals entzündet hat.« Seine Augen schwimmen in Untertassen mit flachem Wasser. »In Gegenwart von einem geistlichen Hochwürden von der Kirche unseres Herrn!«

Beide haben sie an den Reverend H.W. Smith hingeredet, der steht da noch immer die ganze Zeit und hat sich nicht bewegt. Auch Goy hat sich nicht vom Platz gerührt seit das dünne Brett am Schädel von dem Mann zersplittert ist. Jetzt ist es Goy, was alles beinah wieder verdirbt.

Muß er ausgerechnet in diesem Augenblick lachen? Steht da, platzt heraus, bellt vor Lachen. Nein, nicht bellen, er wiehert wie ein Roß. Über was? Über den in Unterhosen? Über seinen Hals mit Pest und Ausschlag? Nein, so weit ist dieser Goy noch lang nicht. Er ist erst bei belegte Brotschnitten, das ist ihm jetzt plötzlich eingefallen. Gibt der Nigger Reverend einem sein Brot, läßt einen los auf sein Brot, und wir – wupp, weg is es.

Es ist ein Lachen gewesen mit einem Zeitzünder wie eine Höllenmaschine. Jetzt geht es eben los! Nur ein Mißverständnis von dem mit den Unterhosen, daß er glaubt man lacht ihn aus. Es zerreißt ihm den letzten Nebel vor seinem Hirn. Da ist ja was faul, da stinkt ja was, da probiert ja wer und legt ihn herein. Steht man da gestrippt und zerschlagen und wird von einem ausgelacht!

Er ist noch immer nicht fest auf den Beinen, und der Boy mit seinem Pferdelachen zu weit weg. Keine Gerechtigkeit in der Welt. Er schaut noch immer auf den Reverend, beklagt sich aber zugleich, mit Schwanken macht er doch ein paar Schritt. Gerade eben noch hat er gesagt, haben Sie das gehört redet über Gräber zu einem Mann an seinem Geburtstag nur weil er den Hals entzündet hat – jetzt aber schwankt er vorwärts und greift nach dem Jid Boy, was gewagt hat und kränkt ihn.

Schnappt ihn. Packt ihn. Ohne ein Wort. Dann beginnt er und zieht ihn näher zu sich und noch näher. Der Jid Boy klammert sich an den Tisch. Gerade noch hat er sich fein gefühlt, so viel besser, jetzt sitzt ihm schon wieder eine Angst in den Augen. Der mit Unterhosen zieht und zieht. Wie ein Wassergespenst, wie sagt man dazu, wie ein Polyp, was ein schon sich erschrecktes kleines Tier greift und zieht zu sich. Sogar die Augen von dem Mann sind wie von einem Polyp, ohne Gefühl, nicht aufgeregt. Ich zieh dich herüber, ich will dich nur ein bissel erwürgen, sonst nichts.

Auch das gezogene Tier benimmt sich wie man entsprechend sich benimmt. Schreck in den Augen, klammert sich an den Tisch mit der freien Hand, aber fängt an zu plappern. »Was wolln Sie von mir«, plappert er, »was will er«, beklagt er sich bei dem Galach mit klappernden Zähnen, »was soll heißen er zerrt mich so? Hab ich ihn gerettet oder hab ich nicht? Ich hab ihn gerettet!« Schon fünf Sekunden, noch eine Sekunde, wird er schon den Tisch loslassen müssen und er wird verschlungen von dem Polyp und wird ausradiert.

Der Galach – nein, es sind da schon mehrere Galachs. Mehrere Galach Reverends sind da schon, alles in einem. Einer ist wie man hat ihn betäubt, was er da sieht und hört dem traut er nicht, dieser Krach dieses Racket da in dem Keller ist gar nicht real, in a moment bist du die Lähmung los, die auf deine Glieder gefallen ist, diesen nightmare diesen was man sagt Alptraum schüttelst du von dir weg und wachst auf und bist wieder the Reverend Hosea Washington Smith was wahrscheinlich nur ein bissel eingenickt ist after dinner im guten Sessel vor dem Kamin in Beulah, Claxtonville, Louisiana, in den United States of America. Ein anderer von den mehreren Reverends, alle sind sie der eine Smith, dieser andere ist nicht betäubt sondern sehr entsetzt. Das ist der zu dem der Kneifer mit dem Goldrand gehört. Er hat es weit gebracht durch harte Arbeit und viel Gebet, angefangen mit nix und jetzt hat er ein gewisses kleines Haus in einem kleinen Garten, alles zu sehn auf einem gewissen Foto in seiner Tasche. Und ein Reverend und Uniform wie ein Offizier, the Lord God hat ihm geholfen daß er so hoch heraufgeklettert ist mit Besitz und Amt. Sagt er zu sich, dieses Ärgernis da hast du zugelassen aber jetzt ist genug. Sie haben dich hereingelegt. Zwei Taschentücher, ein Feuerzeug und eine Schachtel mit Abführpills. Speziell die Schachtel mit Abführpillen macht daß dieser Reverend jetzt erbittert ist. Wie soll er einen Ersatz bekommen für diese speziellen Pills da in der Wildernis? Die Pillen sind der Tropfen was von ihnen das Faß überläuft. Stop! Auf die Sachen da laß dich no longer ein! Nimm deine guten frommen Schriften, was man sagt schüttle den Staub von deinen Schuhen, out you go, verlaß dieses Lokal was eine Mischung ist von Mördergrube und Hurenhaus.

Es gibt da aber in ihm auch noch einen dritten Reverend Smith. Der hat sich gestreckt wie ein großes Tier nach einem langen Schlaf. Strange, sonderbar, mit einmal ist man aufgewacht. Was redet der Jid Boy da, was flattert er wie ein Vogel mit Angst man will ihm den Hals umdrehn? Er hat den Guy in Unterhosen gerettet, will er für das von mir eine Bestätigung? »Natürlich hast du ihm das Leben gerettet«, sagt dieser dritte Reverend Smith jetzt langsam, mit der großen Stimme der großen alten Flüsse von einem fernen schwarzen Kontinent was er selbst nie gesehen hat. Sonderbar heiter sagt er noch einmal: »Natürlich hast du den Guy da gerettet, son.«

Und jetzt nimmt er eine flache Schachtel aus einer Hosentasche, stellt sich heraus wie er früher alles aus seinen Taschen hat nehmen müssen ist er smart gewesen, die flache Schachtel hat er bis jetzt gerettet. Jetzt aber klappt er sie auf und nimmt den Kneifer mit dem Goldrand von seiner Nase, langsam aber mit Entschluß schaut sich ihn an, es ist wie er hat ihn vorher noch nie gesehn, dann legt er ihn in die Box und klappt sie zu. Dieses Zuklappen hat so geklungen, so endgültig, wie wenn eine Tür zufällt hinter einem Fremden was nie wiederkommen wird.

Die Augen, jetzt zu sehen ohne den Kneifer, sind ein bissel müde, wie eben Augen sind, wenn man ihnen zumutet, daß sie plötzlich allein dastehen müssen ganz ohne die Errungenschaften der modernen Technik, auf diese Errungenschaften waren die Augen doch früher stolz sein ganzes Leben lang. Diese nackten Augen, jetzt lächeln sie, nicht vielleicht jemand angelächelt, oder wie sonst einer lächelt, ein Galach ein Reverend, sondern gelächelt nach innen selbst herein, oder kann sein auf etwas das ist gar nicht da sondern so weit weg man sieht es nicht. Sagt er: »Natürlich hast du dem Guy da das Leben gerettet, son, of course you did. Wo ich doch daneben gestanden bin und hab es selbst gesehn.«

Die Unterhosen: »Was haben Sie?«

»Ich bin danebengewesen und hab es gesehn! Sie sind draußen gestanden und haben da heruntergeschaut, da fällt man Sie von hinten an und haut Sie auf den Kopf.«

»Wer ›man‹?« fragt der Polyp. Noch immer hält er die Hand von dem Jid, aber wie man einen Gegenstand hält was man eigentlich schon vergessen hat. Fragt er: »Mich auf den Kopf gehauen?«

Smith: »That's it. Schauen Sie sich the bloody blood an auf Ihrem Kopf wie blutig der von dem Aufdenkopfhaun ist noch jetzt. Wer es getan hat? Die Teufel haben es getan.«

»Teufel?« fragt der in Unterhosen. »Welche Teufel? Rote Teufel britische Commandos? Blaue Teufel spanische Division? Oder DPs oder was?« Er läßt das Ding los, die Hand von einem Jid Boy, und fühlt seinen Kopf. »Oder vielleicht Schwarze Teufel italienisches Bataillon?«

»Teufel«, sagt Smith. »Einfach Teufel!«

»Einfach Teufel, einfach Teufel.« Der Guy scheucht es weg mit geschwenkten Armen wie es ist ein Fliegenschwarm. »Einfach Teufel. Dreckiger Nigger.« Aber eine Stimme ist wie er betet nur etwas nach. »Wirklich? Das is nicht wirklich ernst gesagt, nicht wahr? Was Sie meinen, ist nur, einer sieht vielleicht Teufel, was? Teufel sehn, so wie Weißmäuse sehn, wenn man zu viel trinkt. Delirium Weißgottwas.«

»Was ich meine, sind nicht Mäuse sondern die Teufel, echte wirkliche«, sagt der Reverend H. W. Smith.

Der Mann scheucht das weg. »Einem Mann was daherreden von Teufeln«, beklagt er sich, »an seinem Geburtstag auch noch. Einem Mann was erzählen von Ausschlagdelirium und so.« Jetzt ist er außer sich. »Dreckiger Nigger«, sagt er ohne Überzeugung, nur damit er sich hört er sagt es. Er ist wieder weich wie Schmalz. Seine Augen in Untertassen mit Wasser. Sagt er: »Ausschlag! Sie können ja in meinem Hals nachschaun wenn Sie wollen, ob da drinnen ein Ausschlag ist.«

»Okay«, sagt Smith und tritt auf ihn zu in die Reichweite von seinen farblosen Bäckerhänden, Teigkneterhänden, Würgerhänden was weiß ich, und tritt nah auf ihn zu, mit einer heiteren Stimmung. Schaut in den aufgesperrten Schlund von dem Mann und sagt mit seiner heiteren Stimme: »Da ist kein Ausschlag.«

»Kein Ausschlag?«

Sagt Smith: »Sie sind gesund wie ein Fisch im Wasser, von Ausschlag nicht die mindeste Spur.«

»Ausschlag nicht die Spur«, wiederholt der Mann. Dreht sich zu Goy. »Gehört? Hast du das gehört?« Und zu dem Jid: »Gehört? Nicht die Spur!«

Smith: »Vielleicht haben Sie eben noch einen Ausschlag gehabt und jetzt erst ist er weg.«

Unterhosen: »Kein Ausschlag.«

Smith: »Durch die Gnade unseres Herrn, der die Guten belohnt.«

»Guten belohnt, was?« Der Mann wendet sich noch einmal zu Jid. »Gehört?« Seine Augen weich. Sagt: »Das is wahr, daß ich wirklich gut bin. Ich bin ein guter Mensch.«

Smith nickt. »Das weiß ich.«

»Ich bin wirklich ein guter Mensch.« Steht er da in seinen Unterhosen. »Manchmal – « seine Arme scheuchen die Fliegen weg – »kann ja vorkommen, so ein kleines Mißverständnis. Sowas kommt doch vor? Aber – « er sucht nach seiner Tasche nach einem Taschentuch, aber dann erinnert er sich, er steht ja da ausgezogen, also wischt er sich nur mit dem Hemdärmel über die Stirn. »Aber, wissen Sie, ich bin gut!« Wie wenn einer ein Geheimnis sagt. »Bloß manche verstehn mich nicht. Manche glauben, da war zum Beispiel ein Kerl in dem – aber macht nix, die sagens nicht weiter, was? Ehrenwort? Wie ich noch bei der SS gewesen bin –. Meine Uniform jetzt – meine Uniform grad früher noch, bevor sie mich – also die Uniform war von einem amerikanischen Flieger, aber er war schon tot, ich hab ihn nicht umgelegt wegen der Uniform. Kamerad hat ihn abspringen sehn und gesucht und umgelegt. Ich hab nur seine Jacke geerbt das is alles. Krieg war ja doch beinah schon aus, also ich meine eigene Jacke weg und die von dem Amerikaner an.« Er wischt sich die Stirn. »Wie ich bei der SS war, da war ich bei der SS ein guter Mensch!«

»Ich bet Sie waren ein guter Mensch, ganz bestimmt«, sagt

Smith. »Ja. Ich sags Ihnen nur weil Sie ein Geistlicher sind, mit einem Verbot, daß er darüber spricht.« Scheucht die Fliegen weg. »Die Kinder da sind nicht wichtig, die sind nur Dreck. Was die später daherreden kümmert sich niemand drum. Sie – auch nur ein Nigger, aber trotzdem sprech ich mit Ihnen, weil Sie ein –. Unsereiner glaubt vielleicht mehr an Gott als ein ganzer Haufen dreckiger Nigger so wie Sie.«

»Das ist schon möglich.«

»Möglich –« macht er ihn nach, »möglich. Auf der ganzen beschissenen Welt vielleicht gibts keinen Scheißniggerpfarrer, was so viel Gutes gemacht hat wie ich bei der SS.« Er wischt sich den Schweiß von der Stirn. »Ich hab ihnen Schuh gegeben! Tausenden hab ich Schuh gegeben, Kinderschuh für tausende Kinder. Ich war nämlich Lagerverwalter wissen Sie. Ich hab ihnen Schuh gegeben. Die Kinder kommen ja ohne Schuh ins Lager, die meisten, weil –. Verstehen Sie ja nicht. Kinder müssen zu Fuß gehn – klar? Deshalb kommen sie ohne Schuh, weil – Sie wissen ja vielleicht selbst, was ein Kinderschuh ist. Da können Sie einen Kilometer laufen in solchem Schuh oder, gut, zehn Kilometer. Aber wenn man einmal anfängt und so ein Kind soll zweihundert Kilometer laufen oder dreihundertfünfzig Kilometer – was bleibt dann übrig von einem Kinderschuh? Ein Dreck. Nix. Überhaupt nix. Darum sind sie ohne Schuh im Lager angekommen. Darum hab ich ihnen Schuh gegeben. Vom Vorrat von meinem Lager. Jedes Kind, das ohne Schuh kommt, kriegt von mir Schuh!« Er wischt sich die Stirn. »So bin ich, Hochwürden.«

Hochwürden the Reverend Smith hat ihn angeschaut mit einem langen Blick. »Ja«, sagt er leise.

Kichert der Mann. »Natürlich hab ich die Schuh eine Stunde später zurückgekriegt.«

»Gas?«

»Ja.«

»Ja«, sagt Smith.

Sagt der Mann mit einer flachen Stimme: »Weil natürlich bei uns – die Kinder immer gradaus – «

»Ja.«

»Sonst hätt ich ihnen ja doch natürlich die Schuh nicht geben können – stimmts? Da müssen die Ziffern stimmen.«

»Ja«, sagt Smith, »ja.«

»Aber für die eine Stund haben sie gute Schuh gehabt.«

»Ja.«

Der Mann: »Hätten Sie sehen solln die Kinderln wie die sich gefreut haben. Die Mütter auch!«

»Ja.«

Scheucht der Mann die Fliegen schon wieder fort, die Fliegen was keiner sehen kann, nur er selbst, einen großen Fliegenschwarm. »Natürlich gibt es da immer ein paar, die meinen, ich habs aus Spaß getan, es war nur ein Witz von mir, haben sie geglaubt.« Wischt sich den Schweiß. »Aber es war nur, weil ich so gut gewesen bin. Ich war einfach ein guter Mensch!« Stumm. Dann fragt er mit keiner Stimme: »War ich ein – ?«

Smith, sagt er: »Sie waren ein guter Mensch.«

Sagt der Mann: »Ich bin eben ein Fall, nicht? So einen Fall wie mich gibts in hundert Jahren nicht. So einen Fall wie meinen Fall gibts überhaupt nicht, da können Sie jeden Doktor und Professor fragen, jeden Professor in der ganzen Welt, ob es noch so einen Fall gibt wie mich.« Schaut sich um wie es stört ihn was. »Wenns mich packt so packts mich. Mit Damen zum Beispiel. So eine Leidenschaft mit Damen wie bei mir, also das gibts nicht noch einmal auf der ganzen – « Scheucht die Fliegen weg, sie stören ihn so sehr.

Smith sagt: »Du willst jetzt nachhausegehen, Bruder.«

Der Mann: »Mit Damen, so eine Leidenschaft – «

»Bruder«, sagt the Reverend H. W. Smith. »Komm her zu

mir, Bruder. Komm ganz nah zu mir.« Er legt ihm den Arm um die Schulter. »Bruder, wir müssen dir etwas anziehn, Bruder, bevor du gehst.«

Der Mann wird langsam ruhiger unter der Berührung. Lehnt sich gegen Smith. »Das ist wirklich so, daß Sie denken, ich bin ein guter Mensch?« sagt er. »Daß ich glaub, sowas gibts – Gott – das denken Sie vielleicht wirklich, was?«

Smith schüttelt den Kopf. »Ich denk nicht«, sagt er. »Ich weiß es bestimmt.«

Der Mann steht da gegen ihn gelehnt, da steht er in seinen Unterhosen, es ist zum Lachen.

Smith: »Du brauchst deine Kleider, damit du weggehn kannst.«

Sagt Jid schnell: »Kleider sind nicht da, was weiß ich von Kleidern? Wie wir ihn hereingebracht haben, war er schon ohne.«

»Gib ihm seine Kleider«, sagt Smith.

»Es sind keine Kleider da.«

Smith: »Gib ihm seine Kleider.«

»Nix zu machen.«

Knöpft Smith seine Jacke auf, wo da noch Knöpfe sind, und fängt an daß er sie auszieht.

»Was heißt das, was machen Sie da?«

Smith zieht die Jacke aus, ohne Wort.

»Sie, was machen Sie da, ich sag Ihnen doch, wir haben von dem Guy da die Kleider nicht.«

»Eben«, Smith nickt heiter und reicht dem in Unterhosen die Jacke hin.

Jid, tritt er zwischen die beiden. Er nickt zu Goy, mit einem bösen Gesicht, er ärgert sich so sehr.

Goy hinaus und kommt zurück und bringt Jacke, Hosen, Stiefel. »Wir haben sie auf der Straße zusammengefunden«, sagt Jid mit seinem Ärger. »Gefunden und gerettet, also was

soll heißen Sie zwingen uns, daß wir die Kleider wieder aus-
spucken gratis ohne er zahlt uns Geld dafür?«

Komisch wie der Mann ein Stück nimmt, und dann wieder ein Stück, und jedes zieht er an, ungeschickt, es ist wie
wenn seine Hände sind noch in tiefem Schlaf. »Prima Ware«,
sagt Jid mit Ärger. »Schauen Sie sich an, eine Jacke so gut wie
neu. Was glauben Sie wer wir sind wir können solche Waren
wegschenken, gratis?«

»Ich zahl«, sagt der Mann, die Zunge schwer.

»Mit was wollen Sie zahlen? Morgen wiederkommen und
bringen, ja? Zahlen heißt hier und jetzt auf den Tisch. Wenn
nicht hier und jetzt, ist ›ich zahl‹ so viel wert wie ein Furz.«

»Ich zahl, ich habs bei mir«, sagt der Mann.

Jid lacht bitter. »Einen Gestank haben Sie bei sich, das haben Sie bei sich.«

Schüttelt der Mann den Kopf. Seine billigen Augen
schauen auf etwas weit weg, das dort überhaupt nicht gewesen ist. Streift den Ärmel von seinem Unterhemd vom Ge-
lenk – stellt sich heraus, darunter ist eine Armbanduhr. Die
ganze Zeit hat er diese Uhr getragen und sie haben es nicht
bemerkt. Eine Damenarmbanduhr aus Silber. Nimmt sie ab,
gibt sie dem Boy, seine Augen weit weg.

Jid ist da gestanden so geblufft, so geflabbergasted – rühr
ihn an mit einem Finger schon fällt er um. »Die Uhr haben
Sie die ganze Zeit da am Arm gehabt?« Dreht sich zu Goy.
»Unter dem Unterhemd hat er die Uhr gehabt und man hat
nicht gesehen.« Er lacht bitter mit schlechter Laune. »Was is
das überhaupt für eine Uhr? Wert is sie beinahe nix.« Schaut
sie genau an. Dann sagt er noch böse: »Das Glas ist gesprungen.« Die Augen von dem Mann sind weich wie Schmalz.
Streift er den Ärmel von dem Unterhemd höher zurück vom
Armgelenk, ist da drei Zentimeter höher noch eine andere
Uhr. Dann sagt er: »Die da besser?« Seine Augen weit weg.

»Oder die, oder die?« Er hat da noch vier, fünf, sechs Uhren, immer ein Stück weiter herauf am Ann. Seine Augen dabei sind so weit weg sie sind beinah im Himmel.

Das Gesicht von Jid sehr blaß.

»Du willst jetzt nach Haus gehn, Bruder«, sagt the Reverend Smith.

»Ja.«

Jid, etwas in einer Verzweiflung: »Für die Uhren da kann ich Ihnen ein Radio geben und eine Linse von einem Mikroskop.«

Keine Antwort. Der Mann dreht sich in dem Augenblick schwerfällig um, weil Ewa ist gerade hereingekommen. Vielleicht hat sie gehorcht, und jetzt ist es ja schon ganz ohne Gefahr, nicht wahr? Und das ist doch der Kerl der nach ihr geil gewesen ist, also warum nicht?

Sagt sie: »Halloh«, und geht näher mit den Hüften vor wie auf dem Strich eine Schickse und das Gesicht frisch geschminkt. »Halloh, boys.« Künstlich die Stimme aufgerauht.

Der Mann steht da, halb zu ihr umgedreht, und steht da und starrt. Eine Stille kommt herausgeflossen aus seinem Starren und legt sich auf alle, es ist wie plötzlich ein Nebel, so still ist es.

»Was is los?« Ewa mit ihrer Stimme wie eine Schickse, aber einen Augenblick später gibt sie es auf und steht da dumm.

The Reverend H. W. Smith legt dem Mann den Arm um die Schulter. »Du hast heimgehen wollen«, sagt er ruhig und mit Kraft, und seinen Arm stark um die Schulter so führt er ihn hinaus. Man hat sehen können, wie der Mann wirklich herausgeht, mit Stolpern, ohne daß er sich umdreht, wie einer geht wenn er schlaft oder er ist schicker. Und wie er draußen weitergeht, und dann ist er schon weg, und sein Gehen weg, nicht eine Spur von ihm.

»Ha«, sagte Goy.

»Haha« – macht Ewa und schaut dem Mann nach, schon seine Stolperstiefel draußen auf der Gasse verschwunden, weg ist er.

Jid. »Hahaha.«

Goy: »Hahahaha.«

Sagt Jid: »Ich bin ein guter Mensch!«« Gibt dem Reverend Smith einen Stoß in die Rippen, ein Kamerad. »So ein Fall wie der Fall von meinem Fall gibts nicht noch einmal auf der beschissenen ganzen Welt!«« Bricht aus mit Lachen, alle brechen sie aus mit Lachen, es ist ihnen so gelächterig.

»Was ist los?« Ate kommt jetzt auch herein.

Jid: »Teufel haut einen auf den Kopf!«« Fällt ihm ein nebenbei, er sucht in der Tasche, dann sagt er: »Kommt mir vor, die Brieftasche da gehört Ihnen, Smith.« Und gibt sie dem Galach zurück, mit einem Gesicht von oben herunter, nebenbei. Smith: »He, was ist das? Ich hab gar nicht bemerkt, daß sie weg ist.«

Rät ihm Ewa: »Schaun Sie nach, ob nix fehlt.«

»Nicht nötig, daß er nachschaut«, sagt Jid, blaß vor Hochmut.

»Die Brieftasche is komplett.«

Ate lacht silbern.

Sagt Ewa: »Am besten, Sie schaun trotzdem nach.«

»Es fehlt nichts«, sagt Smith. »Da – überhaupt nichts. Identity Paper. Notizen, Soldbuch, alles.« Und dann: »Es ist wirklich 296 statt richtig 325. Nicht daß es wirklich wichtig ist. Auslandszulage! Ich hab nicht dran gedacht, ah, Scheiße. Im nachhinein kann man es nicht verlangen.«

Sagt Jid: »Man kann.«

»Es ist nicht so wichtig.« Smith schmeißt seine Hand slap auf den Tisch. »Scheiße«, sagt er, »und noch einmal Scheiße, dreißig gute Dollars im Monat und ich hab nicht daran gedacht.« Er schiebt die Kappe aus der Stirn zurück, jetzt sitzt sie ganz hinten auf seinem Kopf, schief und crazy. »So ein Dreck, ah, Scheiße«, sagt er mit seiner Oldriverstimme vom Großen Fluß und stößt sich die Kappe wieder nach vorn, jetzt sitzt sie ihm über den Augen.

Jid: »Sie haben gelogen, was? Die Meiße mit den Teufeln, Smith, die story Sie haben sie gesehen. Was ist das für ein Gefühl für einen Galach, wenn er gelogen hat?«

Ewa: »Er hat nicht gelogen.«

»Warst du dabei? Dann halt das Maul. Er hat gelogen für uns!« Jid dreht sich zurück zu dem Galach, was ihm die Kappe noch immer crazy über den Augen sitzt. »How does it feel – a Galach und er hat gelogen?«

Der Mann schiebt die Kappe zurück, gerad genug, daß er die Augen frei hat und schaut ihn an. »It feels fine«, sagt er.

Jid: »Wenn Sie ihn nicht möchten gehalten haben, möchte er glatt gefallen sein. Komisch. Lehnt sich der Guy an Sie an wie wenn Sie die größte Mutter.« Er schweigt, denkt nach. »Komisch«, noch einmal, mit einer Stimme wie zu sich selbst. Sagt Ate: »Wo gehn Sie hin, dort wo Sie in dem Haus auf dem Foto zu Haus sind, wo gehn Sie da hin wenn Sie Lust haben auf ein Girl?«

Ewa: »Er geht überhaupt nicht hin.«

Der Mann schaut sie an. »Einmal wie ich in New York war«, sagt er ruhig, »einmal in New York hab ich mir vom Hausdiener im Hotel einen Anzug ausgeliehn, einen Zivilanzug, weicher Kragen und Schlips und so weiter, und so bin ich in ein Puff.«

Ate kichert für einen Augenblick, silberig.

Jid, wild: »Ach, halt das Maul jetzt.«

Fragt Ewa: »Haben Sie einen Rosenbaum?«

Jid: »Ach, halt's Maul.« Steht da, Stirn gerunzelt, so denkt er nach. Fragt er leise: »Haben Sie schon einmal einen umgebracht?«

»Nein«, sagt the Reverend Smith. »Umgebracht? Nein.« Er denkt hart. »Einmal«, sagt er ruhig, »hab ich ein Kind gekannt so arm wie ich, a black Kid, in St. Louis, Mississippi, das kennt ihr nicht. Das war ein Boy, ein Picaninny. Der hat ein Dreirad gehabt der Boy. Wo er das hergehabt hat, das weiß ich nicht, vielleicht hat sein Vater es für ihn gestohlen. Dieses Dreirad hab ich zerbrochen. Er ist krank geworden, der Boy – ich weiß nicht, was dann aus ihm geworden ist. Nie wieder gesehn. Aber wenn der Boy gestorben ist –.« Er schweigt.

»Stahldreirad?« fragt Ate. »Welche Marke?«

Jid sagt: »Für diese Sorte Umbringen können sie einen nicht verurteilen.«

Ate: »Welche Marke Dreirad? Ich hab auch einmal ein Dreirad gehabt.«

Der Mann, schüttelt er den Kopf. »Für diese Sorte Umbringen kriegt man lebenslänglich.«

Setzt Ewa sich neben ihn und legt ihre Hand auf sein Knie und schaut ihn an.

Ate: »Ich hab ein Stahldreirad gehabt mit Emaillehandgriffen, grünes Emaille, in Halle. So grüne Handgriffe können sie so schön nur in Halle machen. Mit dem Dreirad bin ich immer in die Schule geradelt, damals war ich noch klein. Das war noch bevor uns die Polen angegriffen haben.«

»Ha« – macht Jid.

»1939 haben die Polen das nationalsozialistische Deutschland und den Führer angegriffen mit Hilfe von den Juden. Ich weiß das auswendig, ich war immer die Beste in meiner Klasse.«

Ewa: »Mein Papa wenn der mich in die Schule gebracht hat, hat er mich an der Hand geführt. Der wäre nie im Leben auf ein Dreirad gestiegen, auch nicht wenns grüne Griffe hat. Die Schule, das war eine Nonnenschule. Ich sollte Nonne werden.«

»In der Schule«, sagt Goy, »ich hab einmal einem Lehrer einen Tritt in den Arsch gegeben in der Schule, ha.«

Jid sagt: »Im Lager war keine Schul.«

»Ha. Tritt in den Arsch.«

Ate: »Ich war die Beste von der ganzen Klasse, das war die Ebertschule in der Republikstraße 12 in Halle, wo ich mit dem Dreirad hingefahren bin. Dann hieß sie Adolfhitlerschule, ich war die Beste. Dann war das wie ich der Polizei alles gesagt hab über meine Eltern daß sie das Vertrauen des Führers verraten haben und fremdes Radio gehört und wo ich dann Jungmädelführerin geworden bin beim BDM, stellvertretende Jungmädelführerin im Baldur-von-Schirach-Sommerlager. Ich war immer die Beste.«

Sagt Ewa: »Mein Papa wär nicht auf ein Dreirad gestiegen für tausend Irgendwas. Ich hab eine Dame werden sollen, Pelzmantel und alles. Und gebratenes Huhn und Seidenwäsche und jeden Tag Kuchen und mein Papa hat ein Grammofon gehabt mit einer großen Trompete drauf wie eine riesige Blume, das war keine gewöhnliche Blume sondern aus Blech aus Gold aber es war so gemacht wie eine Blume, wunderschön, und dieses Grammofon hat meinem Papa gehört. Er hat auch ein Fahrrad gehabt das ihm gehört hat. Und ich hab sollen eine Gräfin werden.«

Ate: »Jungmädelführerin, und ein Ehrenwimpel. Ich hatte schon alle Prüfungen gemacht, die Russen haben mir alles weggenommen in der Irrenanstalt. Ich hab nur noch mein Schulheft. Schulheft und Poesiealbum, da.« Sie zieht ein sauberes blaues Heft irgendwo aus dem Kleid heraus. »Da.«

»Das ist – nein, das da hab ich nur geschrieben, weil ich es auswendig weiß von der Ebertschule, dort hab ich es aufgesagt wie ich noch klein war, dafür hab ich eine Belobigung vom Direktor bekommen, das war meine erste Belobigung. Da ›Der erste Paragraf der deutschen Verfassung Deutschland ist eine Republik.‹ Das ist noch aus der Schwachzeit. Später hab ich es aufgeschrieben, ringsherum mit den kleinen Hakenkreuzen in einem Kranz, das war meine erste Zeichnung hier, Stiefmütterchen und Hakenkreuze, immer ein Stiefmütterchen ein Hakenkreuz, und das ist ein Autogramm vom Gauleiter. Einmal ist er zu uns ins Lager gekommen, da haben wir für ihn den Germanischen Jungmädelfackeltanz tanzen dürfen, alle nackt mit Fackeln wunderschön, und ich war die Beste. Das, oh, das ist schon später, das war wie ich die Führerrede aufgesagt hab. Das? Das ist nix. Das ist ein Rezept für ein Siegeseintopfgericht fürs Lager. Da, Kriegskuchenrezept, Mehlersatz, Eierfarbe. Das da ist ein anderer Siegeskuchen. Und das hier hat mir meine Mutter ins Heft geschrieben, ›Üb immer Treu und Redlichkeit, deine Mama, die dich mehr liebt als irgendjemand in der Welt.‹ Aber das war noch bevor sie das Vertrauen des Führers verraten haben. Später – wo ich das, nein, wart, ja, hier, schau. Das haben sie später hineingeschrieben wie man sie weggeführt hat, ich hab gar nicht gewußt daß sies hineingeschrieben haben, erst ein paar Monate später hab ichs gefunden. Ich hab die Seite herausreißen wollen, aber das Heft fällt sonst auseinander, nicht? Ich hab nie eine Seite aus einem Schulheft herausgerissen, das darf man nicht. Was steht da? ›Deine Eltern vergeben dir und werden dich immer lieben.‹« Goy sagt: »Ich hab einmal einem Lehrer einen Tritt gegeben und einmal hab ich einem Pferd einen Tritt gegeben, da is es auf einen Schutzmann draufgesprungen. Das war nach dem Bombenteppich, wie sie uns weggebracht haben in einem Zug mit der Eisenbahn.«

Ate: »Es ist die Schrift von meinem Vater, aber die war sonst viel ordentlicher. Ich weiß nicht, was mit ihnen geschehen ist, nachdem sie das Vertrauen des Führers verraten haben.«

Sagt Ewa: »Mein Papa war ein hoher General und ich ein unschuldiges Waisenkind wie in einem Buch, dann hat ein böser schöner Fremder was in meinen Wein gemischt und mich verführt mit Schampanjer und so und dann mich mit meinem Wickelkind allein gelassen, da is es im Schnee gestorben und das is wie ich meine Unschuld verloren hab. Es war das einzige Mal in meinem ganzen Leben. Er war ein Geschäftsreisender von Budapest.«

Ate: »Da. Das ist alles was in meinem Schulheft ist. Das da? Das ist nix. Das ist nur eine komische Zeichnung, die wer gemacht hat. Das war wie das Mißverständnis gewesen ist in dem Irrenhaus, wo sie mich mit Benzin haben abspritzen wollen wie wenn ich eine richtige Irre war, aber ich war doch keine, nicht wahr, darum bin ich weg, da haben sie mich in ein Puff gesteckt die Russen und in dem Puff, bevor ich dort weggerannt bin, hat ein Herr in dem Puff die Zeichnung gemacht zum Spaß. Aber es ist nicht wirklich gut gemacht, es soll ein Bild sein von einem Kerl der ein Mädel gerade fickt aber es ist nicht gut gemacht.« Sie schaut das Heft an in ihrer Hand. »Ich bin davon aus dem Puff und ein Lastauto hat mich mitgenommen nach Halle, aber wie wir hinkommen stellt sich heraus Halle ist weg.« Sie schaut auf ihr Schulheft mit ihren blauen Augen, die sind so blau wie ein See auf einer Ansichtskarte, so blau wie Gott im Himmel. Sagt: »Ich möchte wieder in die Schule gehn.«

Ewa sagt: »Smith, das war nicht wahr, das von meinem Papa ein General und mein Kind tot, Smith. Ich hab nie kein Kind nicht gehabt es war alles erfunden, Smith. Eine Unglücksgeschichte was man so einem Herrn erzählt. Mein Papa

war ein Briefträger. Dann war er in der Infanterie. Dann war
er ein Gefreiter. Das ist alles. Dann is er an die Ostfront.
Dann hat er einmal geschrieben es geht ihm gut und die Russen sind lausig, alle auf dem Kopf mit Läusen, und er schickt
einen Pelzhut hat er geschrieben und er verteidigt dort die
westliche Wieheißtdenndasgschwind, Kultur? Der Hut is nie
gekommen. Das is alles, kein General kein Kind kein gar nix.
Ich war nur bei der Erntehilfe, beim Bauern hab ich gearbei-
tet das is alles. Ich hab nie niemand umgebracht nur zweimal
ein Maulwurf. Das is alles. Und der Hut ist nie gekommen.
Das war ein Pelzhut.«

»Ja« – Smith.

»Ich hab niemand nie umgebracht« – Ewa. »Das is alles
was ich von mir sagen kann.«

Goy: »Ich hab schon viele umgebracht.«

»Das ist alles, was ich von mir sagen kann« – Ewa.

Goy: »Ich hab einen ganzen Haufen umgebracht. Hunde,
Ratten. Ich hab fünf Soldaten umgebracht. Feinde.«

Jid: »Was ist ein Feind?«

Goy: »Macht Spaß – umbringen. Ich hab einmal Lehrling
sein wollen bei einem Metzger.«

Jid: »Was ist ein Feind?«

»Die von denen man die Namen nicht weiß. Daß ich ein
Metzgerlehrling hab sein wollen, das war, wie sie uns aufs
Land gebracht haben als Bombenflüchtling, mich und die andern Kinder und die Mutter und mich, meinen Vater nicht,
und in dem neuen Ort war die Mutter mit einem Gemüsehändler verheiratet. Dann wie's dort Bomben gegeben hat
haben sie uns zurückgeschickt, nein nicht zurück, wo anders
hin, die Mutter war dort mit einem Luftwaffenspieß verheiratet. Dann war sie mit einem Leichenbestatter verheiratet,
aber das war in einer andern Gegend, der hat mich nicht nehmen wollen, weil da Bomben gewesen sind und nur ein Bett

frei, darum haben sie mich zu der Schwägerin von dem Leichenbestatter geschickt – war es Frankfurt? Da waren Bomben, sie is umgekommen, aber die umgekommen is war nicht die Schwägerin sondern die Frau von nebenan, die mich hat wegbringen solln wegen der Bomben dort, das war die was umgekommen is, da waren wir schon im Zug und da haben sie mich auf der Hilfsstation gefragt, wo komm ich her aber ich habs nicht gewußt, da haben sie mich weitergeschickt als ein Waisenkind, und in dem Dorf – nein, ja, wart, nein, in dem übernächsten Dorf wo sie mich hingeschickt haben, das war das Dorf wo ich ein Lehrling hab sein wolln bei einem Metzger. Aber da war kein Fleisch.«

Sagt Ewa: »Sie können mich mitnehmen, wenn Sie wollen, Smith.«

Der Mann schaut langsam auf. »Dich mitnehmen? Wohin?«

»Hier ist kein Platz«, sagt Ewa. »In Ihr Zimmer, wenn Sie wolln. Egal wohin.«

Ate sagt: »Sie meint, wenn Sie sie ficken wollen, so können Sie sie haben.« Sie sagt es ernst und höflich, sie lacht nicht.

Goy sagt: »Da war kein Fleisch mehr, daß man damit irgendwo Lehrling sein konnte bei einem Metzger.«

Curls, kommt er herein in dem Augenblick. Er ist gerannt, er ist auf der Flucht, er kommt vom Hof, stößt das Fenster auf, springt herunter, rennt.

Der was hinter ihm her ist, das ist der vom Bezirksamt, der mit dem Regenmantel, die Amtsperson. Schon vor zwei Stunden hat er einmal versucht daß er den Keller beschlagnahmt, und jetzt plötzlich steht er wieder im Fensterrahmen, Regenmantel, politisches »P«-Zeichen drauf, alles. Steht still dort oben, atmet schwer, sein Gesicht grau vor Erschöpftheit er ist so schnell gerannt. Dann springt er doch tatsächlich herunter. Angst vor Typhus oder Pest? Das ist früher gewesen. Jetzt ist in ihm was stärker ist. Da springt er schon.

Der Boy ist ihm zehn oder sechs Schritt voraus und schon nah am Tisch. Der Mann sofort ihm nach. Der Boy weicht aus, auch er ohne Atem, vor lauter Angst den Kopf verloren, so weicht er ihm aus rund um den Tisch und der Regenmantel hinter ihm her. Komisch wie der das macht, ohne Spannung im Fußgelenk, er schiebt sich eckig mit einer ungeschickten Geschwindigkeit, wie ein Wasserfloh über eine stehende Pfütze schießt, zick-zack. Es ist etwas ein Jagdtrieb in ihm, er schmeißt ihn vorwärts, aber an so viel Körperbewegung ist der Mann scheint es nicht gewöhnt, halb verhungert und das Herz kaputt und im Lager haben sie ihn in die Nieren getreten. Vielleicht ist er nicht mehr gerannt wie fünfzig Meter, aber er schaut aus wie einer rennt was es heißt nach Athen von Marathon.

Er hat nicht Atem übrig für ein einziges Wort, ›Halt‹ oder sowas. ›Im Namen von der Alliierten Militärregierung‹ oder was man ruft in so einem Fall. Er ist angefüllt mit Schweigen, und in den Augen ein Glimmer von Verzweiflung: das da muß mir gelingen, das muß mir gelingen, fangen muß ich ihn. Schaut aus wie ein pensionierter Rattenvertilger, man hat ihn aus dem Altersheim zurückgeholt zum aktiven Dienst und jetzt arbeitet er under the control von dem Gemeinderat und will zeigen er kann noch.

Das ist, wie er sich um den Tisch herumschiebt hinter dem fliehenden Boy her: Rattenfänger. Er hat ein Paar aufgeklappte Handschellen in der Hand. Einmal ist er sogar nah genug und probiert daß er sie dem Boy um das Handgelenk schnappen läßt. Schmeißt sich ungeschickt auf ihn zu, knapp daneben, die Stahlfeder schnappt in die leere Luft, mit einem Klick.

Es war zum Lachen, ohne die Verzweiflung in den Augen von den beiden, Boy und Mann. Wie es sie treibt, daß der eine fängt und der andere flieht, und in ihnen beiden der Zweck so geradlinig ausgerichtet daß alle anderen in dem Keller für die zwei überhaupt nicht da sind, für die zwei sind sie leere Luft. Für die zwei gibt es nur: ich werd dich fangen, du wirst mich nicht fangen.

Die anderen haben zugeschaut. Smith rührt sich zuerst. Greift den Kragen von dem Regenmantel, wie er gerade an ihm vorüberschiebt, und reißt ihn zurück. Kein starker Ruck, aber der Kerl möchte ja nicht aushalten daß ein Mann ihn anbläst, ein wirklicher Mann mit ganzer Lungenkraft. Dreht sich um sich selbst und fällt auf die Bank, atemlos.

»Was ist da los?« fragt der Reverend Smith. Steht neben ihm und schaut auf ihn herunter wie er da sitzt. Der Regenmantel ringt nach Luft, mit Handschellen noch in der Hand, und ringt und hat keinen Atem für eine Antwort. Das »P«-Abzeichen hat sich von seiner Brust halb gelöst und hängt herunter wie in Trauer.

Sagt Smith: »Was heißt das? Hell, lassen Sie den Boy da in Ruh.« Drohen in seiner Stimme, noch weit weg wie es kommt aus dem Tal hinterm nächsten Berg.

Was jetzt kommt kommt von ganz woanders her. Eine Stimme: »Haben Sie ihn?« Ist es der Mann mit Pelzkragen am Mantel und mit dem Bowler, dem steifen Hut. Steht dort oben im Fenster und schaut herunter. »Haben Sie ihn? Noch nicht? Dann greifen Sie ihn sofort!« Er hält eine Zigarre zwischen den fetten Fingern.

Der Regenmantel hat seinen Atem noch nicht wieder, aber seine Bewegung hat er wieder, mit viel Bewegung schwenkt er ein Blatt Papier, ein Stempel ist drauf, Getipptes, mit Unterschrift.

Sagt Jid: »Das können Sie so nicht machen, das Haus beschlagnahmen geht nicht, alles was Sie wollen ist das Baumaterial, aber was betrifft Beschlagnahmen kann man mir nix erzählen. Der Boy da ist der gerechte Besitzer und wohnt, also is nix Beschlagnahmen und überhaupt nix.«

Der Bowler kümmert sich darum überhaupt nicht. Steht da, Zigarr im Mund.

Der Regenmantel sitzt immer noch. Im unteren Teil von ihm ist er noch immer nicht der Herr von seinen Gelenken, aber oben hat er die Stimme zurück. Wackelt er mit seinem Papier und sagt: »Beschlagnahmen, wer redet von Beschlag? Der Boy ist nicht mündig, Schluß. Auch wenn er will, kann er über das Baumaterial nicht entscheiden. Eine nicht mündige Waise, also braucht er einen Vormund, das ist Gesetz. Der Herr da mit dem Bowler hat sich zum Vormund angetragen, von sich aus freiwillig, zu seinem Antrag hat die Behörde gesagt Okay, also Schluß, erledigt. Da is die Verfügung!« Schwenkt sie. »Der Herr da kümmert sich für den Boy um alles Geschäftliche. Der Boy gehört überhaupt nicht daher, allein. Alles was ich will, is ihn mitnehmen laut Verfügung da.« Er hat schon zuviel gesprochen, er ist wieder ausgeleert, da sitzt er mit seiner Vormundschaftsverfügung und seinen Handschellen wie ein betropfter Baum, etwa

112

eine Trauerweide, und sitzt und ringt er hat nicht Luft genug.

»Das ist ein gemeiner Trick«, sagt Smith langsam. »Den Boy aus dem Weg schaffen und dann das Bauholz draußen auf dem Black Market verkaufen. Das ist ein gemeiner Trick ein stinkender gegen this Boy.« Der weitweg Donner aus dem unsichtbaren Tal ist wieder in seiner Stimme. Sagt er mit einer Drohung: »Laß den Boy in peace.«

Der Mann mit dem Bowler oben im Fenster schaut schweigend zu, Zigarr im Maul.

Der Regenmantel ist jetzt endlich wieder der Herr von seinen Gelenken. Schickt einen desperaten Blick einen Hilferuf herauf zu dem Bowler, aber dort kriegt er keine Hilfe. Also reißt er sich noch einmal zusammen, was sein muß muß sein, und springt auf und schreit: »Widerstand gegen eine Amtshandlung! Das geht mich einen Dreck an ob Sie ein Offizier sind oder – was sind Sie überhaupt, ein Militärgeistlicher, da haben Sie überhaupt kein Recht daß Sie gegen einen Befehl von der Alliierten Kommandantura Widerstand leisten. Da, schauns sich ihn an!«

Wedelt noch immer mit dem Zettel, aber dann probiert er es anders, er springt zu dem Boy, Handschellen in der Hand. Im nächsten Augenblick stürzt er schwer auf den Boden. Der Reverend H. W. Smith hat seinen Fuß vorgestellt, das ist genug, da kracht der Mann nieder, da liegt er schon. Liegt da, schreit: »Ich bin eine Amtsperson! Ich war im KZ ich bin krank ich darf mich nicht aufregen hat der Arzt gesagt. Ich bin –«

Jetzt stoppt er. Der Mann mit dem Bowler ist heruntergestiegen. Nimmt seine Zigarr aus dem Mund und sagt: »Halten Sie's Maul.« Wendet sich zu dem Geistlichen. Ohne daß er seine Stimme hebt, ohne daß er seine Lippen bewegt, sagt er aus dem Winkel von seinem Mund: »Pardon, Hochwürden.

Kümmern sich bitte nicht um die Figur da. Ein Mißverständnis. Über diese Sache sprechen wir besser direkt von Mann zu Mann.«

Er schaut von Gesicht zu Gesicht. Die alle dabeisein lassen, bei diesem Palaver von Mann zu Mann? Oder hinausschicken? Nicht der Müh wert. Zwei Gents aus den feineren Klassen wie er und der Amigeistliche da, die verstehn sich ja doch, ob sie unter vier Augen reden oder vor dem Gesindel da.

»Kleines Mißverständnis«, sagt er und bewegt dabei nicht die Lippen. »Verstehe vollkommen. Sie haben geglaubt Sie sind der erste hier. Eben ein Irrtum. Wir waren da schon früher, ich und der Herr da wir zwei. Steckt aber auch für drei genug drin in der Sache. Okay? Nein? Gut, dann nehm ich den Herrn da auf meinen Anteil, ist mir auch recht, wenn Sie drauf bestehn, bleibt dann ein klares Geschäft exklusiv zwischen ich und Sie, fifty-fifty, trotzdem ich die Bewilligung schon auf meinen Namen hab schwarz auf weiß; aber ich will keinen Streit, das ist so meine Filosofie. Sie kriegen also glatte fünfzig Prozent halb-und-halb, ein Gentleman ein Wort zwischen Gentlemen, von mir brauchen Sie nix schriftlich, da können Sie jeden Gentleman auf der Kommandantura fragen, ob man von mir was schriftlich braucht.«

Er schaut sich das feuchte Ende von seiner Zigarre an. Wie er keine Antwort kriegt, sagt er weiter, aus dem Mundwinkel: »Ich versteh. Aber Sie denken falsch. Fifty-fifty mit mir verdienen Sie mehr als wie hundert Prozent Sie allein. Denn allein, was schlagen Sie da schon heraus? Ein paar Fuhren Brennholz. Als ein geistlicher Herr können Sie nicht einmal direkt verkaufen, Sie müssen einen Strohmann haben, kostet Sie gleich eine Provision. Stimmt? Und an wen kann er schon für Sie verkaufen? An die Bevölkerung. Was kriegen Sie? Mark, Polenmark, Besatzermark, Schillingmark. Mark.

Einen Dreck. Das ist was Sie kriegen, wenn Sie das Geschäft da allein machen, Hochwürden. Oder gut, sagen wir einmal Sie wollen gar nicht gegen bar verkaufen, Sie wollen tauschen. Sie tauschen gegen – na, was? Gegen was Unhandliches können Sie nicht tauschen als ein Hochwürden ohne Lagerraum. Bleibt Ihnen also nur Sie tauschen gegen kleine Ware. Kokain, Morphium – ist das Ihre Filosofie? Hab ich recht? Aber da kriegen Sie ja doch wieder nur Mark oder Schilling – stimmt? Dollar kriegen Sie nicht. Weil als ein Reverend von der US Armee können Sie nicht verkaufen an die US Armee!«

Er zieht an seiner Zigarr, die gar nicht brennt, er küßt sie mit einem Schmatz. Dann läßt er es wieder sein. »An die US Army können Sie nicht verkaufen, aber ich kann.« Aus dem Mundwinkel: »Denen verkauf ich den ganzen Haufen Holz da draußen im Hof als Eisenbahnschwellen. Sind keine Eisenbahnschwellen? Das sind Eisenbahnschwellen, wenn ichs verkauf.« Er blickt um sich. »Und den Keller da kriegen wir auch. Alles fifty-fifty eingeschlossen in dem Geschäft.« Er zieht an seiner Zigarr und wartet. Dann: »Nur – ein schneller Entschluß! Die Russen bestehen drauf sie wollen diese Seite von der Gasse und man verhandelt schon. Wenn man denen wieder einmal nachgibt – die ruinieren ja die ganze private Geschäftswelt, die Roten. Was man nicht jetzt noch schnell vorher macht – aus! Verstehn Sie? Letzte Gelegenheit!«

Keine Antwort, also sagt er weiter aus dem Mundwinkel: »Die Kinder da? Ah, verstehe. Geistlicher Herr und so weiter. Religion und so. Aber da will ich Ihnen einmal was sagen. Über die Kinder da regen Sie sich nicht auf. Die Kinder da sind der letzte Dreck. Abschaum! Verstehen Sie ›Abschaum‹? Am besten man rührt sie gar nicht an. Der Keller da ist viel zu gut für die. Wenn Sie mich fragen. Der Keller da ist gut genug für eine kleine intime Bar! Mit Messingbeschlägen und allem. Gemütlich! Vorräte dafür hab ich auch, Alkoholvorräte. Liegt ja eigentlich schon außerhalb von unserem Geschäft, aber gut, fifty-fifty, geht auch noch mit hinein. So mach ich Geschäfte! Kinder wie die da, glauben Sie mir, die fühlen überhaupt nix. Schmeißt man sie hinaus, findet man sie morgen hundert Meter von da in einem anderen Keller, so ist das doch.« Er macht eine Pause.

»Außer, natürlich, als ein Reverend wollen Sie sie vielleicht außer Sichtweite haben als ein Reverend. Kann ich vollkommen verstehen von Mann zu Mann. Da läßt man sie eben mit einem Lastauto ein bissel spazierenfahren, und am anderen Flußufer im russischen Sektor setzt man sie wieder ab.«

Er schaut auf seine Zigarr, sie brennt gar nicht, aber er zieht an ihr. Es schmatzt, so küßt er sie. Sagt: »Okay, vor ihnen wollen Sie das nicht besprechen, stimmt? Paßt sich nicht für einen Gentleman mit einer Bildung. Mir auch recht. Ein Reverend ist ein Reverend. Mir bekannt! Ein Reverend regt so Kinder nicht auf sondern er bespricht es anderswo. Versteh ich, ich bin selber ein religiöser Mensch. Okay, Sie essen mit mir im Imperial-Hotel.«

»Lassen Sie die Kinder in Frieden«, sagt the Reverend H. W. Smith.

»Genau«, sagt der mit dem Bowler und bewegt die Lippen nicht. »Sehr richtig. Wir lassen die Kinder in Frieden und besprechen die ganze Sache beim Essen im Imperial. Wenn ich Sie hinbring, werden Sie staunen was für ein Essen.« Küßt seine Zigarr. Vertraulich: »Ich weiß eine Flasche Schampanjer, wissen Sie wo die herkommt? Übriggeblieben von der Potsdamer Konferenz von den Großen Drei! Vertraulich. Ehrenwort als ein Gentleman! Das ist die Sorte Schampanjer die man kriegt wenn man mit mir ißt.« Und noch leiser: »Reverend. Mann zu Mann. Ich weiß auch eine junge Dame, da gibts nix was die nicht tun möchte für einen Herrn was mit ihr so eine Flasche Schampanjer trinkt. Reverend. Was sagen Sie jetzt? Siebzehn. Jungfrau. Was sagen Sie jetzt?«

»Lassen Sie die Kinder in Frieden«, sagt the Reverend Smith. Eigentlich nicht wirklich eine Antwort. Sinnlos, aber so ist das. Und noch immer mit einer ruhigen Stimme. Nur das Donnern hinter dem Berg.

Für einen Augenblick springt ein Funken auf in den Augen von dem mit dem Bowler. Verschwindet aber wieder. Ein Geistlicher, denkt der Mann hinter seinen Augen; ein Geistlicher; grün auch noch; muß man Nachsicht haben er führt sich auf wie ein Trottel. Er schaut sich das Ende von seiner Zigarr an und sagt unbeirrt: »Diese junge Dame tut alles für einen Gentleman wenn ich sag sie soll. Hautfarbe spielt da keine Rolle – verstehn? Schwarz oder nicht schwarz. Kein Unterschied. Modern! Ein Gentleman ist ein Gentleman – fertig. Das ist schließlich für was wir gekämpft haben – stimmt? Das ist wofür der Krieg gewesen ist. Demokratie!«

Er zieht sich zurück, nur einen kleinen Schritt, wie jetzt the Reverend H. W. Smith ihm so nahe rückt. Man kann nie wissen, bei diesen Amis. Steht da geduckt, dieser Ami, und überragt einen auch so noch um einen Kopf. Besser noch einen Schritt zurück. Man kann nie wissen, bei diesen Niggers. »Lassen Sie die Kinder in Ruh und verschwinden Sie«, sagt der Nigger jetzt. Was bildet der sich ein wer er ist? Besser noch einen Schritt zurück, oder gleich zwei für alle Fälle, und schau dich um. Das Mädel! Das Mädel da – das ist die Erklärung.

»Pardon« – sagt der Bowler. »Ach so. Pardon, ist mir vorher nicht aufgefallen. Aber von Mann zu Mann, Sie kennen sich hier im Land nicht aus, ich kenn mich aus. Sie werden noch draufkommen es ist nicht wert, daß Sie das Geschäft da wegschwimmen lassen. Nicht für diese zwei Damen da, egal auf welche von den zwei Sie spitz sind. Die sind beide ein Dreck, und wenn Sie von denen bloß einen Tripper erwischen, können Sie noch von Glück reden, wahrscheinlich erwischen Sie – «

Er kriegt den Satz nicht zu Ende. »He«, sagt er, »sowas können Sie mit mir nicht machen!« Der Bowler sitzt ihm tief im Gesicht, die Niggerhand von dem verdammten Nigger ist ihm auf den Bowler gefallen – und hoppla. Der Mann dreht sich um und rennt vier Schritt, dann bleibt er stehn. Die Zigarr ist ihm aus dem Mund gefalln, sie liegt unterm Tisch. Rennt er noch einmal hin, hebt sie auf, blitzschnell, dann flieht er weiter, schwingt sich hinauf zum Fensterausgang, beweglich. Erst dort oben, in Sicherheit, stoppt er noch einmal. Der Regenmantel, unbeachtet während dem ganzen Palaver, der ist dem Bowler schon um drei Sprung voraus, schon draußen, dort rennt er, er ist beinah schon verschwunden, das »P«-Zeichen flappt ihm auf der Brust. Nur der mit seinem eingeschlagenen Bowler steht noch im Fenster für einen Augenblick, für einen letzten Sekundenblick rundherum, sogar die kalte Zigarr sitzt ihm schon wieder zwischen den Lippen.

Nächsten Moment ist er weg. Auch er. The Reverend Hosea Washington Smith, von Jesus Church, Beulah bei Claxtonville, Louisiana, United States of America, hat sich wortlos gebückt gehabt nach einem Ziegelbrocken, der von irgendeinem frühem Vorfall dort auf dem Boden gelegen ist. Den hat er geschmissen, er kracht gegen den splitternden Fenstertürrahmen fünf Zentimeter von dem Bowler, der ist einen Moment danach unsichtbar.

Der Mann im Keller steht da und schaut ihm nach, schwer atmend, mit wilden Augen. Er wendet sich langsam und schaut die Kinder an, eines nach dem andern, es ist wie er hat sie vorher noch nie gesehn. Sein Arm, langer Negerarm, schwingt nach dem Wurf noch hin und her. Schaut die Gesichter an, eins und wieder eins. »Well«, sagt er schließlich mit einer rauhen Stimme. »Where do we go from here? Was jetzt?«

Sie sind alle in Bewegung gekommen, wie der Bowler nicht mehr zu sehen war. Jid hinauf zum Fenster, ein Jump, und legt den Querbalken vor. Curls zum Hinterausgang hinaus und kommt zurück mit dem Handwagen mit dem Kindl drin, Herr Müller ist hinten drangebunden. Ewa dahin dorthin und überall, was sammelt sie auf, was ist das, Knüppel und Ziegelbrocken? Goy ist verschwunden, gleich am Anfang, wie er jetzt wiederkommt, zerrt er was aus Eisen herein. Wie er es oben am Fenster zusammensetzt, ist es eine Bazooka ein Panzerknacker, dann schleppt er noch eine Kiste mit Munition dazu. Ein Rasiermesser in Jids Hand. Ate, klettert sie herauf zum barrikadierten Straßeneingang und probiert, vielleicht kann man sehn was sich draußen tut. Alles das mit großer Geschwindigkeit, ohne ein Wort, es ist wie eine Schleichpatrouille, Nachtalarm, auf-auf, the Enemy. Keine drei Minuten seit der Bowler verschwunden ist, und schon der Keller wie eine Festung. Wie im Theater, man wechselt die Szene zwischen zwei Akten, ein Durcheinander was aber doch jeder wie ein Schlafwandler so sicher jeden Griff macht ganz genau wie schon hundertmal.

Fertig, da stehn sie, atemlos, grimmig, blaß.

Auch der Reverend Smith ist noch atemlos. Mit dem Ziegel hat er mehr geschmissen als nur einen Ziegel. Steht da, schaut um sich mit langsamen Augen. Sagt leise: »Was nützt es? Nutzlos.«

Jid: »Da haben schon andere Leute probiert, daß sie den Keller kriegen und haben nicht gekriegt. Uns kriegt man nicht. Uns nicht. Lebendig nicht.«

»Der kommt nicht noch einmal«, sagt der Smith. »Macht euch keine Sorgen. Ich schlag ihm – ja, ich schlag dem Schuft den Schädel ein, wenn er noch einmal –.« Er wischt sich das Gesicht mit dem Ärmel ab, er wischt über sein Gesicht, es sind viele Dinge was er da wegwischt. »Well« – schon ruhiger, »ich bin ein Reverend, ich lass den Schuft einsperren, wenn er wiederkommt. Ich bin nicht einfach ein Neger, ich bin ein amerikanischer Offizier. Ich helf euch!«

Kommen sie alle langsam näher zu ihm, fragt Jid: »Uns helfen, was meinen Sie mit uns helfen? Haben Sie gesagt uns helfen?«

»Ich helf euch«, sagt der Mann.

Jid: »Auf welcher Weise?«

Ewa: »Kannst du nicht verstehn? Er wird uns helfen!«

»Jeder kann sagen uns helfen. Auf welcher Weise? Sie, Mister. Auf welcher Weise?«

Der Mann: »Auf jede Weise.«

»Da hörst dus«, sagt Ewa. »Auf jede Weise.«

Jid dreht sich zu den anderen: »Gehört?«

Sagt Goy: »Helfen, er kann uns mit Abfall helfen, mit Swill, mit dem amerikanischen Abfallswillabfall hinterm Kasino. Er kann helfen, daß ich fünf Minuten vor den anderen zu dem amerikanischen Swill darf, das wär prima.«

»Swill«, sagt Jid, »wäre am besten man könnte es ihnen verkaufen bevor sie noch den Swill machen daraus. Können Sie helfen, daß man ihnen verkaufen kann? Es ist nicht wichtig was, nur daß man ihnen überhaupt verkauft, irgendwas. Es gibt nichts, was ich nicht daraus eine Mezzie mach, eine Okkasion.«

Ewa: »Könnt ihr nicht sehn, er wird uns allen helfen mit alles? Kinokarten und – und Spazierfahrn in ein Jeep und alles. Amerikanisch belegtes Brot. Alles!«

Sie atmet ruhig, sie sagt ruhig: »Alles. Für immer. Für die ganze Zeit wo sein Regiment da liegt in der Stadt.«

Schaut der Mann sie an. »Warum da in der Stadt? Where

do we go from here? Wohin von da? Ich nehm euch hier weg.«
Er schaut um sich langsam über den zerschlagengesmeschten
Keller hin. »Irgendwohin nehm ich euch von da weg.«

Jid nickt. Sie sind alle um den Mann gestanden, alle Augen auf ihm, Jid nickt und sagt trocken: »Ich weiß. Spazier-
fahrt in a Jeep über den Fluß und auf der anderen Seite im
russischen Sektor schmeißen Sie uns aus dem Jeep heraus,
dann haben Sie hier den Keller für sich allein, für a Bar mit
Verzierungen aus Messing.«

»Ach, halts Maul«, sagt Ewa, »ach, Jid, halts Maul.«

Der Mann schüttelt den Kopf. »Nein, ich helf euch und
halt zu euch.«

Jid: »Mit wieviel können Sie schon zu uns halten? Army
Reverend. Nicht sehr viel.«

Sagt der Mann: »Ich halt zu euch mit allem, was ich hab.«

Jid: »Wieviel ist alles was Sie haben?«

Der Mann: »Nicht viel. Ich hab geglaubt, es ist viel, aber
es ist nicht viel. Ich hab mich hochgearbeitet von – nein,
nicht von Nichts, von viel tiefer unten als Nichts hab ich
mich hochgearbeitet bis dorthin wo ich jetzt bin. Man glaubt
es kann nicht so schwer sein, in der American Democracy.
Was hab ich erreicht, wo bin ich? Pretty high up, hab ich geglaubt. Du hast gesagt, es ist nicht sehr viel. Du hast recht.
Ich hab gespart seit ich fünfundzwanzig war. Also seit ungefähr fünfundzwanzig Jahren. Ungefähr. Ich hab geglaubt, das
Ersparte ist eine Menge. Aber Jesus Church, Beulah – eine
arme Gemeinde. Manchmal ist man auch krank. Und einmal
hab ich – ja, einmal hab ich einen Ring gekauft, mit einem
kleinen Diamanten. Kein großartiger Diamant. Er war großartig genug für mich! Na. Ist mir nur eingefallen, weil das
auch so ein Reinverlust war fürs Konto, auf dem das Ersparte
liegt. Es liegt nicht viel darauf.«

»Wieviel?«

»Zweitausend Dollar ungefähr. Nein, es ist genau zweitausendeinhundert und sechsunddreißig Dollar und sechzig Cent. Ich darf nicht so tun, ich weiß die Zahl nicht. Ich weiß sie ganz genau. Ich war immer genau mit Geld. Zehn Cent für einen Bettler, dreißig für Briefmarken. Nicht viel Geld, nicht wahr, für fünfundzwanzig Jahre Sparen? Aber es gibt eben Leute, die es sich nicht zum Lebensziel gesetzt haben, daß sie reich werden. Dabei hab ich gerade jetzt einen Verdacht gegen mich, daß ich eine ganze Weile lang vergessen hab – was war das wirklich, mein Lebensziel? Kurzsichtig gewesen – das ist mein Verdacht. Kneifer mit Goldrand und weiß Gott was sonst noch – trotzdem kurzsichtig. Oder vielleicht nicht trotz dem Kneifer sondern wegen dem Kneifer? Wer weiß das?«

Jid: »Zweitausendeinhundert und sechsunddreißig Dollar?«

Ewa: »Und sechzig Cent.«

Der Mann nickt. »Kann ich überall abheben. Ich kann einen Scheck beim Zahlmeister einlösen, wann ich will.« Lächelt. »Ich kann auch die Auslandszulage verlangen, die dreißig Dollar. Kann ich sie wirklich verlangen?«

Jid gibt Smiths Lächeln nicht zurück. »Es ist sehr viel Geld.« Sehr blaß.

Der Mann breitet seine Arme aus. »Das ist alles was ich hab. Damit will ich euch heraushelfen. Out of Hell.«

Sie sind alle so still, wenn eine Wanze von der Decke auf den Boden würde gefallen sein in dem Augenblick das hätte sich angehört wie ein Revolverschuß, so still sind sie. Sie sind alle blaß gewesen vor Zuhören, so sehr haben sie zugehört.

Jid, leise: »Was Sie da gesagt haben – wenn das ein Witz gewesen ist, möchte das furchtbar sein.«

Ate: »Heraushelfen uns allen? Nicht nur – ein paar ja, ein

paar nein? Haben Sie gemeint, Sie wollen uns allen – mit dem vielen Geld?«

Der Mann nickt langsam. Sie schauen ihm alle zu, wie er da so nickt.

Jid, sucht er sich die Worte zusammen. »Kann sein es wär möglich man probiert was – ganz anderes. Etwas ganz Neues, was es noch nicht gegeben hat. Zucker verkaufen, und es stellt sich heraus, es ist richtig Zucker, nicht einfach Kalk was man auf einem Bauplatz genommen hat. Sie verstehn? Ich kann es nicht besser sagen. Man verkauft eine Flasche Schnaps – der Guy was es kauft macht auf – es stellt sich heraus es ist wirklich Schnaps. Oder Kokain! Man verkauft Kokain – der Guy schnupft es auf, aber man kann ruhig danebenstehn, man muß nicht rennen, es is nicht weißes Mehl, es is richtiges Kokain, also zu was soll man rennen? Sie verstehn? Sie verstehn nicht. Ich kann es nicht erklären. Ich hab es ganz genau nachgedacht, mit Büchern, in meinem Büro. Man könnt von hier weg – irgendwohin. Sie sagen Amazonas ist nur ein Fluß. Okay, sollen Sie recht haben, also nicht nach Amazonas – anderswohin. Irgendwohin! Wegkommen von da nach irgendwo, wo man alles gerad hat. Ein Bett – is es ein Bett. Milch – Milch. Kokain verkaufen – Kokain. Militärpolizei stoppt einen – hier, Sir Kamerad, da, Mister Towarisch, das ist mein Papier, alles in Ordnung alles echt, Aufenthaltserlaubnis Fahrerlaubnis Eßerlaubnis Erlaubnis daß man lebt, Entlausungsschein, alles.« Er besinnt sich, dann sagt er noch leiser, mit einer anders gewordenen Stimme: »Mister, Sie können immer noch sagen Sie haben es sich überlegt und wollen nicht, oder Sie haben einen Witz gemacht und nicht ernst gemeint, oder noch einfacher Sie sagen überhaupt nix und gehn nur ein bissel heraus und hauen ab, pascholl, weg, aus.« Seine Stimme unsicher, und er doch ein cleverer Jid Boy, es ist zum Lachen wie jetzt seine Stimme unsicher geworden ist.

Sagt der Mann: »Ich werd nicht abhauen.«

Curls: »Sir, ist Köln gebombt worden? Weil wie sie meine Mama befreit haben und weggeführt, hat sie noch sagen können, wenn man sie nicht daher zurückläßt, wird sie versuchen daß sie nach Köln in der englischen Zone kommt, und auch ich soll probieren den ganzen langen Weg in die englische Zone, dort werden wir uns suchen sie mich und ich sie vor der großen Kirche in Köln jeden Tag genau zu Mittag von zwölf bis eins, bis sie mich findet wenn sie hinkommen kann und ich auch hinkommen wenn wir noch beide lebendig sind. Wir könnten alle nach Köln gehen, Sir. Ist Köln gebombt?«

Der Mann schaut ihn an: »Nicht sehr«, sagt er ruhig. »Nicht sehr.«

»Fein«, sagt Curls. »Und das Baumaterial da nehmen wir mit. Ich weiß, wie man Häuser baut.«

Ate: »Ein Haus bauen? Sag keine so blöden Sachen. Haus bauen kannst du nicht.«

»Ich kann. Oder reparieren. Wenn es dort wo wir hingehen, wenn es dort nicht zu sehr gebombt ist, kann ich jedes Haus reparieren. Goy kann mir helfen.« Er denkt nach. »Vielleicht brauchen wir ein Lastauto.«

Ewa: »Wo er uns hinnehmen wird, vielleicht ist dort schon ein Haus.«

Der Mann schaut sie nur an.

Ewa: »Vielleicht eines mit – «

Ate, fällt sie ihr ins Wort: »Vielleicht eins mit einem Apfelbaum!« Sie lacht silberig.

Sagt der Mann: »Das Haus das sie meint wäre vielleicht gar nicht so schlecht.« Er steht da und denkt. »Es wird nicht gehn«, sagt er schwer und langsam. »Sie werden es mir nicht erlauben. Man muß drüber denken.« Und zu Curls: »Macht nix. Du wirst bauen. Du kannst Baumeister werden wenn du willst.« Und blickt Ewa an.

»Und du? Was willst du werden?«

Sagt Ewa: »Ich will eine Jungfrau werden.«

Ate: »Ich hab genug. Es ist zum Kotzen. Ich kann keinen von euch da anschaun, so kotzt ihr mich an. ›Hat er einen Rosenbaum?‹ ›Ich will eine Jungfrau werden!‹ Laßt mich weg. Ich hab genug von euch allen. Was ihr euch großartig vorkommt. Ein Abort mit Ziehwasser wie eine – wie eine Kirche. Laßt mich weg, ich gehör nicht daher, ich bin nur hereingekommen einen Tee trinken. Getrockneter Rübenschalentee, wie wenn die Frau Stalin die Frau Führer zum Tee einladet. Zigeunerstiefel zum Feuermachen wie ein dreckiger Plutokrat. ›Und haben Sie einen Rosenbaum?‹ Laßt mich los, laßt mich weg!« Reißt sie den Fensterriegel zurück, blaß mit blauen Augen, ihre Augen so blau sie schwimmen ein jedes in einem Schattensee. »Abort mit Ziehwasser!« schreit sie, Verzweiflung sitzt in den blauen Augen.

The Reverend Smith ist zu ihr hinübergegangen, jetzt legt er seinen Arm um ihre Schulter. »Komm«, sagt er leise. »Komm zu uns zurück.« Sie läßt sich von ihm führen ohne Widerstand, da steht sie ungeschickt und lehnt ihr Gesicht gegen seine Uniform. Schaut aus wie sie ist noch ein Kind. Er hält sie, er hat seinen Arm um ihre Schulter.

»Alle hassen sie mich«, sagt sie mit Schluchzen.

»Wir hassen dich nicht, wir lieben dich.«

»Oh« – sie mit vielem Schluchzen, »oh«, und versteckt ihr Gesicht naß mit vielen Tränen an seiner Uniform, »oh, alle haßt ihr mich«, und alles was sie ist, ist ein verhungertes Kind mit hellen Zöpfen und wahrscheinlich krank, »oh, wenn ich nur nicht von dem Irrenhaus weggerannt wär in der Nacht, dann hätten sie mich abgespritzt und ich wär tot und hin.«

»Sei still«, sagt er, »sei ganz still«, und hält sie.

Ohne Tränen, ohne daß sie ihr Gesicht hebt: »Immer haben sie mich gehaßt weil ich die Beste gewesen bin.«

»Ja.«

Sie, trocken: »Meine Mama hat mich nicht gehaßt.«

Er: »Vielleicht findest du sie?« Und lauter: »Vielleicht finden wir – jeder – wir alle – vielleicht finden wir viele – many
things was wir geglaubt haben wir haben sie längst verloren?«
Jetzt steht er aufrecht. »Kinder«, sagt er, mit einer großen Bewegung von seinen Armen, einer Bewegung was Predikanten
machen wenn sie reden an einer Straßenecke, einer Bewegung von einem poor young black priest, von einem Guy den
hat er längst verscharrt gehabt, und trotzdem ist es eine Gebärde von großer Dignity. »Kinder«, sagt er, »Kids. Morgen!
Morgen die Welt!«

Dritter Teil

1

»Heia«, macht das Kindl. »Hü hott Ferdi.« Wie man mit Pferde spricht dafür hat sie ihre eigene Sprach. Sitzt im Handwagen, nein nicht im sondern oben drauf, ein Stück Holz für a Sitz quer über die Seiten und auf dem sitzt sie. Nicht ein Stück Holz, eigentlich ein holzenes Teetablett aus der Kantine von der Army von den United States of America, ein funkelneues Tablett, wie kommt das in den Keller. Drauf sitzt sie mutig und kerzengrad, mit Mutigkeit und Kerzengrad in einem enormen Überschuß. Sie ist so federig gewesen wie mit lauter spiralenen Springfedern, platzt die Haut auf, springen sie vielleicht heraus wie ein ledernes Sofabett von vielleicht dem Kaiser von Afrika. Aber ihre Haut ist nicht geplatzt, ihre Haut ist gewaschen, mit Seife von der Armeeseife von den USA, Offizierqualität, irgendwo liegt noch das Stück, nein, fünf Stück, jedes Stück parfümiert wie die beschissene Frühlingszeit in a New York Department Store. In diesen Keller gehört diese Seife nicht herein! Mindestens acht Monat war das Gesicht von dem Kindl nicht gewaschen worden seit dem Tag wie sie die sechs Leichen gefunden haben in dem Wasserbehälter von dem KZ, wo man dann jeden was von dem Wasser getrunken hat haben sie ihn aufgehängt aus Vorsicht damit er nicht vielleicht Typhus kriegt. In dem ganzen Land gibt es nicht noch einmal so ein gewaschenes Gesicht wie das Gesicht von dem Kindl da, der Führer von den United States hat nicht so ein Gesicht, mit nicht der mindeste Fleck darauf, nicht ein Flohstich, nicht ein mindester Wanzenbiß. Was früher ausgeschaut hat wie es ist ein Ausschlag – weg ist es. Das war die Sorte Seife was diese Seife war.

»Heiahuhu«, schreit sie, mit Augen poliert wie zwei Metallknöpfe auf einer Militärmusik, V-Day, und hält die Zügel mit kleinen Klingeln dran, was man als Spielzeugklingelzügel für Kinder schenkt, sie riechen wie jemand hat sie aus einem Spielzeuggeschäft befreit, wenn es noch ein Spielzeuggeschäft möchte geben, oder man kauft es schwarz – für wieviel? Zuviel jedenfalls, wenn ein Guy nicht mehr ausgeben kann wie 2136 daß er damit sechs Kinder wegschafft von da nach irgendwo. Schreit das Kindl »Huihott«, ihre Sprache mit Pferden.

Zwei Pferde, was sie hat. Das eine ist der Herr Müller. Er ist gebürstet und gekämmt wie ein Heiratsantrag am Sonntagvormittag. An seinem linken Ohr hat er ein blaues Band. Er ist das Pferd was bellt und nicht zieht. Das Pferd was zieht ist Goy. Auf allen vieren, es macht seine Knie dreckig, er hat bloße Knie, weil er doch die amerikanischen kurzen Kniehosen trägt, funkelneu, und dazu einen funkelneuen feinen Pullover, der schaut aus wie mindestens fünfhundert Tschik so schaut der aus. Und Goy gebürstet und gewaschen und weißgottwas. Sein helles Haar mit Pomade gewichst so wunderschön, er schaut aus wie ein Fußballchampion wenn der Fotograf sagt stell dich hin ich knips.

Sagt er: »Hihihihi«, das ist seine Sprach für einer ist gerade ein Pferd. Dabei rast er mit dem Handwagen rund um den Tisch herum wie ein amerikanischer Armeeleichenwagen was besoffen ist. »Paplim paplam paplum!« Das heißt überhaupt nix. Das Bellpferd, was Herr Müller heißt, setzt sich auf den Hintern und wedelt mit den Vorderpfoten heraufherunter, wie es bittet um was mit Verzweiflung. Wenn man aus ihm Suppe gemacht haben würde, möchte er längst aufgegessen sein und verdaut, aber statt dem sitzt er jetzt da mit einer Schleife am Ohr und macht Kunststücke was ihn niemand gelehrt hat.

»Johohoho«, macht das Kindl. »Te blink zuzizu kakalapakala.« Es klingt wie ein paar goddam fucking weitverschleppte DPs in einem bloody beschissenen Durchgangscamp, aber wirklich bedeuten hat es nix bedeutet auf der ganzen Welt. Feuer ist im Kamin, drei Paar fette Zigeunerstiefel angezündet alle drei Paar auf einmal, es ist so warm wie ein bloody Sommertag.

»Geschicht«, sagt das Kindl. »Geschicht.«

Sagt Goy: »Gleich kommt Jid erzählt er dir eine Geschicht.«

»Geschicht«, sagt das Kindl. »Geschicht!!«

Ein Zentimeter weiter ihr Mund auf, schießt eine von den Spiralsprungfedern aus ihrem Mund heraus. »Geschicht!!!« Setzt Goy sich auf seinen Arsch neben ihr auf den Boden, sagt: »Goy nix Geschicht. Jid Geschicht.« Das ist wie er spricht als Pferd, oder kann sein wie er gesprochen hat als ein Kid vor ein paar Jahren, er hat nur vergessen daß er selbst so gesprochen hat. Schaut herauf, dort wo eine Lady's Wrist Watch auf dem Kaminsims steht wie eine prima echte Kaminuhr und sagt: »Smithy Reverend Geschicht erzählen kommt halbe Stunde alle mitnehmen, in ein Jeep, alle kommt er uns abholen in einer halben Stund, dann kannst du ihm sagen er soll dir eine Geschicht erzähln.«

»Iiii«, macht das Kindl. »Geschicht!!!« Da hat sie einen Stock und haut ihn auf den Kopf, einfach prima, es geht ihr so viel besser. Beide schreien sie vor Lachen, es ist so prima. Alle drei schrein sie vor Lachen, Herr Müller auch.

»Gut«, sagt Goy, ihm ist so gelächterig er zu schwach daß er seinen Kopf schützen kann gegen ihren Stock. »Gut, eine Geschicht! Es war einmal ein Smithy ein Galach ein Nigger, der is in einen Keller gekommen und den Kindern Brots gegeben und dann hat er den Kindern – «

»Was?« sagt das Kindl. »Was Brots?«

Sagt Goy: »Schinkenbrots, und Schweizerkäsbrots, und Zungzungbrots und – «

»Und Scheiß«, lacht das Kindl. »Brobrots, ihihiha.«

»Und Abführschokoladscheißbrots und Eierbrots und Hundbratenhundbrots und – «

»Iiiii – «

»Gut, nein, okay«, Goy stimmt ihr zu. »Keine Brathundbrots.« Alle stimmen sie zu, auch Herr Müller.

Goy: »Und der Smithy Reverend is Schuh holen gangen für die Kids vom Amerikanischen Armeeschuhstore, jedes Kid neue ganze Schuh von Army Store, und Regenmäntel hat er den Kids gebracht jedem ein ganz neues Regenmäntel vom Army Store, und Überziehdinger und Unterziehdinger jedes ganz neu und ein Fallschirm für Ewa für ein Seidenkleid von einem amerikanischen Fallschirm total neu und fürs Kindl ein Wollkapp – «

»Koll«, sagt das Kindl.

»Ein Kollwapp«, für Goy ist das auch okay, »und Kohle hat der Galach gebracht in sein eigenen Jeep von der Eisenbahnkohle einfach dahergebracht und – «

»Und Brots« – sagt das Kindl.

»Und Brots. Und das ist die Gschicht.«

Sagt das Kindl: »Und.«

»Da gibts kein und. Das is deine bloody fucking beschissene Gschicht für dich, die ganze.«

»Und – Wawi tu.«

»Was wird er tun? Gut, auch recht. Was wird er tun? In einer halben Stund kommt er – nein, wieviel is jetzt, in sechsundzwanzig Minuten kommt er mit seinen Jeepjeep und dann sagt er alles einsteigen und ich sitz vorn und – «

»Iiii.«

» – und wir beide sitzen vorn mit ihm du und ich«, gibt
Goy nach, »und vielleicht Herr Müller sitzt auf dem Kühler
und der Smithy Reverend fahrt und fahrt, nicht einfach ein
kurzes Stück sondern er fahrt uns alle und fahrt uns den
ganzen Weg bis nach Schweizerland.«

»Eier.«

»Eierland«, stimmt Goy zu. »Wo die Eier sind im ganzen
Land. Dorthin fahrt er uns. Und das is was aus uns werden
wird.«

»Etz.«

»Nein«, sagt Goy. »Das nicht mehr, das will ich nicht.
Nicht ein Metzger mehr. Ich geh in eine Schul. Preisboxschul
zum Preisegewinnen, und Feuerwehrschul, da werd ich der
Führer von der Schweizerländischen Feuerwehr weil ich gern
Feuer hab. Und du gehst auch in eine Schul hat der Smith
gesagt, eine Eierlandschul, da lernt a Kindl dick werden zweimal so dick wie jetzt. Und der Curls a Schul, und Jid a Schul
und Ewa und Herr Müller a Hundsuppenschul.«

»Iiii«, macht das Kindl, »iiii«, und stampft mit dem Fuß
auf den Boden von dem Handwagen wie dreiunddreißig
Bomben, und stampft durch den Boden durch auf den Fuß-
boden, und »iiii«, großartig, so viel Gelächterigkeit, sie fällt
auf ihn und er fällt auf sie und sie auf ihn mit dem gebrochenen Handwagen obendrauf und ist das meine Hand oder ist
das dein Fuß? Und zieht ihn am Pomadhaar ganz zerrauft,
und Herr Müller daneben seine Vorderpfoten auf-ab ganz
aufgeregt, wo hat er das Kunststück her. Und so viel goddam
bloody fucking Gelächter, unbedingt prima erstklassig und
total wunderbar.

Kommt Curls vom Hof herein, sagt er: »He. Zweiundzwan-
zig Minuten noch, dann kommt er.«

»Uhr geht vor«, sagt Goy. »Dreiundzwanzig.«

Curls: »Dachsparren können wir keine mitnehmen. Ist zu viel für ein Jeep. Aber ich hab siebzehn Türklinken aus echt Messing aus dem Schutt im Hof. Er hat gesagt, ich darf alles mitnehmen was in den Werkzeugkasten von dem Jeep hereingeht. Siebzehn Klinken, aber jetzt hab ich in dem Schutt grad auch von der Zentralheizung noch acht kleine Heizkörper gefunden. Wird er mir die erlauben, daß ich sie mitnehm? Es sind wirklich ganz kleine Heizkörper. Und elf größere Heizkörper nur ein bissel größer. Wird er mir neunzehn Zentralheizkörper erlauben zum Mitnehmen in dem Jeep? Ich muß die ganze Zeit dran denken so sorgt mich das.« Er hat eine feine Sprache. Feinste Aussprache von der feinsten Schule von der ganzen Stadt, so eine Aussprache ist das. Schaut auch so aus. Feinste Primaschule. Ordentlich angezogen wie man geht in die Kirche. Gewaschen wie die Heiligejungfrau oder so wer. Und ordentlich. Schaut so aus, daß er vielleicht ausschaut wie seine Mutter, die muß eine sehr schöne Frau sein nach seinem Ausschaun. »Es scheißt mich an, eine so beschissene Sorgerei ist das mit den Heizkörpern«, sagt er mit einer reingewaschenen Stimme, sein Lächeln dabei so klar und sauber, daß es wahrscheinlich das Lächeln von seiner Mutter ist, es ist schade die Polen haben sie befreit.

Goy schaut zu ihm herauf vom Boden wo er noch immer sitzt. Das Kindl von ihm weggerollt für ein Gespräch mit Herrn Müller, dort drüben nur die zwei allein. Sagt Goy: »In Zwitscherland die Schul wo ich gehn werd is nicht eine Boxschul aber man lernt auch Boxen sagt der Smithy Reverend. Es ist eine Schul zum Feuerwehrwerden. Oder zum Polizeimannwerden. Der Smithy sagt, ich bin langsam im Kopf, nicht echt blöd nur langsam, da soll ich am besten Polizeimann.«

Sagt Curls: »Ich lern eine Menge Sachen. Nicht bloß Hausbauen. Wir haben darüber nachgedacht, ich und der Reverend, er sagt es kommt nicht bloß an daß man baut, es kommt an man baut – wofür? Ich bau alles was gebombt ist. Nicht einfach das Haus da oder das Haus dort drüben. Ich werd der gebombte Hausaufbauer von der ganzen Welt.« Er lächelt, a boy, a boy's smile.

Goy: »Er sagt ich mag gern Feuer, drum was ich wirklich werden muß is eine Feuerwehr. So muß man das machen, sagt er. Ich bin so ein Dieb, sagt er, was ich werden muß is Polizeimann. Grad eben hab ich alle Rüben genommen und dem Gemüsehändler zurückgebracht, wo ich heute früh den Wagen umgeschmissen hab. Sag ich ihm da sind deine Rüben, ich bin blöd, darum sind da deine beschissenen Rüben zurück: der Smithy sagt es war eine gute Tat. Es macht Spaß – gute Taten machen.« Lächelt.

Curls lächelt, fragt: »Was hat er gesagt, der Gemüshändler?«

Goy lächelt: »Hat mich in den Arsch getreten.«

Curls: »Glaubst du, er läßt mich die Heizkörper mitnehmen der Reverend?«

Goy: »Vielleicht braucht man keine Heizdinger dort wo er uns hinbringt? Kann sein wir kommen dort an, und stellt sich heraus die haben dort Sommer das ganze Jahr.«

»Glaubst du das kann sein?« Lächeln sie beide. Das Kindl gesprochen mit dem Herrn Müller.

Ewa kommt da von der Gasse herein und schaut aufs Kaminsims. »Vierzehn Minuten.«

»Fünfzehn« – sagt Curls. »Sie geht vor.«

Sagt Ewa: »Aber eine Minut braucht er zum Jeepstoppen wenn er ihn draußen stoppt und zum Herunterkommen uns holen. Also kommt er wahrscheinlich eine Minut früher.«

»Ja.«

Ewa auf-ab, da ist was in ihr was ihr keine Ruh läßt. Sie hat nicht ihre Hosen an, ein Kleid hat sie an, mit Blumen daraufgemalt, es schaut aus wie erwachsen. Und das Haar aufgesteckt wie ein Frisör, daß sie erwachsen ausschaut und jünger, beides zu gleicher Zeit. Vielleicht weil sie ihr Gesicht nicht angemalt hat, nicht eine Spur von angemalt. Ein Blaßgesicht, mit einem roten Flecken auf jeder Wange, ein ganz neues Gesicht. Merkwürdig, ein Mädel gebaut wie das Mädel da, die hat doch nix auf der Lunge hoffentlich, vielleicht ist es nur daß sie so sehr gewartet hat. Geht sie auf-ab. Ihre Augen Traumaugen, aber nicht wie von einem Mädel geträumt. Traum-ernst, wie Kirchenbildaugen. Geht sie auf-ab. »Ist Ate schon wieder da?«

»Nein«, sagt Goy.

Ewa: »Vielleicht könnt ich noch den Boden aufwaschen. Noch neun Minuten. Es schaut besser aus wenn man einen gewaschenen Boden läßt.« Auf-ab.

Curls: »Sie ist seit dem Morgen weg.«

»Wer?«

»Ate.«

»Der Boden ist nie gewaschen worden«, sagt Ewa. Man hat sehen können, sie hört sich selbst nicht zu. Fragt sie: »Sind alle eure Socken gestopft?«

»Ja.«

Sagt Ewa: »Sechs Minuten.«

Setzt sich hin, nah beim Fenster, und sitzt dort bewegungslos. Das Kindl plötzlich stumm und Herr Müller stumm und alle schauen sie Ewa an.

»Jid is nicht zurück« – sagt Ewa. »Ate ist nicht zurück.«

Curls: »Wenn Smith eine Minut zu früh kommt, müßt er jetzt da sein.«

Ewa: »Er kann von der andern Seite kommen. Er kann von der andern Seite in den Hinterhof fahren.« Horchen sie.

Goy: »Er kommt.«

Curls: »Ja. Nein. Jid.«

Jid, kommt er herein und grüßt: »Gelobt sei der Herr.« Schaut sie alle an, beleidigt. »Was is da zum Lachen?«

Nimmt den Hut herunter, es ist ein steifer Hut. Darunter sein Haar mit einem so geraden Scheitel wie jemand hätte mit einer Hacke hereingehackt. Setzt den Hut wieder auf, mit gezuckten Fingern. Sein Gesicht klein unter dem steifen Hut.

»Gut daß du da bist. Grad noch im letzten Augenblick.«

»Ist nicht so eilig.« Jid steckt zwei Handschuhfinger, jetzt sieht man er trägt Handschuh, steckt er zwei Handschuhfinger zwischen den Hals und den Kragen und macht locker. »Is nicht so eilig, am Schwarzplatz is etwas eine Parad, niemand kann dort durch. Er muß den ganzen großen Umweg machen, dafür braucht er mindestens zehn Minuten.« Er bürstet Staub von seinem Ärmel was dort gar nicht gewesen ist, es hat so gezuckt in ihm. Fragt er mißgestimmt: »Wie gefällt euch der Mantel?«

Ewa noch schnell: »In zehn Minuten wird er da sein, weißt du das sicher?«

»Parade?« fragt Curls.

»Ja«, sagt Jid. »Enthüllung von etwas einem Monument. Der Rote Befreisoldat mit sechzehn Säulen. Haben die Russen hingebaut.«

Ewa: »Wie kannst du wissen er wird da sein in zehn Minuten?«

»Vielleicht in acht Minuten« – sagt Jid, schlecht gelaunt. »Wie gefällt euch der Mantel?«

Curls: »Die Russen gebaut?«

»Die Russen haben es hingebaut als ein Gratisgeschenk für die Stadt«, sagt Jid. »Dazu machen sie die Parad, mit sämtlichen Generalen von jeder Armee, darum kommt Smith mindestens sieben Minuten spät.« Er bürstet Staub von dem Ärmel. Er trägt einen Mantel er ist so lang man kann kaum unter ihm die prima glanzneuen Schuhe sehn. Ein Stadtmantel, schwarz mit langen Ärmeln.

Ewa: »Sieben Minuten zu spät? Wie weißt du das?«

»Wie weiß ich das? Ich hab ihn gesehn! Er wird gleich hier sein. Wenn es Gott gefällt! Was sagts ihr zu dem Mantel?«

»Prima«, sagt Ewa leise. Und: »Du hast ihn gesehn?«

Curls: »Alle Generale von allen Armeen?«

»Ja. Ein Geschenk was sie schenken für die Stadt es kostet achthundertsechsundfünfzigtausend. Die Stadt muß das zahlen.« Sein Mantel hat herausgestopfte Schultern und in der Mitte elegant hereingeengt, und eine spezielle Tasche was man ein Taschentuch hereinstecken kann zum Herausschauen mit einer Ecke. Fünf Bleistifte mit Zwickhaltern schauen ihm aus der Tasche.

Ewa: »Wenn du ihn gesehn hast, warum ist er nicht gleich mit dir gekommen?«

»Er muß noch packen. Er muß den Jeep fertig machen, einen großen Jeep. Benzin muß er noch hereintun. Papiere für uns braucht er noch die Unterschrift.«

Ewa: »Unsere Papiere sind noch ohne Unterschrift?«

»Papiere noch ohne Unterschrift?« macht Jid ihre Stimme nach. »Er muß noch zur Kommandantura die Unterschriften holen, that's all. Die Ärmel sind ein bissel zu lang. Ich laß sie mir kürzer machen in der Schweiz.«

Ewa dreht sich zu den andern, gutlaunig: »Los, heraus alle miteinand, Sachen fertigmachen, eine Minut is er schon da.«

»Ja«, sagt Curls, »aber die Heizkörper.«

Jid: »Nimm was du kannst, laß zurück was du magst, es kommt nicht drauf an.«

Sagt Goy: »Stempeltag für die Lebensmittelkarten heute.«

»Lebensmittelkarten«, sagt Jid, »wer weiß man braucht Lebensmittelkarten in der Schweiz? Die Schweiz is wie das Paradies. Man hat 466 438 Küh dort, 2 116 684 Hühner, ich hab nachgelesen in einem Buch. 2086 Lokomotiven. Bern Genf Zürich Basel, 3616 Kirchen, 12 Großseen, Kleinseen hat man gar nicht erst probiert daß man zählt. Lebensmittelkarten! Wer braucht Lebensmittelkarten im Paradies?«

Ewa, leise: »Sollen wir wirklich die Lebensmittelkarten hier lassen?«

Curls: »Zwölf große Seen?«

»Und so viele kleine Seen«, sagt Jid schlecht gelaunt, »daß wenn Gott will kannst du dir die Füß waschen jeden Tag in einem andern See.«

»Warum muß er sich die Füß waschen?« fragt Goy.

»Eitschi«, macht das Kindl.

Sagt Jid: »Ich lass mir die Schultern ein bissel enger machen.« Ewa: »Hinaus, Kinder, hinaus.«

»Hinaus«, ruft Jid. »Fertigmachen, jeder werft weg was er will, Lebensmittelkarten, alles. Mit Gottes Hilfe kommt er in zwei-drei-Minuten.«

»Eitschi«, macht das Kindl. »Iiii.«

»Was das Kindl meint«, sagt Goy, »is wie viele Eierbrots in der Schweiz.« Er geht mit ihr hinaus, alle gehen sie hinaus, nur Jid bleibt. Ewa, schließt sie die Tür hinter den anderen und kommt zurück zu ihm.

»Also. Los«, sagt sie ruhig.

»Was heißt da also?« Er ist schlecht gelaunt. »Da is kein Also. Er kann kommen jeden Augenblick.«

»Er kommt nicht.«

»Er kommt. Ich hab mit ihm gesprochen, es is nicht eine halbe Stunde her, also was willst du?«

»Auf der Straße bist du ihm begegnet?«

»Nein. Zu ihm gegangen.«

»Zu ihm gegangen in sein Quartier?«

»Wo sonst willst du ich soll zu ihm gehn – nach Amerika?«

»Was bist du zu ihm gegangen, wenn er ohnedem herkommt?«

»Was bin ich zu ihm gegangen?« Schlecht gelaunt. »Bist du das Sondergericht? Bist du die Militärpolizei oder was? Ich bin zu ihm weil ich a Mantel hab kaufen wollen, dafür braucht man a Bezugschein, also bin ich zu ihm. Ihn bitten, daß er mir einen Schein verschafft, also hat er mir einen gegeben, das ist alles, also was willst du?«

»Ich weiß nicht«, sagt sie leise.

»Aber dann hab ich den Bezugschein schließlich gar nicht gebraucht. Ich hab den Mantel einfach so bekommen. Getauscht!«

Sie schaut ihn aufmerksam an. »Gegen was hast du ihn getauscht?«

»Gegen was hab ich ihn getauscht! Gegen was willst du ich soll ihn tauschen? Kronjuwelen? Ich hab den Mantel eingetauscht gegen meine Lebensmittelkarten.«

»Du hast deine Lebensmittelkarten weggegeben?« – Wird sie blaß. Denkt mit Anstrengung, dann sagt sie: »Warum hast du nicht einen Bezugscheinmantel von der Kleiderhilfe genommen?«

»Weil ich diesen Mantel hab wollen, genau diesen da.« Er streicht an ihm herunter. »Es is ein erwachsener Herrenmantel was man tragt wenn man is ein Herr«, sagt er schlecht gelaunt. »Was sagst du zu der Krawatt?«

»Prima.« Vielleicht ist sie nicht gewöhnt an so viel Denken.

»Prima«, noch einmal. Sie hat so viel denken müssen, man sieht sie arbeitet mit der Stirn. Plötzlich sagt sie: »Den Bezugschein hast du nicht benutzt, also zeig den Schein.«

»Zeig den Schein, was kann man besonderes sehen an einem Schein?« Zuckt die Achseln, zieht das Papier aus der inneren Tasche von dem Mantel, mit einem Gesicht wie es ist ihm ekelhaft. Sie genommen und angeschaut, aber kann sich nicht helfen. »Ich versteh nix von solchen Sachen.«

»Ein Bezugschein, was ist da zu verstehn?« Er streckt die Hand aus.

Sie das Papier festgehalten und starrt es an. »Is das seine eigene Unterschrift?«

Nickt er.

Sie: »Kann er für Mantel so einen Schein unterschreiben?« An so viel Denken ist sie nicht gewöhnt, irgendwo tut es ihr weh, so schaut sie aus, es ist nicht gut für sie! »Kann er Bezugscheine unterschreiben?«

Er, schlecht gelaunt: »Ein Galach kann alles.«

Schaut sie ihn an. »Ja. Ja.«

Nimmt er die Armbanduhr vom Kamin und schaut. Dann, mit Flatterfingern, steckt er sie in die Tasche.

»Ich weiß«, sagt sie, zum Fenster weggedreht.

»Was?«

»Die zehn Minuten sind um. Er kommt nicht.« Steht da, schaut zum Fenster hinaus, beweglos.

»Er kommt. Er hat versprochen. Eine Sünde gegen den lieben Gott! Glaubst du, ein Galach macht eine Sünde gegen den lieben Gott oder was? Niemand kann mir erzählen über Galachs. Auch über Gott kann mir niemand erzählen.« Dann sagt er noch, mit einer Leichtigkeit: »Ich lass mich taufen übrigens. Den Moment wir sind in der Schweiz. Niemand kann mir erzählen über Jesus Christus.«

Sie nur zum Fenster hinausgeschaut und sagt nix.

»Ewa«, sagt er. »Schau mich an.«

Sie rührt sich nicht.

»Schau mich an« – schlecht gelaunt. »Bin ich a Mann?«

»Ein Mann?« Ewa dreht sich nicht nach ihm um.

Sagt er leise, mit einer Bedrängtheit: »Ein Mann, ja. Hör mich aus. Ich hab so viel nachgedacht die letzten zwei Tage es is entsetzlich. Die ganze Zeit beim Hin- und Hergehn in meinem Büro die ganze Zeit hab ich es mir herausgerechnet. Ich hab mir ein großartiges prima Leben eingerichtet gehabt daher. Luxus! Ein Abort mit Ziehwasser. Tschiks. Alles. So geschickt bin ich gewesen so clever man hat mir Schnaps gegeben total umsonst. Zeig mir her einen andern Boy was das machen kann. Swill, hab ich die besten Primasachen gekriegt aus dem amerikanischen Swill die feinsten von der ganzen Stadt. Aber da kommt zu dem Menschen ein Augenblick, wo so eine Position was ich hab und der ganze Luxus – es macht einen nicht glücklich! Kannst du verstehen? Bewunderung für den Abort und so, ein großartiges Primaleben was man führt – aber was hat man davon? Darum hab ich mir ausgedacht, ich mach etwas, was es noch nie gegeben hat. Du weißt, ich bin so clever, ich kann mir etwas ausdenken mit der Fantasie? Also hab ich mir ausgedacht, ich werd ein Mikroskop verkaufen, und drin is eine richtige Linse genau für das Mikroskop. Du erinnerst dich? Mehl – is es Mehl. Kokain – es is wirkliches Kokain, wegrennen hat man keinen Grund. Eine Erfindung! Die Erfindung hab ich nennen gewollt: Die Wahrheit sagen mit Geschäftsartikel. Das war – wann war das? Vorgestern. Aber inzwischen hab ich herausgefunden, es is immer noch nicht genug. Ich hab es genau studiert in meinem Büro: zu was überhaupt noch Geschäftartikel? Es is merkwürdig, was für Sachen einem hereinkommen in den Kopf, wenn man einmal so clever is wie ich. Große Gedanken, was so groß sind daß man sie gar nicht auf einmal ausdenken kann bis an den Schluß sondern –. Ratengeschäfte weißt du? Wo man abzahlt auf Raten? Das is wie ich denken muß. Nächste Rate: warum überhaupt macht man

142

ein Geschäft? Macht Herr Müller Geschäfte? Ein Baum, macht er a Geschäft? Siehst du, das is auch warum ich ausgedacht hab, ich laß mich taufen. Es is – das wirst du nicht verstehn. Es is die erste Ratenzahlung auf daß man wird a Baum. Das is der Fehler mit uns Juden, hab ich mir ausgedacht. Mit uns Jidden. Gott der Allmächtige gibt uns den kleinen Finger, schickt uns so einen Galach zum Beispiel – wollen wir schon die ganze Hand. Also hab ich mir ausgerechnet: Werd a Baum! Aber du hörst nicht zu.«

Sagt sie: »Ich hör zu.« Und schaut heraus. Und dreht nicht um.

»Also das is warum ich einen Herr aus mir gemacht hab zuerst einmal. Übrigens was sagst du zu der Krawatt? Ich will sie sehen mich als einen Herr den Augenblick ich bin in der Schweiz. Das is warum es so notwendig is ich schau aus tiptop. Im ersten Ort, was wir kommen in der Schweiz geh ich zum ersten Agenten für Grundstücke und kauf ein Bauernhaus. Auf Raten. Gut, kein großes Bauernhaus, soll es sein ein kleines Bauernhaus. ›Haben Sie etwas in Bauernhäuser?‹ sag ich dem Agent, so wie jetzt, so von oben herunter, und man schaut mich an herunter-herauf, wie ich da so steh, so elegant, und man sagt: ›Haben Sie einen Garanten, was für Sie garantiert, Herr Jiddelbaum?‹ Und dann sag ich: ›Ein Reverend is mein Garant.‹«

Jid, macht er da eine Unterbrechung, dann sagt er: »Das is mein Plan, was ich mir ausgedacht hab, Ewa.« Wieder eine Unterbrechung, dann sagt er: »Wir können heiraten vielleicht. Okay?«

Sie nicht umgedreht.

Sagt er noch: »Ich weiß, ein Mädel, es is nicht leicht, daß sie sich daran gewöhnt – permanent leben mit einem Mann.«

Sie noch immer nicht umgedreht. Zum Fenster heraus

sagt sie: »Ich bin ein Mädel, was das überhaupt nur einmal kann – heiraten. Nur einmal im ganzen Leben.« Sagt er: »Er kann dich nicht heiraten.«

Sie: »Auch so is es notwendig man ist trotzdem treu.« Steht er und sagt nix.

»Es is sehr furchtbar prima von dir natürlich«, sagt sie und dreht sich nicht. »Aber –.« Noch immer hält sie sich zurück. »Aber ich kann wirklich nicht –.« Nein, länger sich halten kann sie wirklich nicht, da platzt sie schon heraus.

Er nur genickt. »Du lachst mich aus.«

»Tut mir leid«, sagt sie und platzt mit Lachen, aber nicht umgedreht, »tut mir so leid!« Ihre Augen von innen verzweifelt, aber sie erstickt beinahe von Lachen und aufhörn kann sie nicht. Nickt er. Nickt und nickt.

»Nein« – sie, mit Angst in den Augen und mit Tränen, sie muß so viel lachen, »nein, aber es is so komisch. Du und ich, wir zwei, und stehn da du und ich und reden zueinand wie sie in einem beschissenen Kino aufeinanderreden.«

Er sie angeschaut, nicht ein Wort.

Wird sie ruhiger, und noch immer am Fenster und schaut hinaus, und zwischen beiden baut sich ein Nichtreden auf wie man baut eine Mauer. Sagt sie noch: »Außerdem – Bauernhaus. Was weißt du von Bauernhaus?«

»Nicht ich, aber du weißt. Die ganze letzte Nacht hab ich es nachgedacht. Du wirst mir zeigen. Eine Erntehilfe bist du gewesen? Also weißt du und zeigst mir. All die schwere Arbeit mach ich selbst, Hacken und – und das, du weißt schon, was man mit Ochsen macht.«

»Pflügen.«

»Pflügen, ja. Und – und Milch hwauskriegen aus einer Kuh zum Beispiel.«

»Mit deinem steifen Hut?«

»Was is nicht in Ownung mit ein steifen Hut?«

144

Sagt sie: »Alles ist in Ordnung mit ein steifen Hut.« Dabei noch immer zum Fenster herausgeschaut.

»Und wenn ich dann, wenn ich dann mild am Abend nach Haus komm von die, wie heißt das, von die Gefilde, dann sitzen wir vor dem Haus, unter dem Baum dort. Denn dort muß sein ein Baum!«

Fragt sie: »Wie alt bist du, Jid?«

Sagt er: »Dreizehnmal dreizehnmal dreizehn. Eine ganze Inflation ist nicht genug, daß man mit ihr mein Alter sagt.«

»Ja. – Ja.«

»Ich muß dir was sagen. Wie ich den Mantel gekauft hab, Latzenhof hinterm Markt, du weißt schon, steht da neben dem Mann, was ich von ihm den Mantel gekauft hab, steht da neben ihm ein anderer Mann und aus der Tasche hinten hat ihm seine Brieftasch herausgeschaut, du wirst es nicht glauben. Einfach herausgeschaut. Du weißt was eine Brieftasch is für mich? Ich muß sie gar nicht anrühren, kriegt sie schon kleine Flügel den Augenblick wo ich ihr zehn Meter nahekomm. Du kannst sie festhalten mit beiden Händen, du kannst sie hereinknöpfen ins Innerfutter von deinem Unterrock, an eine Kette kannst du sie legen wenn du willst wie einen Politischen, hilft nix, mit ihren kleinen Flügeln fliegt so eine Brieftasche zu mir wie sie is ein Vogel. Und da is der Mann mit der Brieftasch hinten und sie schaut mich an.«

»Du hast sie nicht genommen?«

»Bin ich ein Heiliger? Ein Heiliger noch nicht. In der Schweiz – ja. Aber was is schlecht man nimmt da noch schnell eine Tasch mit? Ich hab damit gleich den Mantel bezahlen wollen, darum hab ich probiert. Mein Herz hat so stark geschlagen, ich schwör dir – hast du je gesehen mein Herz schlägt bei so etwas? Ich hab probiert – dreht sich der Kerl sofort herum und fangt an ein Geschrei. Ein Wunder! Ich hab nicht können dem Mann die Tasche ziehn!«

Er schaut sie genau an, sie dreht sich nicht zu ihm zurück. Sagt er weiter: »Willst du noch ein Wunder? Meine Krankheit, du weißt doch. Sie is weg! Ich hab immer gewußt, es is nicht Durchfall es is Ruhr. Weg! Is die rote Stelle weg, was du dich unten aufgerieben hast? Schau nach, sie is weg, ich wett mit dir, wie soll sie nicht weg sein, was du doch eine Jungfrau bist. Schau dir das Kindl an, es müßte längst tot sein, so ein Ballonbauch. Alles zusammen sind das die Ratenzahlungen von einem großen Wunder. Wie soll ich dir das sagen, daß du verstehst? Daß ich nicht den Bezugschein mit der eigenen Unterschrift von Smith verwendet hab sondern ich hab lieber meine Lebensmittelkarten gegen den Mantel eingetauscht – warum? Weil ich hab das Wunder nicht beleidigen wollen. Denn so ein Wunder ist wie diese speziellen Blumen in einem Film, was ich nicht den Namen verstanden hab weil es war so ein Krach gerade von einem Bombenangriff draußen, amerikanischer Spezialpräzisionsangriff auf den Bahnhof du weißt ja, kein Haus steht später in der ganzen Stadt nur der Bahnhof steht, und das war der Krach im Kino warum ich von der Blume im Film den Namen nicht hab verstehen können. Die Sorte Blume man gibt einem Mädel wenn man sie mit Abendessen im Film verführt. Eine Blume, man rührt sie an und schon schließt sie sich, nicht mit Fingerspitzen darf man sie berühren sie is so empfindlich. Empfindlicher wie der Einbruchalarm in einem Pelzgeschäft. Und das is der Grund ich hab den Bezugschein nicht benützt. Nicht mit den Fingerspitzen anrühren das Wunder! Denn so ein Wunder is wie in einem KZ ein Gefangener wenn er schon sechs Monate KZ-Essen bekommen hat mit alle Kalorien: man darf ihn nicht hinlegen lassen sonst gleich is er tot. So ein Wunder muß man vorsichtig am Arm stützen daß es gehen kann und legt sich nicht hin. Weil, weißt du, so ein Wunder is eine Streiterei mit Gott. Da kann mir niemand erzählen. Über Gott weiß ich genau. Mit Gott ein Geschäft machen is eine Sache von langem Handeln. Oi, muß man sagen, oi Gott der Allmächtige, oi Gewalt, meine Lebensmittelkarte hab ich in dieses Geschäft schon investiert, meine Finger sind schon so dumm geworden, nicht einmal eine Brieftasche kann ich ziehn, was der Fluß hinter mir ist hab ich die Brücke darüber schon weggebrochen ich kann nicht mehr zurück, darum geschätzter Herr Gott wend ich mich an dein hochrenommiertes Ehrgefühl, sei a Gentleman, mit allen meinen Investitionen kannst du mich nicht sitzenlassen im Dreck, demzufolge ich bet dich laß das Wunder nicht vielleicht jetzt sich hinlegen und krepieren sondern mach daß es lebendig weitergeht.«

Schaut sie an. Sie noch immer zum Fenster hinaus. Nimmt er seinen Hut ab, wischt sich die Stirn, setzt ihn wieder auf. Sein Gesicht schaut sehr klein aus unter dem steifen Hut. Sagt er schlecht gelaunt: »So hab ich ganz allein es mir ausgerechnet in meinem Büro. Übrigens was sagst du zu meiner Krawatt? Stalin selbst hat nicht so eine Krawatt, grün mit gelbe Punkte.« Sein Gesicht sehr klein. Fragt er – nein, falsch, nicht fragt er sondern stellt fest, trocken: »Also mich heiraten willst du nicht.«

»Schau, Jid – «

»Nein, nein«, läßt er sie nicht ausreden, »macht absolut nichts, nein. Die Gefahr von so einem Wunder is, es macht einen schicker. Schicker besoffen, weißt du. Wie Schnaps. Ich hab es jetzt ausgerechnet. Großartig, was für ein schneller Ausrechner man plötzlich is, wenn man einmal –. Also: Vielleicht noch nicht genug, was man geopfert? Vielleicht muß man auch opfern daß man schicker is? Vielleicht genügt erst wenn man sogar opfert – man is a Baum? Vielleicht geht nur man macht das Geschäft mit Gott nicht kommerziell, sondern man verlangt bei der Transaktion überhaupt nix dagegen? Vielleicht – «

Unterbricht sich, schaut sie an, fragt: »Was is los? Is was los mit dir – bist du krank?«

Sie sehr blaß. Sagt sie, daß man beinah nicht hören kann: »Er kommt.«

2

Stimmt, da kommt er. Den Lärm hat man schon auf zwei Kilometer Entfernung hören können. Den Jeep zuerst, er fährt ihn in den Hof. Mit Vollgas, damit er über den Schutt herüberklettert. Dann stoppt er, und die Kinder heraus zu ihm und packen ihn von allen Seiten wie arretiert von der Polizei, so schleppen sie ihn mit Triumph herein.

»Hallo«, sagt er und lacht laut, wie sie sich klammern. »Hoho, hallo!« Tragt etwas einen innen mit Pelz hereingefütterten Lederhelm, mit Ohrklappen locker über den Ohren, filzgefütterter Ledermantel schlampig halb zugeknöpft, Lederschuh hoch und schwer. Sagt er: »Na, schau ich aus wie ein Galach oder schau ich aus wie ein beschissener Nordpolforscher, was sagt ihr jetzt?« Seine Augen geleuchtet, sein ganzes Gesicht geleuchtet schwarz und wild. Mit den Kindern von allen Seiten an ihm gehangen, schaut er aus wie ein Bär, was eine ganze Menagerie von kleinen Hunden ihn jagt und erwischt, Kleinigkeit ein Gebell, aber ihre Zähne zu schwach zum wirklichen Hereindringen in sein dickes Fell. Schüttelt er sie von sich ab und lacht: »Na, Jid, was meinst du? Stalin, wenn er vielleicht den Nordpol befreit, hat er nicht so a Mantel, das is die Sorte Mantel was dieser Mantel is, und eine Mezzie. Ich hab nicht einen einzigen Tschik gezahlt dafür, mit vorgehaltenem Revolver hab ich ihn befreit vom Lagerverwalter.« Das Kindl zwischen seine Beine geraten und halb zerquetscht, und Herr Müller springt von hinten an ihm herauf, bückt er sich nach den zwei zu gleicher Zeit, mit riesengroßen Pelzhandschuhtatzen, so stellt er sie alle zwei vor sich auf den Tisch, was kümmert er sich um Strampeln mit Gebell und Geschrei und Geseires. Sagt zu dem Kindl mit einer gefälschten Kinderstimm: »Na, Towarisch? Na, Joe? Got a bit of Kaugummi für a little Kid?«

»Iiii«, macht das Kindl. »Iiii!«

Sagt er ruhiger: »Zeig her den Bauch«, und hebt ihr hoch das Kleid.

»Es geht ihr schon besser«, sagt Curls.

»Natürlich geht es ihr besser.« The Reverend Hosea Washington Smith läßt sie los und lacht und ein Slap auf den Hintern und rettet noch knapp die Handschuh was Herr Müller davonzerrt. Schaut sich um. »Wo is Ate?«, und setzt sich breit hin und slappt sich auf die Schenkel und schaut herum mit lustigen Leuchtaugen. Und mit einer Stimme, was klingt wie alle Flüsse zusammen von ganz Afrika, sagt er: »Los, los Kinder, los. Auf was wartet ihr noch? I say, Ewa, Jid. Eine lange Fahrt vor uns, Ewa, es wird dir kalt sein. Wo is der Koffer, Goy, ich hab dir doch gesagt du sollst ihn – ah, da is er. Curls, da is für dich eine Pudelmütze, du Aff, gefällt sie dir? Da, Ewa, hoho, was is das, ja, ein Fallschirm für dich, den hab ich erst heute früh gemanaged daß ich ihn befrei. Mit vorgehaltenem Revolver. Geraubt! Straßenraub! Jid, laß dich anschaun. Elegant! Ha, was schaust du elegant aus. Prima. Die Krawatt von dir is die eleganteste Krawatt was ich in meinem ganzen beschissenen bloody Leben gesehen hab.«

Schaut sich um. »Wo is Ate?«, und zu Ewa: »Den Fallschirm mußt du aufmachen und um dich herumwickeln wenn du im Jeep sitzt. Der King von ganz England hat es nicht so warm wie du mit dem Fallschirm um dich herumgewickelt.

Was is mit deiner aufgeriebenen Stelle, Ewa – is die verschwunden? Irgendwo hab ich warme Unterhosen für dich die mußt du anziehn, später, ich werd sie schon noch finden.« Bricht er aus in Lachen. »Das Gesicht von der Magazinverwalterin hättest du sehen sollen, wie ich zu ihr gegangen bin und gesagt, ich brauch Ladies' Knickers zum unten anziehen für a Lady, heraus damit. Sie nur gesagt, oh, Reverend, oh!« Aus seiner Tasche zieht er eine Stange von irgendwas und beißt die Hälfte ab und steckt Goy die andere Hälfte ins Gesicht, ins offene Maul. »Schnell, alle eure Sachen hinaus in den Jeep, und du, Curls, im Werkzeugkasten neben dem Fahrersitz ist ein Druckmesser für die Reifen, weißt du wie so was ausschaut? Check den Druck! Wir haben eine lange Fahrt«, sagt er kauend. »Auf was wartet ihr? Jid! Gewalt, was für eine Krawatt deine Krawatt is. Willst du noch immer ein Bauer werden?«

»Nein«, sagt Jid.

»Nein? Warum nicht?« Der Mann hat aufgehört mit Lachen. »Hast es dir anders überlegt?«

»Ja«, sagt Jid. »Gehn wir jetzt wirklich? Sie nehmen uns wirklich mit?«

Sagt auch Ewa: »Fahrn Sie wirklich mit uns in die Schweiz?« Lacht er wieder. »Was glaubt ihr sonst, wie soll ich mit euch fahren außer wirklich?« Hört wieder mit Lachen auf, fragt ruhig. »Du hast dirs also überlegt und willst nicht mehr ein Bauer sein?« Ewa: »Warum haben Sie den Jeep nicht auf der Straße gelassen, warum verstecken Sie ihn im Hof?«

Der Mann: »Hat Curls den Druck in den Reifen gemessen? Vorwärts, marsch, wir verlieren Zeit!«

Sagt Jid: »Was macht aus ob wir Zeit verlieren, wenn unsere Erlaubnis von der Kommandantura in Ordnung is?«

Ewa: »Einen Erlaubnisschein hab ich noch nie gesehn.«

»Wieso eigentlich sind wir in Eile?« fragt Jid.

Sagt Goy: »Das Kindl will man nimmt sie auf den Abort.«

»Okay«, sagt der Mann. »Wenn sie muß dann muß sie. Wir warten.« Aufgestanden gewesen, jetzt setzt er sich wieder. Jid: »Ewa will ihren Erlaubnisschein anschaun.«

»Ich hab noch nie die Unterschrift vom Kommandanten gesehn« – Ewa.

Blickt der Mann sie an, mit Lachen in seinen Augen. »Meschuggene Kinder. What are you after?« Zieht Papiere heraus so ganz nebenbei und gibt sie Ewa zum Anschaun: »Kannst du lesen?«

Greift Ewa die Blätter und blättert und kann sich nicht helfen. Reißt Jid es ihr aus der Hand. Dann sagt er leise, er ist so ergriffen: »Reiseerlaubnisscheine – «

Schauen sie beide auf die Papiere wie das größte Wunder was vielleicht nicht einmal Gott persönlich so etwas in der Kirche hat. Lacht er wieder. »Eben! Verstecken. You got it. Oder willst du alle Kinder von der ganzen Gasse sollen kommen und verlangen man nimmt sie mit?« Dreht sich wieder zu Jid. »Was hast du dir jetzt ausgedacht das du werden willst?«

Jid: »A Mönch.«

»Ein Mönch?« lacht der Mann, aber nur eine Sekunde, dann fragt er leise: »Warum ein Mönch?«

»Ich hab es mir ausgerechnet. A Mönch sein«, sucht er nach dem richtigen Wort, daß er sich damit ausdrückt, »a Mönch sein is die weitentfernteste Sache was man sich ausrechnen kann.« Sein Gesicht klein unter dem steifen Hut. Sitzt der Mann da und schweigt und schaut ihn an. Und schaut Ewa an. Und wieder ihn. Endlich steht er auf. »Also, los, los« – gut gelaunt.

Ewa: »Ich hab noch nie so eine Reiseerlaubnis von der Kommandantura gesehn.«

»Scheiß«, sagt das Kindl.

»He«, ruft Goy. »Smith, he. Ich hab ein Geschenk für dich.« Noch immer den Mund voll.

Liest Jid von den Scheinen: »Ewa Kaltengruber Waise alt fünfzehn Jahr. Jizchok Jiddelbaum Waise alt –.« Bleibt ihm die Stimme weg.

Ewa: »Is das der Name vom Kommandant, was da geschrieben is?«

»Ja«, sagt Jid. »Das is der persönliche Name vom Kommandant.« Streicht über die Blätter, mit Fingern zitterig. »Erlaubnisscheine« – so leise, man hört kaum. Ewa: »Ja.«

Sagt Jid: »Ja.« Sein Gesicht klein unter dem steifen Hut.

Lacht der Mann. »Fertig? Dann wieder her damit.« Nimmt, steckt ein. »Und jetzt –«

Das Kindl is da grad zurückgekommen, mit Goy.

»Fein. Jetzt schnell.«

Sagt Goy: »Ich hab ein Geschenk für dich.«

»Legs in den Wagen.« Der Mann steht auf und knöpft seinen Mantel zu. »Wir verlieren Zeit.«

Goy: »In den Wagen? Geht nicht. Es is aus meiner Sammlung. Meine Sammlung hast du überhaupt nie angeschaut.«

Jid: »Wenn wir keine Zeit zu verlieren haben, verschwinden wir von da jetzt sofort.«

»Nie hat er sich meine Sammlung angeschaut.«

Jid, ist er unruhig. »Hab ich vielleicht nicht meine Buchsammlung zurückgelassen? Ich hab. Also, Goy, wenn du jetzt daherkommst und willst deine Sammlung –«

»Er hat sie nie angeschaut.«

»Nun« – der Mann mit einer Gutgelauntheit und setzt sich noch einmal. »Dann muß ich sie mir eben jetzt anschaun.«

Ewa: »Wir müssen gehn.«

Schüttelt der Mann den Kopf. »Ganz unmöglich, daß ich

geh ohne daß ich deine Sammlung angeschaut hab, Goy. Let's see it.«

Jid: »Sie haben gesagt, es is keine Zeit was ma jetzt noch verlieren darf.«

»Wegen der bloody langen Fahrt«, sagt der Mann. »Achtzehn Stunden zu fahren mindestens.«

Jid: »Nach Westen? Genau nach Westen durch die Stadt?«

»Goy«, sagt der Mann. »Bring sie her, die Sammlung. Was hast du gesagt, Jid? Nein, durch die Stadt fahren wir nicht, wir fahren gleich da über die Brücke, hinüber in den russischen Sektor, und dann weiter die Straße, die auf der andern Seite liegt.« Ewa: »Nicht durch die Stadt?«

»Da.« Goy schleppt die Kiste an. »Da drinnen heb ich alles auf. Kein Mensch glaubt, einer hebt eine Sammlung auf in so einer Kiste. Ich mach den Deckel mit einem Messer los.«

»Fein.« Der Mann sitzt breit da. »Los, go ahead.«

»Mit einem Brecheisen, ich hab da wo eins.«

Ewa: »Ist es gefährlich für Sie, wenn man sieht Sie fahren mit uns durch die Stadt? Mit den Erlaubnisscheinen noch immer gefährlich?«

»Goy«, sagt Jid, »Lord Jesus Christ, gib das Brecheisen her, ich brech dir die Kiste auf, dauert zehn Sekunden. Wir haben keine Zeit!« Deckel auf mit einem Ruck und Trick und dreht sich mit einem blassen Gesicht zu dem Mann und fragt leise: »Direkt in den russischen Sektor und drüben die Nebenstraßen, was man nicht kontrolliert?«

Lacht der Mann. »Weil hier auf der amerikanischen Seite auf der Straße alle Brücken zerstört sind.«

»Da«, sagt Goy. »Das is die Sammlung von allen schönsten Sachen was ich gesammelt hab.«

»Brücken zerstört auf der Straße«, sagt Jid mit einer leisen Stimme. »Wissen Sie alle Brücken sind zerstört hinter uns allen?«

»Ich weiß.« Der Mann nickt. »Ich weiß.« Legt seinen Arm um die Schulter von Jid, und für einen Augenblick hält er ihn fest, dann läßt er ihn wieder los. »Und jetzt, Goy, schaun wir uns deine Sammlung an.«

»Weil«, sagt Jid, »was wir da zurücklassen, is nicht Nix. Lebensmittelkarten. Ein Abort mit Ziehwasser.«

»Das is von dem Swill, was ich drinnen in dem Swill gefunden hab«, erklärt Goy. »Ein Büchsenöffner. Der ist rostig, aber ich hab einen bessern weiter unten in der Sammlung, einen mit einem kleinen Rad dran.«

»Prima.«

»Aber der da is rostig.«

Ewa: »Haben Sie gesagt, achtzehn Stunden zur Schweizer Grenze?«

»Wir fahren nicht ganz bis hin zur Grenze. Ein bissel rostig, aber das macht überhaupt nix, das ist einer von den feinsten Büchsenöffnern die ich je im Leben gesehen hab.«

»Wir fahren nicht ganz bis zur Grenze?«

Goy: »Ein besserer is weiter unten, ein Radbüchsenöffner. Und das da is eine Wanzenfalle was man damit die Wanzen fangt.«

»Seit einer halben Stunde sollen wir schon weg sein und unterwegs«, sagt Jid.

»Eine Wanzenfalle?« fragt Smith. »Und ich hab geglaubt das is eine Käsglocke, wenn du die Fliegen weghalten willst von deinem Käs. Aber das ist ein guter Einfall, man kann das auch als Wanzenfalle benützen, da hast du recht.«

»Fliegen weghalten von meinem Käs?«

»Warum gehn wir nicht ganz zur Grenze?« fragt Ewa. »Is es gefährlich für Sie, wenn die Grenzpolizei uns alle beisammen sieht?«

Lacht er. »Weil ich will, daß ihr die Welt seht. Ich will, ihr sollt die Berge sehn und Schnee drauf und den Himmel.

Dort ist ein Berg bevor man zur Grenze kommt, größer als alles was ihr gesehn habt, mit Schnee und Eis kolossal ein Gletscherberg und – ah, wunderbar. Den darf man nicht versäumen oder auslassen, so einen Wunderberg.«

Zieht er eine Landkarte hervor. »Den Berg hab ich da auf meiner Karte. Prima, der Berg, daß man dort spazierengeht.«

Curls kommt grad vom Hof zurück. »Gletscher? Ist es dort kalt? Ich hab nämlich Heizkörper.«

»Hast du die Reifen getestet?« fragt der Mann.

Ewa: »Wir wollen spazierengehn auf dem Berg?«

Goy: »He, Smith. Schaust du dir jetzt meine Sammlung an? Das is die Wanzenfalle, was zugleich eine Käsfliegenfalle is. Du schaust dir meine Sammlung nicht an!«

»Aber ja, mach ich. Eine großartig verdammt feine Sammlung.«

Jid: »Nebenstraße durch die russische Zone? Die wissen dort nicht viel was sich tut da in der Stadt, auf den Nebenstraßen durch die russische Zone. That's the idea?«

Goy: »Du kannst sie haben! Ich schenk dir die Wanzenkäsfalle, als ein Geschenk von meiner Sammlung schenk ich sie dir. Auch für Käsfliegen kannst du sie benützen, wenn du willst.« Der Mann: »Oh, danke, das ist sehr fein von dir daß du mir das schenkst.«

»Ja.«

»Ich werd es sehr gut aufheben wie einen Schatz.«

»Ja. Und auch für Wanzen.«

Curls: »Von meinen Heizdingern könnten wir wenigstens eins oben auf dem Gepäckträger festbinden. Oder drei. Weil wir ja doch jedenfalls genug Zeit haben weil –«

»Gefällt dir die Falle, nicht wahr?«

»Sie gefällt mir wunderbar.«

»Ja.«

Der Mann: »Das wird leider nicht gehen – die Heizkörper auf den Gepäckträger binden. Wegen dem Spazierengehn über den Berg! Ein sehr hoher Berg, niemand kann Heizkörper dort hinauftragen.«

Jid: »Wir könnten jetzt schon seit fünfunddreißig Minuten über der Brücke im andern Sektor sein.«

Curls: »Die Heizdinger müssen wir doch nicht tragen, die lassen wir im Jeep für die Zeit wo wir auf dem Berg spazierengehn.«

Schüttelt der Mann den Kopf. »Nein. Vielleicht gehn wir gar nicht zurück zum Jeep sondern hinunter auf der andern Seite?«

»Andern Seite?« Jid bückt sich über die Landkarte, was dort noch immer gelegen ist. Sagt leise: »Auf der andern Seite von Ihrem Berg is die Schweiz. Da sind wir also dann schon in der Schweiz.«

Ewa: »Damit uns die Grenzpolizei nicht sieht?«

Schlägt der Mann sich vor die Stirn, gut gelaunt: »Daran hab ich gar nicht gedacht! Macht nix, mit der Grenzpolizei reden wir dann eben später einmal.«

Er hat gesehn, wie seine Anstrengung von Gutgelauntsein hereinfällt in die schwarzen Tümpel von ihren Augen, dort sinkt sie unter, nicht einmal auf der obersten Oberfläche von den Tümpeln ein Kräusel, alles gesunken und weg ist es. Lächelt der Mann zu Curls. »Denk nicht mehr an die schweren Heizdinger, die brauchst du nicht. Hast du nicht auch was von Türklinken gesagt? Du nimmst eine von deinen Türklinken in die Tasche. Das genügt. Mit einer einzigen Türklinke baust du eine neue Welt.«

»Wirklich?« Auch Curls lächelt. »Weil wir würden ja jedenfalls noch genug Zeit haben, weil doch –«

Jid: »Was Sie übersehen haben is, daß als ein Offizier können Sie nicht fahren außer mit einem Fahrer, gemäß Vorschriften von der American Army, ausgenommen Sie sind auf Urlaub und der Wagen gehört Ihnen privat.«

»Was du nicht sagst. Aber vielleicht ist ein Galach genau gesagt nicht ein Offizier? Oder vielleicht hat er zufällig einen Achtundvierzigstundenurlaub, angefangen von heute früh, und vielleicht gehört sogar der Wagen ihm privat und er hat für ihn bezahlt?« Und zwinkert Jid so zu mit einem Aug. »Was du vergißt, vielleicht hat jemand seine Auslandzulage verlangt, jetzt endlich alles auf einmal, zurück für die ganze Zeit?«

Ewa: »Wenn wir da von dem Berg herunterkommen, werden sie uns hereinlassen in die Schweiz? Ein Gang Boys und Girls und Kinder und ein amerikanischer Reverend?«

»Ach, das wird schon klappen. Die werden einfach müssen. Ihr werdet bei denen drinnen sein im Land, bevor sie euch stoppen können an der Grenze, und dann seid ihr eben im Land! Die werden nicht ein paar Waisenkinder zurückschicken. Wir werden eben – wie sagt man?«

»Lügen«, sagt Jid. »Sie bescheißen. Warum haben Sie Angst vor Wörtern? Exakt auf welche Art wollen Sie sie bescheißen?« Schüttelt der Mann den Kopf. »Nicht sie bescheißen«, sagt er mit Ruhe. »Ich hab nachgeforscht da drinnen – mein Herz, weißt du? Wie man es macht, darauf kommt es nicht an. Bescheißen? Okay, bescheißen. Lügen? Okay, lügen. Ich würde mehr tun als nur lügen, damit –.« Fällt er stumm.

Curls: »He, Sir, hörn Sie zu.«

»Lügen«, sagt der Mann wieder. »Vielleicht kann ich euch alle als Kinder adoptieren? Oder vielleicht kann man denen erzählen, Ewa ist meine Braut und ihr anderen seid mit ihr verwandt?« Setzt sich schwer nieder, einen Augenblick später springt er schon wieder auf. Sagt heiser: »Wir müssen fort. Kommt, wir gehn.«

»Sagen Sie das noch einmal« – Ewa, ohne Stimme.

157

»Das, was Sie da grad früher gesagt haben.«

Curls: »He, Sir. Kann ich nicht bitte wenigstens ein kleines Heizdings, nur wenigstens bis zu dem Platz bitte, wo wir aussteigen und lassen den Jeep zurück? Es ist ein großer Jeep!«

»Und die Sammlung«, sagt Goy. »He, Smith. Und den Panzerknacker.«

Der Mann: »Kommt. Wir müssen jetzt fort, kommt.« Sagt Curls: »Weil doch jedenfalls Zeit genug ist daß wir die Heizdinger mitnehmen, wo doch der Reifen platt ist am linken Hinterrad. Wir müssen das Rad wechseln.«

Jid schreit: »Rad wechseln! Warum hast du nicht gesagt?« Plötzlich ist er verzweifelt.

»Ich hab versucht!« Curls fängt an zu weinen. »Ich hab die ganze Zeit versucht, daß ich es sag, ihr habt mich nicht lassen.«

Der Mann zuerst herumgefahren mit wilden Augen, aber jetzt, mit einer Heiserkeit, sagt er ruhig: »Reg dich nicht auf, Curls, wein nicht, Kid. Dauert nur ein paar Minuten. Macht nix.«

Ewa: »Goy kann radwechseln wie der Blitz. Müssen Sie sehn wie der von einem Auto ein Rad befreit, wenn der Fahrer grad wegschaut.«

»Jedes Rad«, sagt Goy. »Dauert ein Augenblick. Komm mit, Curls, hilf. Ein Augenblick, ich nehm auch die Sammlung mit, Smith. Und den Panzerknacker.« Der Mann, setzt er sich schwer hin. »Okay. Radwechseln Zeit genug. Okay. Ein Panzerknacker.« Mit wilden Augen. »Okay, nimm ihn mit, vielleicht brauchen wir ihn, wer weiß, in einem Land wie dem da in einem Dschungel. Es ist schon zu lang nicht geschossen worden. Nimm den Panzerknacker mit, vielleicht sind Raubtiere irgendwo.« Wilde Augen, ja, er ist verzweifelt. Sagt er und lacht vor Verzweiflung: »Nimm die Sammlung mit, okay, und die Heizdinger, nehmt alles mit. Nicht der Dschungel – es ist die Sintflut. Alle, nehmt mit was ihr wollt. Kennt ihr die Story von Noahs Arche? Der Jeep, das ist die Arche von diesem Noah, der Jeep da draußen.«

Goy draußen, kann man durch das Fenster sehen wie er an dem Jeep hantiert.

»Ich geh ihm helfen«, sagt Smith, wieder ruhig.

Ewa: »Nicht nötig, Smith. Er macht das schon.« Und leise: »Haben Sie früher gesagt, Sie haben achtundvierzig Stunden Urlaub? Und was dann? In achtundvierzig können Sie nicht zurück sein. Einmal hab ich einen gekannt der hat telegrafiert er ist krank, hat er Verlängerung gekriegt.«

»Mach dir keine Sorgen«, sagt der Mann, abwesend, mit Augen draußen auf dem Jeep. »Ich krieg alle Verlängerungen, die ich will, wenn ich einmal weg bin. Vielleicht bleib ich noch länger weg.«

»Als ein Galach?«

»Als ein Galach.« Mit den Augen draußen auf dem Jeep. »Aber warum grad als ein Galach? Weißt du, Ewa, wie ich ein Kid gewesen bin, vor langer Zeit, ein echtes dreckiges schwarzes Niggerkid, da war mein erster Job bei einem Straßenverkäufer. Wassermelonen. Kennst du Wassermelonen? Dort unten wo ich herkomm gibt es Wassermelonen – herrlich. Grab die Zähne in so eine rote, saftige – zwei Pfund eine Scheibe, und dann noch eine Scheibe von zwei Pfund und dann noch eine – man kriegt Bauchweh, aber stoppen das kann man nicht. Well, der Straßenhändler ist ein Weißer gewesen ein Sozialist. Er hat Sozialismus geredet, ich weiß bis heute nicht, war er ein Straßenhändler der Sozialismus geredet hat oder ein Sozialist der Melonen –. Denn, you know, damals in den U. S. of America hat man eine Ausrede haben müssen als ein weißer Mann, wenn man in die black lanes gegangen ist und zu den Negern gesprochen hat. Schließlich haben sie ihn ja auch eingesperrt. Ich bin zurückgeblieben, mit dem Karren und mit dem Sozialismus, niemand hat mir geholfen. Wie alt war ich – siebzehn? Achtzehn vielleicht. Es kann nicht viel gewesen sein, was ich zu sagen gehabt hab. O Hell, o Jesus Christ, was ist mit dem Rad da draußen, Hell, die spielen herum und lassen sich Zeit mit dem Rad und –«

»Wir müssen längst weg sein –« Jid, mit einer Verzweiflung in den Augen.

Ewa: »Und dann?«

»Und was –?« läßt der Mann den Blick nicht vom Jeep im Hof. »Meinen Karren haben sie natürlich erwischt. Sie haben auch mich erwischen wollen, aber ich war ein first class Schnelläufer, so haben sie nur meinen Karren konfisziert. Aus mit Melonen. Von da an hab ich nur mehr Socialism geredet zu den anderen Negern. Seifenkiste hingestellt und hinauf und – ich hab ein guter Sprinter ein guter Schnelläufer sein müssen noch sehr viele Male. Denn, you know, wir haben die beste Verfassung in den United States, aber es ist ein so großes Land. Der Teil, wo ich war, New Carolina, Louisiana, Georgia, ist so weit weg von der Verfassung! Merkwürdig. Alle die Jahre und Jahre hab ich nicht mehr daran gedacht. Von was hab ich grade gesprochen? Schnelläufer. Schließlich bin ich so müd geworden vom vielen Laufen – da hab ich eine Entdeckung gemacht. Wenn man auf einer Kiste steht und man redet Socialism, verhaftet einen die Polizei und schlagt einen zusammen, die Polizei oder – es gibt dort unten einen pretty little Verein, heißt Ku-Klux-Klan, die verhaften nicht, die schlagen sofort. Oder hängen sofort, je nachdem. Kann man im voraus nie sagen. Meine Entdeckung aber war, wenn man auf derselben Seifenkiste steht und man redet nicht Socialism sondern Religion, wenn man nicht sagt Marx Engels sondern Our Lord Jesus Christ, und man sagt genau dieselben Dinge wie früher nur für die andere Firma – rühren sie einen nicht an. Also warum nicht, hab ich gedacht. Why not? Denn, you know, es macht keinen Unterschied, deep down für die Underdogs. Abgrund ist Abgrund! Wenn man aus so einem Abgrund nach oben schaut – ein sehr, sehr fernes Licht. Was für ein Licht? Es kommt nicht drauf an. Erst viel weiter oben teilen sich die Straßen, und teilen sich wieder, und teilen und teilen sich. Aber ganz dort unten? Also denk ich mir: warum nicht, werd ein Reverend für the Lord Jesus Christ! Das ist, wie ich – «

Steht da und starrt hinaus. »Das ist, wie ich ein Galach geworden bin«, sagt er und denkt an was anderes.

»Look. Da. Das Rad. Sie können nicht.«

Kommt grad Goy zum Fenster, schreit er herein: »Kein Druck! Wir müssen es aufpumpen.«

»Sie müssen es aufpumpen«, sagt der Mann sehr leise und steht da und starrt hinaus.

Ewa: »Und dann?«

Hört er nicht. Steht da. Starrt.

»Und dann?«

Sagt er, mit seinen Gedanken anderswo: »Weiter kein ›und dann‹. Das ist alles. Straßenecken zuerst, dann Laienpriester, Abendgottesdienst – keine Seifenkisten mehr, damals. Dann – wir haben Hallelujah-Meetings dort unten, wir black folks. Hymnen singen.« Er singt: »Singing singing Singsingsinging singingsinging. O my dear Lord Jesus singing singing.« Singt er es mit seiner Stimme vom Großen Strom. Steht da im kalten Keller und ist selbst the Great old River, da wälzt er sich weither unter einem fremden Himmel. Komisch. Verstummt, und steht da, und horcht hinter seiner eigenen Stimme her, was doch schon lang verhallt ist. »Komisch«, sagt er es selbst: »Erst mit fünfundzwanzig oder noch später hab ich angefangen und Theologie gelernt. Als Profession. Später dann war es eben a Profession! Studieren. Warten. Gebete sagen. Predigen. Dann, mit der Zeit, seltener Gebete sagen und mehr und mehr predigen. Dann der erste kleine Job – Assistant Preacher heißt man das dort. Muß damals gewesen sein, daß ich mir ein Sparkonto aufgemacht hab! Zweitausendeinhundert undsoweiter. Eine Profession. Ein Gehalt. Und dann hab ich mir einen Kneifer gekauft, daß ich meine Augen hinter ihm versteck. Das ist alles. Das ist mein Leben. Da habt ihr mein bloody beschissenes Leben. Und meine Professionskarriere. Von Wassermelonen zu the Lord God Almighty. Was war das, was du eben gefragt hast, Ewa? Ob ich eine Verlängerung von meinem Achtundvierzigstundenurlaub bekommen kann? Oder – wie? Werd ich weiter ein Galach sein? Ich werd Noah sein, Kid, wenn ich einmal in dem Jeep da draußen hinter dem Lenkrad sitz. Die Story von Noah – gehört? Er war ein Big Noise und eine Gewalt, am Anfang. Hat sicher besessen zweitausendeinhundert Irgendwas. Nach der Sintflut hat er sich was Neues ausdenken müssen.« Er dehnt sich, ein mächtiges Tier im Wald. »Etwas ausdenken. Irgendwas. Wassermelonen und Wiederjungsein und Vonvornanfangen und – «

Curls kommt herein. Gesicht weiß. Sagt er: »Da ist wer, der will mit Ihnen sprechen.«

3

Der Gent mit dem steifen Hut, mit dem Bowler, ist nächsten Augenblick sichtbar geworden hinter Curls.

»Mann«, sagt Smith und geht langsam los auf ihn. »Sie sind also wieder da. Wenn Sie nicht sofort verschwinden, Sie Hund, Sie Schuft, Sie gottverdammter – «

Spricht er aber seinen Satz nicht zu Ende. Der mit dem Bowler, deutet er hinter sich, wie er will sagen er selbst ist da nur der kleine Schammes, der Boß ist ein anderer.

Tatsächlich ein anderer, im nächsten Augenblick mischt er sich schon herein. Sagt: »Oh!« Kann sein, die letzten Worte von dem Reverend Smith hat er mitgehört. Er ist selber ein Galach in Uniform, ebenfalls amerikanisch, sogar einen Kneifer mit Goldrand trägt er ganz wie Smith. Einziger Unterschied er ist ein Weißer, und ein paar Jahre älter vielleicht, und dem H. W. Smith im Rang grad um einen Sprung voraus. Gar kein schlechter Kopf was er hat; weißes Haar, starke Augenbrauen, kühne Hakennase, hohe Stirn. Nur sein Mund ist ein bissel klein. Sagt er »oh«, mit diesem Mund rund gemacht mit vollen Lippen, was nicht die Lippen von einem Denker sind sondern die Lippen von einem Esser. Man kann sich vorstellen, wie durch diese Öffnung die Kalorien in ihn hereinmarschieren. Aber trotzdem es sind nicht die Lippen von einem Fresser, nur von einem Esser. Man kann sich verlassen sie haben heute früh nur das vorschriftsmäßige Frühstück gehabt nicht mehr, Fruchtsaft Porridge geräucherte Kippers zwei Eier mit Bacon Marmelad Butter Toast, nachher vielleicht höchstens noch a Cigarett or two, das vorschriftmäßige Frühstück mit einem Wort. Mehr nicht. That's the lot. Lippen von einem Esser. Man kann sich vorstellen sie bewegen sich zwischen zwei langen Bettreihen mit Schwerverwundeten in einem Kriegsspital, mit Stoppen bei jedem einzelnen Bett, was sie sich jedesmal rundmachen für einen speziellen flüssigen Satz, je nachdem cheering up oder Letzter Trost, hängt ganz ab vom speziellen Fall, bis sie dann am andern Ende vom Saal durch die Tür herausschweben straight zum Lunch. Ja, der Gentleman hat gar keinen so schlechten Kopf, wenn man nicht zu lang hinschaut.

»Oh«, sagt er. »Oh, Reverend!«

»Get out«, sagt der Mann Smith leise. Schaut an den Reverend P. P. Trueslove aus Chicago, schaut an den Guy mit dem Bowler, sagt: »Hinaus. Get out. Alle beide.«

Sagt Chicago: »Ich komme als Freund. Ich werde Sie jetzt in Ihr Quartier zurückbegleiten, Reverend.«

Smith: »Reverend, das hier ist nicht your bloody business, Reverend.« Schaut Chicago an, schaut den Bowler an, was sich sofort zwei Schritt zurückzieht, just out of reach.

Sagt the Reverend Trueslove: »Geht mich nichts an – in diesem Punkt täuschen Sie sich, Reverend. Es ist meine moralische Pflicht –«

»Hören Sie. Ich will hinaus zum Jeep mit diesen Kindern da. Ich geb Ihnen –«

»Tun Sie das nicht. Tun Sie es nicht. Mein Freund, tun Sie das nicht!«

»Ich geb Ihnen«, sagt Smith leise, »zehn Sekunden, daß Sie mir aus dem Weg gehn.« Seine Stimme lauter. »Und wenn Sie mir nicht aus dem Weg gehn, Mann, so schwöre ich –«

»Tun Sie das nicht!« Dann zuckt the Reverend Trueslove mit den Achseln. »Wenn Sie unbedingt Gewalt haben wollen, Reverend –«

»Eins«, sagte Smith. »Zwei Sekunden. Drei. Vier. Fünf.«

Der andere sich zurückgezogen, er geht dabei rückwärts, dabei zuckt er noch einmal mit den Achseln, dann gibt er ein Winksignal mit der Hand, er sagt: »Was jetzt kommt, geschieht zu Ihrem eigenen Wohl. Um Sie vor unbedachten Handlungen zu bewahren.« Winkt er noch einmal, jemandem was man nicht sehen kann. Jemand – es sind zwei. Sie sind nicht wirklich näher gekommen, treten nur vorwärts, so daß man sie jetzt sieht, draußen im Hof, da stehn sie. Weiße Helme. Militärpolizei.

»Nur um Sie vor Unbedachtheiten zu schützen«, sagt Reverend P. P. Trueslove ohne Triumph in der Stimme.

Smith schaut ihn an, er schaut die Weißhelme an und wieder ihn: »Bin ich unter Arrest?«

»Ein heftiges Wort«, sagt Trueslove. »Es geschieht zur Wahrung des Ansehens unserer Uniform, die wir tragen, doppelt tragen, möchte ich sagen, als Offiziere und als geistliche Hirten, deren Aufgabe in diesem Land – «

»Welches Unrecht hab ich begangen als ein geistlicher Hirte hier im Land?«

»›Unrecht‹ – schon wieder ein heftiges Wort. Bitte vergeben Sie mir die Kritik, in Anbetracht – nein, natürlich nicht in Anbetracht des kleinen Unterschieds in unserm militärischen Rang. Auch nicht in Anbetracht des Unterschieds in unserer – nein, jetzt kränken Sie mich, Reverend, nein, jetzt glauben Sie, ich will auf jenen andern kleinen Unterschied anspielen, von dem wir doch beide wissen, daß er vor unserem Herrn nicht gilt. Nicht vor our Lord noch vor the American Constitution noch vor mir persönlich. Ich beschwöre Sie, Reverend, glauben Sie mir das. Nur – woher kommen Sie? Georgia, Louisiana? Sehen Sie, ich lebe in Chicago. Das Leben in den großen Städten macht einen so viel älter. Ganz abgesehen von meinem Vorsprung an Jahren. Sie werden mir also ein offenes Wort verzeihen, Reverend? Sie sind zu heftig! Was für ein Unrecht Sie begangen haben als geistlicher Hirte hier im Land: das fragen Sie wirklich, während –?«

Bevor er weiterspricht, wendet er sich zu dem Mann mit dem Bowler. »Würde es Ihnen etwas ausmachen, uns hier für eine Minute allein zu lassen, mein Freund? Und vielleicht haben Sie die Güte, gleich auch noch diese jungen Menschen da mit hinauszunehmen auf den Hof. Danke, thank you, mein Freund!«

Erst dann dreht er sich wieder zu Smith. Sagt trocken: »So. Und jetzt – «

»Und jetzt«, sagt Smith, »will ich Ihnen einmal erzählen –«

»Nein, entschuldigen Sie«, unterbricht ihn der andere. »Es
ist bestimmt besser, wenn Sie mich zunächst einmal ausreden
lassen, jetzt, da wir ohne Zeugen sind. Was für ein Unrecht
Sie als geistlicher Hirte begangen haben – das fragen Sie
wirklich? In Gegenwart der jungen Dirne, mit der Sie sich
erniedrigen?«

Smith will etwas Heftiges sagen, aber er läßt es sein. Gibt
dem andern nur einen langen Blick. »Das ist es? Ich habe
mich erniedrigt mit einer Dirne? Darum –?« Macht eine
weite Gebärde, sie schließt ein den Hof draußen, den Mann
mit dem Bowler, die Weißhelme, den Reverend P. P. Trueslove selbst. »Darum haben Sie diese ganze Sache da aufge-
zogen – nur weil Sie glauben, ich hab mich mit dem Girl ein-
gelassen?«

»›Nur?‹ Sie haben sonderbare Anschauungen, Reverend,
wenn Sie sagen: ›nur‹. Wir sagen nicht ›nur‹ zur Unzucht
eines Seelsorgers der American Army im besetzten Gebiet,
mit einer lokalen Prostituierten.«

Smith, lacht er leise. »Wer ist ›wir‹? ›Wir‹ nehmen Anstoß?
›Wir‹ rufen die Polizei?«

»Sie täuschen sich schon wieder. Das war nicht ich, das
war der Commanding Officer. Er hat mir den Auftrag gegeben. Mir und auch der Militärpolizei. Jemand hat Sie bei
ihm angezeigt. Nun, das ist kein Geheimnis – der Herr da
draußen, der mit dem steifen Hut hat Sie bei ihm angezeigt.
Umgang mit einer Prostituierten. Vergehen gegen das Fra-
ternisierungsverbot, Einmischung in eine Amtshandlung
betreffend Vormundschaftsverfügung gegen einen Minder-
jährigen, gemeint ist der mit den blonden Curls nehme ich
an, und – und öffentliche Gewalttätigkeit! Sie haben einen
festen Gegenstand geschleudert, einen –«

»Einen Ziegelstein!« lacht Smith. »Und deshalb hat der Commanding Officer die Militärpolizei geschickt? Damit sie mich verhaften, weil – ?«

»Er hat mich geschickt. Auf meine inständige Bitte – mich. Um den guten Ruf der Armeegeistlichkeit zu bewahren. Das Ansehen von unserer Uniform. Und von unserer Kirche. Die Polizisten wären diskret im Hintergrund geblieben, wenn – «

»Wenn ich ruhig mitgekommen wäre, ohne Widerstand?«

»Schon wieder ein zu heftiger Ausdruck. Sie hätten sich auf Distanz gehalten. Nie hätte ich geglaubt, es könnte nötig werden, daß man sie hereinruft.« Und weiter, mit wirklicher Wärme in der Stimme: »Mensch, können Sie denn nicht sehn, was Sie sich da antun? Denken Sie denn gar nicht an Ihre Stellung und Karriere? Sie haben ja doch zuhaus wahrscheinlich irgendwo eine Pfarre. Was soll aus Ihnen werden, wenn die Army Sie bei Ihrem Bischof anzeigt? Sind Sie denn wahnsinnig geworden? Ich bin kein Pharisäer, ich bin kein Spießer, glauben Sie mir das doch, ich bin ein moderner Mensch. Jeder Mann hat Augenblicke der – der Anfechtung, der Schwäche. Davor schützt einen keine Uniform. Aber Ihre Privatsache da ist ja doch nun einmal aufgeflogen, man hat von ihr amtlich Notiz genommen, verstehen Sie doch um Gottes willen, daß Sie jetzt sofort einen klaren Trennungsstrich ziehen müssen zwischen sich und diesem Gesindel da. Mensch, ich bin Ihr Freund, glauben Sie mir das doch. Der Commanding Officer ist ein vernünftiger Mann, ein Mann, der die Welt kennt. Ich werde mit ihm sprechen, ich habe schon mit ihm für sie gesprochen. Sie können meines brüderlichen Beistandes sicher sein. Ich helfe Ihnen. Aus einer ganzen Anzahl von Gründen. Wenn Sie jetzt sofort mit mir zu ihm gehn, sage ich ihm, alles ist in Ordnung und vorüber. Aus! Er wird Sie zum Rapport bestellen und – na, was? Vierzehn Tage Zimmerarrest vielleicht. Vielleicht Versetzung zu einer anderen Division. That's all. Reverend! Wir alle wollen nur eines: Ihnen heraushelfen aus dieser Sache.«

Smith, schaut er ihn lang an. Fragt leise: »Und die Kinder?«

The Reverend Trueslove die Achseln gezuckt. »Wenn Sie drauf bestehen – aber ich täte es nicht, an Ihrer Stelle, Reverend. Trotzdem! Wenn Sie unbedingt darauf bestehen und sich jetzt sofort von diesen Kindern tatsächlich noch verabschieden wollen, bevor Sie –«

Smith nickt. »Ja. Ich will mich von ihnen verabschieden. Ich geh dann mit Ihnen, ohne Widerstand. Geben Sie mir zehn Minuten. Nur fünf? Gut, nur fünf Minuten, rufen Sie sie herein, nicht nur das Girl, auch den Boy, den Jid.«

»Wollen Sie mit ihnen allein sprechen? Glauben Sie nicht, daß das besser in meiner Gegenwart –?«

Smith ihn schweigend angeschaut, mit wilden Augen.

Zuckt Trueslove die Achseln. »Okay. Wie Sie wollen. Fünf Minuten.«

Er geht hinaus.

Kommt Ewa herein, und Jid.

Ewa: »Was tun sie Ihnen?«

»Nix.« Smith streichelt ihre Hand. »Sie gönnen mir nur nicht deine Freundschaft, Ewa.«

Jid, nickt er, sagt trocken: »Genau wie ich mir gedacht hab.«

Smith: »Listen, Kids. Ich hab fünf Minuten, nicht mehr. Hört jetzt ganz genau zu. Ich werd von hier nicht wegkönnen, sie werden mich hier zurückhalten für eine Woche, kann sein für zwei Wochen. Nein, reg dich jetzt nicht auf, Ewa, vielleicht werden es auch nur zwei Tage sein. Sie werden von mir eine Erklärung verlangen. Gut, ein Verhör, aber nix

Ernstes, woher denn, von dem was sie glauben ist ja doch zwischen uns nix gewesen – stimmt? Nicht im Traum hab ich daran gedacht – ach, jetzt red ich Unsinn. Ich werd nicht sofort wegkönnen, that's all. Aber ihr müßt sofort hier weg. Da habt ihr eure Papiere – hier, da ist die Reiseerlaubnis, die habt ihr zwei so bewundert. Den Augenblick, wo ich mit denen aus dem Haus bin, verschwindet ihr. Weg, sofort – verstanden? Sofort! Sofort müßt ihr über die Brücke, hinüber in den Russensektor.«

Ewa ihn mit groß erschrockenen Augen angeschaut. Jid, ohne ein Wort, nur genickt.

Smith: »Gut.« Und weiter mit großer Eile. »Und jetzt hört wieder genau zu. Den Jeep könnt ihr natürlich nicht nehmen. Ein paar Kids in einem Jeep – geht ja nicht. Der Teil von dem Plan ist also unmöglich. Macht euch nix draus. Das heißt Curls wird sich was drausmachen, mit seinen Heizdingern. Und Goy wird sich was drausmachen, mit seiner Sammlung. Ich bin ganz verzweifelt ich kann ihnen nicht helfen, für sie wird es eine Enttäuschung sein, aber ihr müßt ihnen erklären zwar lassen sie ihre Sachen jetzt zurück, aber ich kauf ihnen andere den Augenblick ich komm euch nach in die Schweiz in ein paar Wochen.«

»Uns nach in die Schweiz in ein paar Wochen?« fragt Ewa.

»Oder in ein paar Tagen!« Smith lacht dazu. »Was denn sonst? Ich komm euch nach wie der Blitz, den Moment es ist alles okay mit dem Commanding Officer. Das einzige was jetzt wichtig ist, ihr müßt sofort hinüber in den russischen Sektor, sofort, und dort so weit nach Westen wie man euch läßt, und dann quer nach Südwesten in die Schweiz, auf jede Weise um jeden Preis mit nicht einem Tag Verlust. Am besten ihr teilt euch, da kommt ihr leichter durch, wenn ihr – wenn ihr –«

»Ich versteh.« Jid nickt.

»Die Hauptsache ihr verschwindet sofort hier um jeden Preis.«

Jid: »Um jeden Preis?«

Smith, holt er seine Brieftasche hervor. »Look here. Ich bekomm bald neues Geld, ich glaub schon am nächsten Montag. Ihr könnt alles nehmen was ich da hab. Damit kommt ihr überall durch. Ihr alle. Ihr werdet sehr gescheit damit umgehn, geschickt, grown-up – ja? Denn das ist nicht wirklich viel Geld, nur es ist alles, was ich jetzt eben hab. Hier. Dreitausendvierhundert Dollar.«

Schaut ihn Ewa an mit groß gewordenen Augen.

»Am besten du nimmst die eine Hälfte und du nimmst die andere Hälfte.«

Ewa: »Sie haben gesagt Sie haben viel weniger, und inzwischen haben Sie auch noch alle diese Sachen für uns gekauft.«

»Da vergißt du meine Auslandzulagen und das alles.« Jid bis jetzt kein Wort gesagt. Jetzt sagt er: »Wirklich prima von Ihnen, Smith. Großartig. Aber es geht nicht. Sie glauben, unsere Chance ist man arretiert Sie zuerst jetzt auf eine Anzeige, was sich herausstellen wird sie ist falsch. Also is Ihre Filosofie, bevor sie wirklich Wirkliches herausfinden gegen Sie kann es dauern mehrere Tage, inzwischen sind wir schon weit weg. Das is Ihre Galachfilosofie. Es geht nicht, Smith. Wenn wir weggehn, können wir nur mit der Reiseerlaubnis von der Kommandantura gehn, anders laßt man uns nirgends herüber. Nein, hören Sie mich aus! Die Reiseerlaubnis für uns haben Sie nicht gekriegt, also haben Sie sie selbst unterschrieben mit einer falschen Unterschrift. Nein, hören Sie mich aus! Wenn die das herausfinden mit der falschen Unterschrift, setzt man Sie ins Gefängnis – schon sind Sie ruiniert. Demzufolge man darf die Zettel nicht benützen. Wenn wir sie zerreißen, was kann man Ihnen tun? Einen Dreck kann man Ihnen tun. Nix!« Sein Gesicht weiß und klein und verzweifelt unter dem steifen Hut. Sagt er noch und zwingt sich daß er lächelt: »Aber es war prima von Ihnen, Smith, daß Sie sich hinsetzen für uns und machen die falsche Unterschrift.«

»Sie haben wirklich die Unterschriften für uns gemacht, Smith?« fragt Ewa.

Jid, mit einer kleinen Stimm: »Sie müssen sich nicht um uns sorgen, Smith. Was können sie uns tun? Nix. Was kann uns geschehen? Nix. Wir bleiben da, und fertig!« Schaut sich um und macht eine kleine Bewegung mit der Hand. »Wir haben eine ganz eine feine Wohnung da!«

Sagt Smith: »Oh Gott«, sagt er, »oh Hell und Scheiße, oh bloody Gewalt«, sagt er, »oh du bloody fool, enorm, was es mir helfen wird wenn ihr die Zettel nicht benutzt nur wegen dem bissel Unterschrift. Wenn sie überhaupt falsch ist – wenn! Woher wißt ihr daß sie mich nicht vielleicht für was anderes ins Gefängnis setzen werden?«

Ewa schnell: »Für was?« Ihre Augen voll Furcht.

»Für irgendwas, für alles, wie soll ich das wissen? Was ist wenn – nur daß man sich etwas ausdenkt – was ist, wenn die vielleicht denken, ich hab den Slip für Ewa nicht nehmen dürfen aus dem zugesperrten Wandschrank im Magazin? Oder vielleicht sagen sie, ach, irgendwas, vielleicht ich hab den Schein mit meinem Namen nicht geben sollen für Jids Mantel, oder –? Irgend so eine Scheiße. Ah, hell and hell and hell, wenn ihr bloody Kids den Augenblick wo ich mit denen weggegangen bin, nicht alles ganz genauso macht wie ich es euch jetzt erklärt und gesagt hab – «

»Da kommt der andere Galach«, sagt Ewa.

Ja, zurückgekommen, man hat nicht gehört. The Reverend P. P. Trueslove, Chicago. Sagt er: »Fast zehn Minuten, Reverend.« Ewa steht ihm im Weg, geht er nur um sie herum wie sie ist die Pest und die Syphilis. »Reverend, I suppose, Sie haben mit der Sache da jetzt gefinischt.«

Sagt Jid: »Beinahe gefinischt. Noch nicht ganz. Grad war ich dabei und hab gebeichtet. Weil, Sie müssen wissen, er hat mich zum goyischen Glauben gekonvertiert.«

Trueslove: »Oh.«

Jid: »Aber wir sind beinah schon fertig. Nur höchstens noch zwei Minuten.«

Trueslove: »Da the Reverend Smith und ich beide Diener derselben Kirche sind, werden Sie junger Freund vielleicht nichts dagegen haben, wenn ich dabei bin.«

»Selbstverständlich überhaupt nix dagegen«, sagt Jid. »Gerade hab ich gebeichtet, ich hab ihn hereingelegt, ich hab ihn beschissen hundert Prozent hab ich ihn beschissen, er hat geglaubt, er hat mich bekehrt zu Gott ezetera, aber alles, was ich gewollt hab, war die Gelegenheit ausbaldowern, daß ich –«

»Stop!« – Smith. »Du Narr! Wenn du nicht –«

»Reverend!« – Trueslove zur gleichen Zeit. »Lassen Sie ihn weiterreden!«

»Die Gelegenheit ausbaldowern«, sagt Jid lauter »und hab einen kompletten Fool gemacht aus dem Galach da, mein Gott, was für ein bloody Fool er is, Lord Jesus Christ, is der Galach ein beschissener Fool. Ich bin wirklich interessiert an seinem bloody Jesus hat er geglaubt, während was ich tatsächlich interessiert gewesen bin war wie befrei ich einen bloody American Fallschirm für die Schickse da, meine Braut. Sechs bloody goddam USA-Regenmäntel hab ich befreit für uns alle sechs. Auf dem Weg zu ihm im amerikanischen Camp hab ich mich hereingeschlichen in den Magazin und hab befreit a Slip für die Schickse da. Außer das hab ich noch dazu befreit –«

»Stop!« schreit Smith.

»Und dieser Fool«, Jid überschreit ihn, »dieser bloody Fool hat geglaubt, ich bin interessiert an seinem beschissenen Jesus Christ!« Tränen, man sollte es nicht glauben. Tränen etwas in seinen Augen plötzlich in dem Gesicht unter dem steifen Hut.

Schreit Smith: »Die Slips hab ich selbst genommen! Die Slips hab ich!«

»Reverend«, Trueslove faßt ihn beim Arm nicht ohne echte christliche Brüderlichkeit. »Reverend, ich glaube Sie haben Fieber.«

»Die Slips hab ich selbst gestohlen« – Smith beinah ganz ohne Stimme. »All das hab ich getan. Ich hab noch mehr getan, die Kids haben nix getan. Kids wie die da, was können die schon tun, schaun Sie sie an. Aber ich hab mehr getan. Wait a moment. In meinem Scheckbuch können Sie sehn –.« Sucht er es. Seine Brieftasch sucht er, mit Fingern ungeschickt. »Von meinem Scheckbuch und den Erlaubnisscheinen werden Sie sehen –.« Sucht weiter in seiner Tasche ungeschickt. »Reverend«, sagt the Reverend Trueslove. »Brother.«

»Ich kann meine Brieftasche nicht finden« – Smith, verzweifelt. Sagt Jid: »Da is sie.« Zieht er sie aus seiner eigenen Tasche. Sein Gesicht weiß. »Well«, sagt Trueslove und nimmt von ihm die Brieftasche und gibt sie Smith zurück. »Well, da haben Sie es, Reverend. Sehen Sie jetzt man hat Sie ausgenützt? Nur durch die Gnade von our Lord God, die das verstockte Herz dieses Burschen bewegt hat daß er selbst –«

»Mister Offizier«, sagt Jid. »Ich fühl mich etwas nicht ganz in Ordnung. Sie werden entschuldigen ich muß rasch heraus, Sie verstehen schon. Am besten man macht da Schluß. Hier sind dreitausendvierhundert Dollar –«

»Die hab ich vom Kassier genommen«, erklärt Smith. »Es war nichts mehr auf meinem Konto, aber ich hab einen ungedeckten Scheck –«

»Den Scheck hat nicht er sondern ich –.« Jid schnell. »Seine Unterschrift hab ich gefälscht. Niemand kann mir erzählen über Unterschriften. Auf der ganzen Welt gibt es keine Unterschrift was ich sie nicht fälschen kann.« Schaut er Smith an, hochmütig: »Bloody Anfänger.« Zieht einen Zettel heraus, einen Bezugschein für einen Mantel und gibt dem Reverend Trueslove of Chicago. »Da. So mach ich seine Unterschrift, er is so ein bloody Fool.«

Trueslove den Zettel mit zwei Fingern und schaut an durch seinen Kneifer mit Goldrand. Sagt er: »Brother, Sie sind schamlos hereingelegt worden von einer Bande junger Criminals.«

Jid: »Also das is jetzt erledigt, ja?« Sein Gesicht sehr weiß. »Ich muß rasch heraus. Ich hab geglaubt, es is geheilt, aber es is wieder da. Es is nur Durchfall sonst nix. Jetzt geh ich in mein Büro.«

Ewa, steht sie da ohne Bewegung. Sagt zu ihr Trueslove: »Ihr Freund fühlt sich nicht wohl, kommt mir vor, Miß.«

»Ja«, sagt sie leise und greift den Arm von Jid, und mit ihm hinaus. Trueslove ihr aus dem Weg wie sie ist die Syphilis persönlich.

»Reverend Smith«, sagt er, »Sie sind gerettet worden durch ein Wunder von our Lord. Wir werden den Mantel von christlichem Vergessen breiten über diesen ganzen Incident. Ich werde von Ihnen keine weiteren Explanations verlangen. Als Ihr Vorgesetzter auf Befehl des Commanding Officer befehle ich –!«

Da bricht er ab, er beherrscht sich, er sagt mit einer ganz geänderten Stimme, was gar nicht ohne Wärme ist: »Nein. Falsch. ›Befehlen‹. Natürlich ›befehle‹ ich Ihnen nichts, Reverend. Wenn ich es eben an Demut habe fehlen lassen – ich bitte Sie um Verzeihung. Wir wollen miteinander beten, Sie und ich, wenn hier das alles vorüber ist. Ich kann ja doch sehen, wie das für Sie gekommen ist, wie Sie da hineingeraten sind. Sie sind – in aller Demut, mein Freund! – Sie sind ein Mann, der aus den Bergen niedersteigt – und da ist auf einmal die große Stadt. Ein Hinterwäldler! Ich kränke Sie nicht, wenn ich das sage – do I? Ein wenig – how shall I call it? Naiv? Sie sind hier angekommen und ausgezogen to take up contacts auf eigene Faust. Splendid. Großartig. Menschlich. Good style. In bester seelsorgerischer Tradition. Aber Contacts mit wem? Mit den von uns eingesetzten lokalen Authorities, den Vertretern von Law and Order? Oder mit unseren Berufsbrüdern, der lokalen Geistlichkeit, deren Einfluß da im Land von jeher –? Oder in Gottes Namen auch – denn wenn Sie mich fragen, ich persönlich bin durchaus bereit to turn a blind eye, wenn jemand innerhalb gewisser Grenzen mit den früheren Authorities zusammengearbeitet hat – immer vorausgesetzt of course einer hat sich bei den Nazis nicht allzu unliebsam hervorgedrängt und ist jetzt eine zuverlässige Stütze unserer Autorität und gegen – gegen gewisse radikale Elemente, you know what I mean, Sie wissen schon. Wir sind nicht politisch! Aber Sie, Reverend, haben mit keiner von diesen Instanzen Kontakt genommen, Ihr Herz hat Sie getrieben, daß Sie auf geradem Weg hierher gehn. Sie kamen, sahen, und wurden besiegt – as they say in Latin. Nicht gerade besiegt durch dieses Girl, ich bin ein moderner Mensch; sondern durch das Ganze hier, durch das – das Milieu as the Frenchman says. Hab ich recht? Es gereicht Ihnen sogar zur Ehre! Good Lord. Ich war ja doch selbst ein Romantiker, früher einmal, als ich zwanzig, einundzwanzig war, da bin ich in die Slums von Chicago gegangen – Shacks, aus leeren Blechbüchsen gebaut, und Läuse und Dreck und Misery und Wanzen und –! Immigrants eben. Einwanderer. Viele Coloured People unter ihnen, mein Bruder. Und ich bin durch dieses

Elendsviertel gegangen, am Ersten eines jeden Monats, und von dem Monatsscheck, den ich von zu Hause bekommen habe, davon habe ich fünfzig Percent dort verteilt. Und was hab ich dafür bekommen? Souls for the Lord? Nein, mein Freund. Ich habe bekommen Läuse und Ungeziefer. Seither bin ich kein Romantiker mehr. Aber denken Sie deshalb nicht, daß ich hart geworden sei. Obgleich –! Mein Bruder, wir müssen an einem dieser langen Abende einen guten Talk haben darüber, wie sich das kombiniert – Härte und Menschlichkeit. Ist unsere Kirche etwa nicht menschlich? Aber sie ist hart! If you look at it in the right way: unser ganzer Glaube ist hart. Weil das Leben hart ist. Ich habe sehr viel darüber nachgedacht! Wir werden ein langes Gespräch haben darüber. For the moment flehe ich Sie an, Reverend: halten Sie mich nicht für einen Großinquisitor, der Sie oder anyone auf dem Scheiterhaufen verbrennen will. Nur: Ich bin kein sentimentaler Fool. Ich habe mir sehr genau angehört, was der Jew Boy gesagt hat. Er hat natürlich gelogen. Er hat sich desperately bemüht, Sie zu decken – to give you an Alibi – so nennen das meine Beichtkinder im Zuchthaus back home in Chicago. Ich geh hin, wann immer ich mich von meinen anderen Gemeindepflichten freimachen kann, ich nehme ihnen die Beichte ab, denen in der Death Cell in der Armesünderzelle vor allem, bevor sie –. Dieser Jew Boy wollte Sie decken, auch Sie wollten ihn decken, auch Sie haben gelogen, mein Freund, ich bin es Ihnen schuldig, daß ich das ausspreche in aller christlichen Demut. Etwas stimmt da nicht, aber I don't want to know it. Nicht aus Weichheit, sondern aus Nüchternheit. Wir sind hierhergekommen, auf diesen Continent, in dieses Land, um gewisse Aufgaben zu erfüllen – Sie und ich. Wir haben hier die clear cut Mission, den Leuten da ein paar präzise Lektionen beizubringen. Lektion eins: National Socialism hat vielleicht seinen guten Kern gehabt – das ist meine ganz private Meinung – Bollwerk gegen Bolschewismus und all that, gewiß – aber was Hitler und sein Gang daraus gemacht haben, war ein Verbrechen. Lektion zwei: Crime doesn't pay, Verbrechen macht sich nicht bezahlt – gilt gleich auch für Black Marketing und Prostitution und all das. Drittens: wir haben die Leute da natürlich zu ernähren, aber überfüttern wir sie, so verderben wir die Lektion. Reverend, wir Amerikaner sind das Volk mit den weichsten Herzen auf der ganzen Welt. Wir würden unsere Hemden weggeben für –! Und wir sind das bescheidenste Volk – tatsächlich, unsere Bescheidenheit ist unser größter Fehler, denn wir sind – Reverend! Es ist meine tiefinnerste Überzeugung, we are the grandest people von der Welt. In aller Demut! Daraus erwächst uns eine heilige Pflicht eine Sacred Duty of Selbsterhaltung. Im Interesse der Menschheit! Wir stehen hier auf Vorposten, Reverend, einen Steinwurf von da beginnt schon der Sektor – Sie wissen, welcher Sektor. Daher Lektion vier: Unsere heilige Pflicht zur Bewahrung von den ethischen Grundsätzen von unserem American Way of Life gemäß der Atlantischen Carta und –.« Unterbricht er sich. »Warum lachen Sie, Reverend?«

Ja, da sitzt dieser Reverend Hosea Washington Smith – er hat sich wieder hingesetzt auf die Bank, mit schwerem Leib, breitbeinig, ein Arbeiter, der zum Feierabend von den Baumwollfeldern nach Hause kommt – da sitzt er und lacht. Und sagt: »Ach, es fiel mir nur eben ein. Atlantische Carta. Der Jid Boy kann sie Ihnen rückwärts aufsagen, wenn Sie wollen. Vorwärts und rückwärts.«

»Es handelt sich nicht darum, sie aufzusagen, es handelt sich darum – «

»Ich weiß, ich weiß. Geben Sie's auf. Nein, ich will mich nicht über Sie lustig machen. Vielleicht haben Sie sich das alles selbst eingeredet und glauben nun wirklich dran. Schließlich hab ich ja doch geredet wie Sie, noch vor –.« Fährt sich mit einer schweren Hand über die Augen, wie er wischt etwas weg. Dann, leise: »Gespenstisch. Keine drei Tage, hätte ich vielleicht genau Ihre Worte benutzt. Genau dasselbe verdammte Gefasel. Nein, ich will Sie nicht kränken, Reverend. Wie ich hier in den Keller heruntergekommen bin – ich bin gekommen, um etwas zu verteilen. Brot Lebertran Seife Insektenpulver? Oder Arzneimittel vielleicht, Typhus Tripper die Blattern die Syphilis, die denen da an den Eingeweiden zerren? Falsch. Mit Traktätchen bin ich da in den Keller gekommen! ›Wacht auf, Verdammte dieser Erde?‹ Oh nein. Andere Traktätchen. You got it. Erraten. Geht in die Kirche und liebt the American Way of Life und den Rest besorgt für euch Our Lord God und Seine Alliierte Militärregierung.«

Lacht er wieder leise. »Sie sind älter als ich, haben Sie gesagt. Das ist wahr gewesen noch vor drei Tagen. Ich bin so viele Jahre älter als Sie, daß man die Jahre gar nicht zählen kann.«

»Liebe«, sagt der andere, »Liebe darf nicht sein ohne Gerechtigkeit. Und Gerechtigkeit – wahrscheinlich mache ich das zum Thema meiner nächsten Sonntagspredigt! – Gerechtigkeit ist Gedächtnis. Wehe, wenn wir vergessen. Diese Menschen hier liegen jetzt vor uns auf dem Bauch, aber wie wir mit ihnen zu tun bekommen haben, sind sie noch aufrecht gestanden und waren Mörder. Einmal ein Mörder, immer ein Mörder, Reverend, ich habe doch meine Zuchthauserfahrung. Und diese hingestreckten potentiellen Mörder – Gedächtnis! – haben nicht nur durch Zufall am Anfang von diesem Krieg einen Vertrag gemacht und waren Partner von jenen anderen Mördern – einen Steinwurf von hier! – die infolge von demütigenden Verkettungen heute unsere Alliierten sind. Ich wälze mich auf meinem Bett, Reverend, Nacht für Nacht, und stelle mir die furchtbare Frage: Haben wir vielleicht das falsche Schwein geschlachtet? Vielleicht wäre es unsere ethische Pflicht gewesen, aus heiligem Selbsterhaltungstrieb –.« Er bricht ab, er beherrscht seinen Ärger, er sagt: »Sie lachen schon wieder.«

Sagt Smith: »Verzeihen Sie. Es ist mir nur eben was eingefallen. Eine dumme professionelle Gewohnheit, früher einmal war ich auch noch stolz auf sie. Kürzester Weg quer durch Geschwätz und Geschwafel, dachte ich. Straight to the point. Später ist das ja anders, man kriegt seine Routine, Church Business, man hält Sunday Sermons denen man selbst nicht mehr zuhört, behördlich konzessionierter Kleinhandelsverschleiß von Gottes Herz – aber trotzdem, auf den kürzesten Weg von dazumal war ich noch immer stolz, jedes Gespräch begann ich mit dieser einen Frage. Um unser Gespräch zu beenden: Vielleicht taugt diese Frage immer noch – fiel mir gerade ein.«

»Welche Frage?«

Smith: »Glauben Sie an Gott?«

Wird der Mann rot im Gesicht. »Ich fange an zu glauben, Reverend Smith, meine Vorstellung von Gott ist nicht Ihre Vorstellung. Ihre ist mir etwas fremd. Fremd in jedem Sinn. Merkwürdig – verfärbt. Nein, das hätte ich jetzt nicht sagen dürfen. Im Zorn! Verzeihen Sie mir, mein Freund. Ich wollte Sie verletzen. Lassen Sie uns zusammen beten.« Er schließt die Augen, neigt den Kopf, seine Esser-Lippen bewegen sich unhörbar.

Sagt Smith: »Don't worry. Außerdem, wie können wir miteinander beten, wenn wir nicht beten zum selben Gott?« Steht schwer auf und steht da betend, komisch wie sie da stehn, zwei Galachs, beide tragen sie die gleiche Uniform, und der Reverend Smith steht da mit seinem grauen zerrauften Haar, mit geschlossenen Augen ein schwarzer Mann und schwankt wie wenn er ist schicker. Oh, mein Lord God, betet er, oh mein Lord Jesus! Sie haben es so gewollt und sind selbst schuld, sagt dieser Reverend, aber haben sie wirklich? Hat Jizchok Jiddelbaum so gewollt? Hat Ewa Kaltenbrunner oder wie heißt sie es so gewollt? Oder hat das Kindl mit dem Ballonbauch? Oder wenn es so ist, daß der Sohn büßen muß für die Schuld von seinem Vater, hat Herr Jiddelbaum senior vielleicht es so gewollt, wie sie ihn gekillt haben in Bialystok? Hat Frau Curls, ich weiß nicht ihren Namen, hat sie so gewollt wie die Polen gekommen sind und haben sie befreit? Und angenommen sie haben es wirklich so gewollt, diese Kinder da, und wenn sie wirklich trotzdem vielleicht schuldig sind auf Grund von einem Special Refinement Deines sittlichen Räderwerks, das ein farbiger Mann wie ich gar nicht verstehen kann, und wenn sie so schuldig sind wie ich glaub sie sind schuldlos: what next, my Lord God, where do we go from here? Was willst du sollen sie tun? Bereuen? Herr, sie sind zu hungrig, daß sie können bereuen, my Lord Jesus Christus. Sie sind zu sehr gefressen von Läus und Wanzen, und zu sehr gefressen von allen Krankheiten und dem Frost, und gefressen da und besessen dort, daß sie auch nur ein einziges Fifty Words' Prayer sagen könnten zu deinem höhern Ruhm.

»Eine Hymne?« fragt Trueslove, was schon fertig gewesen ist mit seinem Beten. »Ist das eine Hymne was Sie da singen, mein Bruder?«

»Ja, eine Hymne.«

Trueslove: »Welche?«

»Sie kennen sie nicht.« Sagt Trueslove: »Wir müssen da Schluß machen, wir müssen gehn. Ich hab eine Verabredung zum Lunch.« Und gereizt: »Sind Sie jetzt fertig mit Hymnensingen?«

Summt Smith: »Sie sind zu sehr gefressen von Wanzen, my Lord, sie sind zu sehr besessen von Kränk und Frost, my

Lord, und sie sind zu sehr gefressen da und besessen dort, als daß sie könnten sagen ein einziges Gebet zu deinem Ruhm, my dear Lord Jesus.« Lacht leise: »Know the Hymn? Kennen Sie?«

»Was ich erkenne«, sagt Trueslove mit einem Rotgesicht, »ist daß meine Geduld hier zu Ende ist. Ich laß mir allerlei gefallen aber nicht Gotteslästerung. Ich hab Ihnen die Erniedrigung ersparen wollen, daß man Sie verhaftet.«

Gibt ein Zeichen den zwei Policemen draußen, langsam kommen sie herein.

Sagt Smith: »Aber sie werden auferstehn. Schwärme und Heerscharen und Millionen und Millionen von ihnen werden auferstehn am großen Tag der großen Rechnung.«

»Okay –« Trueslove. »Now, listen. Es ist zwölf fünfundzwanzig. Ich hab ein Appointment für Lunch um Punkt eins.«

»Ich seh sie auferstehn –« Smith, lauter, »eine Armee. Hundertmal schrecklicher wie was auf dem Schlachtfeld gefallen ist. Kinder mit geblähten Bäuchen. Kinder mit eingeschlagenen Schädeln mit Gliedern abgerissen mit blauen Zungen, die heraushängen aus ihrem Mund, so wie man sie aus der Gaskammer gezerrt hat zum Massengrab.«

»Nigger Revivalist«, sagt einer von den MPs zu Trueslove. »Einer von den Niggerpropheten. Ich hab schon früher mal mit sowas zu tun gehabt.«

Schreit Smith: »Kinder vermodert ohne Augen und Würmer tropfen aus den leeren Höhlen. Aber sie werden auferstehn. Das wird der Tag sein für die große Rechnung!«

»Was mich interessiert ist nur«, sagt der andere MP, »kommt er im Guten mit oder nicht.«

Trueslove nur die Achseln gezuckt und tritt aus dem Weg.

Brüllt Smith: »Das wird die große Armee der Gespenster

sein am großen Tag der großen Rechnung. Und da wird kein Unterschied sein zwischen denen was der Nazi massakriert und denen was der Sieger-Befreier mit seinen Bomben zerfetzt hat. Kein Unterschied zwischen deutscher Pest und russischer Pest und westalliierter Pest. Keinen Unterschied wird es machen für einen Soldat von dieser Armee, ob er zu Tod erfroren oder Hungers gestorben ist im Winter der Tyrannei oder in the Winter of Liberation.«

Schüttelt er sich los von der Hand von dem Polizist und brüllt: »Dies irae dies ilia solvet saeculum in favilla!« – lateinisch etwas. Und greift die Ordenspange und Offizierabzeichen was genäht sind an seine Uniform, und ohne ein Wort greift er eins nach dem andern und reißt sie ab.

»Sie sind wahnsinnig« – Trueslove, leise.

Reißt Smith auch noch seine Reverend Galach Kreuze vom Aufschlag, und dazu nicht ein Wort.

»That's better«, der MP. Treten sie beide rechts zu ihm, links zu ihm.

Trueslove noch: »Das ist nicht geschehen. Das darf nicht geschehen sein!«

»Now I'll come quiet« – Smith, heiser. Und zu Jid und Ewa was beide hinter den MPs hereingekommen: »Wo sind die anderen?«

»Alles okay«, sagt Jid. »Machen Sie sich keine Sorgen.« Smith: »Und ihr zwei?«

Sagt Ewa: »Uns gehts großartig.«

Smith: »Tut mir leid, daß ich euch doch noch hab enttäuschen müssen schließlich.«

»Macht nix. Uns passiert nix.« Jids Gesicht klein unter dem steifen Hut. Sagt er noch leis: »Ich hab alles ausgerechnet. Wir machen da eine Bar, und – ein Geschäft mit Mezzies, jedes Stück was man kauft is es eine Okkasion, und – ah, allerlei Verschiedenes, lots of things.«

»Und auch eine Bar«, sagt Ewa. »Mit Schnaps und – und man tanzt – und Schnaps.«

Smith: »Großartig.«

Sagt Jid: »Und der Abort mit Ziehwasser. Es gibt nicht eine zweite Bar mit Abort mit Ziehwasser in dem ganzen beschissenen Land. Man verlangt einen Halbaschilling oder einen Halbasomething von einem jeden als Eintrittsgeld.«

Ewa: »Sag das mit dem Zirkus.«

»Ja. Ich bin noch nicht ganz fertig mit Denken. Ich denk noch nach. Ein Zirkus für Flöh ein Flohzirkus. Prima. Und geht es nicht, können wir natürlich immer zurückfallen auf den Wasserabort.«

Sagt the Reverend Trueslove: »Listen, junger Freund. Aus christlicher Nächstenliebe – kurzum never mind, trotz allem hab ich beschlossen, ich will etwas für Sie tun. Diese paar Häuser da in dieser Gasse, man verhandelt noch aber es kann sein schon morgen gehören sie zum roten bolschewistischen Sektor. Ihr werdet da hier bleiben, nehm ich an. Kommen Sie morgen zu mir, ich bring Sie in Verbindung mit unserem Nachrichtenoffizier. Sie sind clever, geschickt, ich bin sicher er hat für Sie einen Job.«

»Nein, danke.« Jid schaut an ihm vorüber und schaut auf Smith. The Reverend Trueslove: »Ein paar Informationen, das ist alles was unser Nachrichtenoffizier vielleicht von Ihnen will von Zeit zu Zeit. Unsere tapferen russischen Alliierten erfahren davon garantiert nichts. Die Spione von unseren Alliierten sitzen bei uns in jedem Amt. Es ist unsere heilige Pflicht, daß wir uns verteidigen. Das ist Ihre Chance, junger Mann, daß Sie sich moralisch rehabilitieren. Sie beweisen Ihre Dankbarkeit für Ihre Befreiung, indem Sie uns regelmäßig Informationen –!« Sagt er es nicht weiter und wird rot im Gesicht.

Jid ihm nicht geantwortet und schaut durch ihn durch und schaut Smith an.

»Zwölf Uhr zweiunddreißig«, sagt the Reverend P. P. Trueslove of Chicago, sein Gesicht sehr rot.

Sagt Jid: »Smith. Ich hab für Sie ein Geschenk.« Und nimmt ab seine Krawatt.

»Oh, das ist aber sehr, sehr fein von dir.«

»Stalin«, sagt Jid, »Stalin selbst hat nicht eine Krawatt mit genau solche Punkte.«

»Ich bin so gerührt, ich kann dir nicht sagen wie gerührt ich bin. Diese Krawatt werd ich nur am Sonntag tragen wenn ich eine Predigt halt in der Kirche, wenn ich noch Predigten halten darf.«

»Ja« – Jid, leise.

Sagt Smith, mit einer Fröhlichkeit: »Well, ich glaub, ich muß jetzt gehn.«

Ewa, schnell: »Ich muß eine Beichte machen. Gehn Sie nicht, ich hab Ihnen schon drei Beichten gemacht aber noch nicht die.«

»Zum Beichten können Sie nächsten Sonntag in jede Kirche gehn«, sagt Trueslove. »Es ist zwölf fünfunddreißig.«

Sagt Ewa: »Es is eine ganz kurze Beichte. Macht auch nix, wenn die anderen zuhörn.«

Trueslove: »Also, go ahead, schnell – dreißig Sekunden.«

Sagt Ewa: »Immer haben wir alles Essen ausgeteilt wenn was zu essen da war jeder den gleichen Teil you know und alle haben geglaubt auch ich hab den gleichen Teil aber ein Gent ein Officer von der Air Force hat mir eine Schachtel saure Drops gegeben aus der Kantin und die hab ich versteckt und hab den anderen nix gesagt und ich hab immer eins gegessen ein saures Drops in meinem Verschlag jeden Tag eins und manchmal zwei Drops an einem einzigen Tag und hab den anderen nix gesagt und jetzt sind die Drops alle weg und gestern wie ich Ihnen gebeichtet hab da hab ich die Drops nicht gebeichtet weil noch zwei Stück gewesen sind und jetzt sind sie alle weg.«

»Ist das alles?« fragt Smith.

Ewa: »Und vielleicht wär mit den Drops der kleine Bruder vom Kindl gerettet gewesen wie er letzte Woche gestorben is.«

»Mach dir keine Sorgen«, sagt Smith. »Der kleine Bruder vom Kindl kommt wieder.«

Jid: »Was heißt er kommt wieder?«

»Er wird auferstehn! Alle werdet ihr wieder auferstehn.« Macht er sich sanft frei von den MPs und tritt nah zu Ewa und küßt sie auf die Stirn und sagt: »Das ist Gottes Verzeihung. Lebwohl.«

»Lebwohl.«

Sagt Smith: »Fällt mir ein, Jid. Vielleicht ist es meine – meine Pflicht, daß ich es aussprech. Wenn du es wirklich ernst meinst mit deiner Bekehrung –«

Schüttelt Jid den Kopf: »Zu was?« sagt er leise. »Das war für die Schweiz – Jesus Christus ezetera. Aber fürs alliiert besetzte Gebiet?«

Nickt Smith. »Well, then –. Aber ich hätte gern noch –.« Stoppt, schaut sich um wie etwas stört ihn.

Trueslove ist schon hinausgegangen, ungeduldig im Hof geht er auf und ab.

Die zwei Policemen, sie beginnen, daß sie langsam durch den Keller gehn, da heben sie etwas auf dort heben sie etwas auf und legen es wieder hin, disgusted. Der erste bückt sich. »What's this?« Zieht er eine rostige Käsglocke aus Goys Sack. »Mausfalle?«

Der andere: »Mausfalle, ha. Das is eine Form, eine Hutform. Daraus bauen die Natives ihre Hüte hier.« Der andere läßt das Drahtgestell baumeln von seinem Finger.

Sagt: »Schick ich nachhaus.«

»I say« – und dreht sich zu Smith. »Kommen Sie endlich mit?« Nickt Smith. »Gut. Aber ich hätt mich gern von den andern verabschiedet von allen.«

»Allen gehts gut«, sagt Ewa.

»Und dir, Ewa? Und dir?«

»Oh, mir geht es excellent, Smith. Don't worry.«

Sagt Smith: »Ewa! Is da noch irgendwas was du mir sagen willst?«

»Nix«, sagt Ewa. »Nix, Smith. Adieu, Smith. Mir gehts excellent!«

»Ja«, sagt Smith. »Lebwohl.«

Ewa: »Adieu.«

Sie mit Jid allein im Keller, im nächsten Augenblick. Sagt sie noch: »Adieu!«

4

Ewa: »Kindl?«

Jid: »Nein, Smith hat nicht sehen können.«

»Seit wann das Kindl so viel schlechter?«

Jid: »Seit sie Curls weggeführt haben, mit der Vormundschaftsvollmacht.«

Ewa: »Was können sie ihm tun?«

»Curls? Nix. Sie stecken ihn in ein Camp. Rennt er davon. Stecken sie ihn in ein anderes Camp. Der Bowler hat nix gegen ihn, wirklich, er hat nur die Vormundschaft gewollt weil so kriegt er das Haus da, das is seine Filosofie.« Sagt er noch: »Vielleicht schmeißt er uns hier heraus.«

»Nein«, sagt sie, mit einer Leichtigkeit in der Stimm. »Er hat zu mir gesprochen. Er schmeißt uns nicht heraus.« Eine

Stille, dann: »Er hat eine Sammlung sagt er, er ist ein Samm-
ler. Schleichhandelkonservensammlung, weißt du, von jeder
Sorte eine Konserv. In seinem Haus. Ich kann hingehn sie
anschaun, sagt er, morgen nacht.«

»Ja.«

»Er wird uns nicht herauswerfen« – Ewa, mit einer Leich-
tigkeit. Jid, leicht: »Oh, er werft uns nicht.« Sagt er noch:
»Der andere Galach, Trueslove – ich hab seine Brieftasch.«
Zieht er sie heraus. »Das is für dich Ewa ein Geschenk.«

»Großartig.«

»Gehört dir!«

»Das is furchtbar fein von dir.« Macht sie die Tasche auf.
»Nicht viel Geld drin aber macht nix. Zwei Dollar, vier, das is
alles. Was ist das? Papiere, es scheint ein Brief, schau.«

»Zeig her. Es ist eine Rede! Weißt du was das is? Es is der
Tagesbefehl oder wie nennt man das, was er in der Kirche
ausgeben will am nächsten Sonntag.«

»Das is alles, da in der Brieftasch. Aber trotzdem, es is
prima daß du es wieder machen kannst – eine Brieftasch zau-
bern daß sie zu dir fliegt.«

»Ja.« Sonst nix.

Sagt sie noch: »Ah, zeig noch einmal her, da, ja schau, in
der Brieftasch is da noch ein Fach, was hat er da drinnen?«
Zieht sie es heraus. Sagt: »Ein Gummi. Ein Prävesativ oder
wie sagt man das.«

»Ja.«

Sie: »Das is jetzt alles. Aber von dir trotzdem prima.« Da
stehn sie noch immer genau wo sie früher gestanden sind.
Zwei Kids. Sein Gesicht klein unter dem steifen Hut.

5

Ewa, plötzlich: »Da kommt Ate, schau. Mit zwei – sind das zwei Russen? Mit Russen redet sie doch sonst nicht.« Ruft sie herüber zu ihr: »He, Ate!«

Ate durch sie durchgeschaut und sagt überhaupt nix. Sie hat ausgeschaut wie erstarrt. Ihre Augen gefroren. Die zwei Russen was mit ihr gekommen sind, war der eine ein Soldat ein großer freundlicher Mann beinah ein Riese, ein Gewehr hat er, und der andere ein Leutnant, zu alt für einen Leutnant, mit rasiertem Kopf. Er schaut aus wie erschöpft vom Krieg und wenn er sich niedersetzt im nächsten Augenblick schläft er ein. Tausend Kilometer Siegen und Vormarsch und wieder Siegen und wieder Vormarsch, davon is die Müdigkeit hereingeschrieben in sein Gesicht. Schaut sich um, sagt einen Befehl auf russisch, nimmt der Soldat sein Gewehr ab. Ate mit blauen Eisaugen zu ihm genickt, gehen sie beide heraus durch die Hintertür. Nur der Leutnant zurückgelassen ganz allein.

Kommt er freundlich näher zu Ewa und Jid und sagt: »Guten Morgen, Bürger, wer is da bei euch die verantwortliche Person? Sie? Sind die Amerikaner schon dagewesen das Haus übernehmen, nein? Muß ich mich wundern. Vor fünf Minuten in der Kommandantura bei den Besprechungen ist es ihnen wieder einmal gelungen, diese Seite von der Straße hat man ihnen zugesprochen ohne Rücksicht darauf daß ursprünglich –!« Zieht er eine Landkarte heraus und schlagt sie auf, er ist so bitter er muß es sagen. »Hier, bitte, die offizielle Generalstabskarte, ziehn Sie eine gerade Linie von der Brücke hier nach dort zum Musikpavillon im Stadtpark, die Amerikaner haben Anspruch auf das was westlich ist von dieser Linie, und dieses Haus da ist genau hier! Also gerade noch östlich! Das sieht ein Blinder! Aber unsere edlen amerikanischen Alliierten bestehen trotzdem auf den drei Häusern da!«

Jid: »Ja.«

Der Leutnant: »Bürger, Sie schauen auf die falsche Stelle, können Sie keine Karte lesen, hat man keine Bildung in diesem Land?«

»Nein«, sagt Ewa.

Faltet der Leutnant müde die Karte zusammen und steckt wieder ein. »In unserem Land, in Ihrem Alter, mit richtiger Schulbildung –.« Dreht er sich zu Jid. »Warum habt ihr nicht Partisanentätigkeit organisiert hinter den faschistischen Linien? Ihr hättet die Fabriken retten müssen. Die optische Industrie!«

»Ja.«

Der Leutnant: »Alles was die Amerikaner uns lassen in dieser Straße ist das Hohenfelspalais ganz hinten an der Ecke. Als Klubgebäude für unsere höheren Offiziere. Ich bin eben dort gewesen. Leer! Nicht ein Stuhl, nicht ein Fenster zu schließen, nicht ein funktionierender Wasserhahn. Ausgeräumt! Eine bewußte Provokation und Beleidigung.«

Ewa: »Ja.«

Der Leutnant: »Wir, wir nehmen nicht, wir geben. Können Sie den Unterschied nicht sehn? Es wäre unser Recht daß wir eure Kartoffellager beschlagnahmen, es sind deutsche Kartoffeln. Aber wir geben euch fünfzig Prozent davon als ein Geschenk.«

Jid: »Fein.«

Der Leutnant: »Könnt ihr uns denn nicht verstehn? Mörder unter euch, deshalb haben wir euch besiegt, aber wir hassen euch nicht wir lieben euch. Nur, Liebe muß sein mit Gerechtigkeit. Und Gerechtigkeit – vielleicht zu schwer für euch zu verstehn, Bürger – Gerechtigkeit ist Gedächtnis. Wir dürfen nicht vergessen, unter euch waren die Mörder. Und wir dürfen nicht vergessen, daß einen Steinwurf von hier – eine, wie soll ich sagen? – eine demütigende Verkettung, daß gewisse Leute heute unsere Alliierten sind. Wir müssen euch und uns vor ihnen schützen. Daß wir um eure Seelen ringen, gegen ihre Propaganda, das ist aus heiligem Selbsterhaltungstrieb! Vielleicht würde es sogar unsere sozialistische Pflicht sein –.« Unterbricht er sich. Dann mit Kummer: »Aber ihr versteht mich nicht.«

»Nein« – Ewa.

Sagt er: »Warum seid ihr verstockt? Warum helft ihr uns nicht euch helfen? Das mit den Kartoffeln wo wir euch die Hälfte schenken, das hab ich schon gesagt. Wir bauen auf! Oder das Rotarmistbefreierdenkmal, es ist das Geschenk von Genosse Stalin für eure Stadt! Die Fußbrücke über den Kanal, die Eröffnungsfeier ist nächste Woche. Oder die Kartoffeln habe ich schon erwähnt. Alles für euch. Aber wenn unsere Alliierten –.« Unterbricht sich und horcht, sein Gesicht müd und angespannt, so horcht er, es ist etwas ein Hämmern dort hinten draußen wo sein Soldat mit Ate verschwunden ist. »Aber wenn«, sagt er weiter, »wenn unsere edlen sogenannten Alliierten sich einbilden sie können uns beleidigen mit totalem Ausräumen von dem Haus was für den Klub für unsere höheren Offiziere ist –!«

Unterbricht sich wieder. Der Soldat wieder da, und tragt unterm Arm einen Abortsitz, und auf seinen breiten Schultern tragt er einen ganzen Abort. Ate hinter ihm, wie erfroren. Nickt der Leutnant nach ihr und sagt: »Man muß bedauern, von euch sechs ist nur eine genug aufrichtig gewesen daß sie uns informiert hat es existiert hier diese Ziehwasserbequemlichkeit.«

»Ja« – Jid.

Der Soldat inzwischen mit schwerem Schritt durch den

Raum gequert und heraus in den Hof, wahrscheinlich steht dort ein Karren.

»Bürger«, sagt der Leutnant und schaut plötzlich sehr müd aus, »steht nicht so da, ich mach euch ja doch keinen Vorwurf. Aber wacht auf! Wohin schicken wir diese Ziehwasserbequemlichkeit? Hinüber in den Klub für unsere höheren Offiziere die euch befreit haben und der Amerikaner hat das Haus ausgeraubt. Könnt ihr denn nicht verstehn, habt ihr denn überhaupt keine Dankbarkeit, warum seid ihr verstockt? Oder kann auch sein wir schicken es weiter hinten in das gebombte Krankenhaus, was doch sein kann einen von diesen Tagen liefert man euch selbst ein in dieses Krankenhaus, und die Bequemlichkeit dort erkennt ihr wieder zu eurem Stolz es ist die von euch! Noch nicht genug? Dann vielleicht reißt es euch aus eurer Stumpfheit wenn ihr euch ausmalt in eurer Fantasie, diese Bequemlichkeit reist und reist und kann sein – wer weiß? Kann sein man montiert sie am Ende im großen neugebauten Arbeiterklub im zerstörten Stalingrad!«

Schaut sie an und wartet auf eine Antwort. Zuckt die Achseln, traurig man versteht ihn nicht, und dreht sich noch einmal und nimmt eine Blechschachtel heraus und mit Zögern hält er ihnen hin. »Papyross? Zigarett?« Dann: »Nein?«

Zuckt die Achseln, steckt wieder in die Tasche traurig und geht hinaus.

Steht nur Ate noch, mit Eisaugen. »Ich hab es ihnen anzeigen müssen, nicht wahr?« Sagt sie ohne Ton. »Sie sind die Obrigkeit. Ich bin immer schon überall die Beste gewesen.«

Weg, fort, hinter dem Russen, es ist wie sie geht im Schlaf.

6

»Ja«, sagt Jid leise.

Sagt Ewa: »Damit hat sichs. Aus.«

Steht Jid da beweglos. »Aber er hat recht. Ich hätt die Faschisten weghalten sollen von der optischen Industrie!«

Sagt Ewa: »Damit hat sichs. Kein Abort – keine Bar.« Schaut zum Fenster heraus.

»Goy geht fort mit den Russen. Laßt er das Kindl allein?«

»Um das Kindl mußt du dir nicht mehr Sorgen machen«, sagt Jid, mit einer Leichtigkeit in der Stimm.

»Goy nimmt den Hund mit. Was will er mit dem Hund?«

Jid – nix.

Sie: »Was redst du nicht? Da is immer noch ich und du.«

»Ja.«

»Ich kann professionell gehn, mit Büchel.«

Er: »Oder Flohzirkus. Prima.«

»Oder ich professionell und du beschützt.«

»Ja. Oh ja.«

»Jid«, sagt Ewa. »Was tun sie an uns?«

»Nix«, sagt er. »Nix.«

Sein Gesicht klein unter dem steifen Hut. Steht er da und horcht. Etwas eine Musik eine Melodie. Eine Drehorgel irgendwo.

Wie der Gent mit der Zigarr heruntergegangen ist am nächsten Tag daß er sich das Haus anschaut weil er ja doch der Vormund von dem Sohn vom Besitzer ist, liegt in dem Keller dort eine Leich. Ist es ein Mann was früher bei der SS gewesen ist, man heißt ihn der Bäcker. Er war scheint es in der Nacht dort herunter, mit einem Revolver er war so schicker. Vielleicht eine Schickse was ihn dort interessiert hat. Dann hat ihn wer gestoppt.

Auch ein totes Kind ist dort gelegen in einem Handwagen zugedeckt mit einer Zeitung. Aber es war nur einfach tot, nur einfach gestorben wie Kinder tun.

Niemand sonst in dem Keller, wie der Gent mit der Zigarr heruntergekommen ist.

Nachwort

Lust und Laster der Pointe

von Ulrich Weinzierl

Der schmale, binnen dreier Monate [Stad, 236] auf englisch geschriebene, 1946 in London herausgekommene Roman »Children of Vienna« war ein Hilferuf Robert Neumanns an die internationale Öffentlichkeit. Es ist ein fiktives Vienna, wie Neumann in einem Vorspruch betonte, »anywhere east of the Meridian of Despair.« Die Botschaft, heißt es da weiter, richte sich an »men and women of the victorious countries. It was written for the sake of the children of Europe« [ChoV, 5]. Der Ruf wurde gehört – vor allem in Großbritannien und in den USA. Lion Feuchtwanger versicherte Neumann, es sei »das Beste«, was er geschrieben habe. »In seiner schauerlichen und grotesken Bitterkeit erinnert es an Swift oder häufiger an Grimmelshausen. Ich bin sicher, daß es unter den Büchern unserer Zeit eines der wenigen ist, von denen man noch nach uns sprechen wird.« [Wag, 245]. Bald erschienen mehrere Übersetzungen, die deutsche – 1948 bei Querido in Amsterdam – nennt Franziska Becker als Übersetzerin, Neumanns damalige Ehefrau »Rolly«. »Kinder von Wien« wurde in Österreich, ohnehin spärlich wahrgenommen, in Grund und Boden verdammt: Am 6. Mai 1948 wetterte das »Organ der demokratischen Einigkeit« »Neues Österreich« wider die

»Überfülle von Widerwärtigem«, die »abwegige, oft auch ab-
stoßende und unappetitliche Diktion«, schäumte über eine
völlige, böswillige Verzeichnung: »Es geht nicht an, daß
Österreich widerspruchslos ein Buch akzeptiert, das für das
Land, für die Stadt, ihr millionenfaches Blutopfer und die
jahrelange Bitterkeit gequälter Menschen nichts anderes
übrig hat als ein zynisches Kaleidoskop.« [NÖ48] Die heute
abstrus anmutende Stimme des staatstragenden, von Christ-
demokraten (ÖVP), Sozialisten und Kommunisten heraus-
gegebenen »Neuen Österreich« ist nichts als die eines akade-
misch gebildeten »Herrn Karl« – typisch für den Opfermythos
der Zweiten Republik, typisch auch im kaum verhohlenen
Ressentiment gegen Juden und Emigranten, die doch keine
Ahnung hätten, was man daheim alles mitgemacht habe,
während sie sich ja im feindlichen Ausland herumzutreiben
beliebten …

Einen Ansatzpunkt, die »Fabelstadt« mit dem realen Wien
zu identifizieren, boten einige topographische Bezeichnun-
gen – Donau, Stefansturm, Rotenturmstraße, Döbling –, die
sowohl im englischen Original als auch in dieser ersten deutschen Übersetzung noch enthalten waren. In der sprachlich
grundverschiedenen, von Neumann selbst besorgten deutschen Fassung vom September 1974, seiner letzten Buch-
publikation, fehlen sie. Im Mai war bei ihm ein – damals fast
durchweg letales – Tonsillarkarzinom diagnostiziert worden.
Nach einer Strahlentherapie in Bern übersiedelte das Ehe-
paar Robert und Helga Neumann Ende November nach
München, weil sie sich dort bessere Behandlungsmöglich-
keiten erhofften. Auch diese Eigenversion – Neumann hatte
eine Kunstsprache aus Jiddisch, Gaunerrotwelsch und ame-
rikanischem Slang geschaffen, ein »Displaced Persons«-Idiom
– wurde abgelehnt. Der Stil, urteilte Martin Gregor-Dellin
in der »Frankfurter Allgemeinen Zeitung«, wachse sich »all-

mählich zum Unerträglichen« aus, und auch sonst stimme es hinten und vorn nicht, glaubte er aus persönlicher Erfahrung die Fiktion korrigieren zu müssen [FAZ 74]. 1980, bei Gert Ueding, war dasselbe Buch (in einer Neuausgabe mit einer Einführung der Kinderbuchautorin Christine Nöstlinger) [KvW79, 5–11] wiederum in der FAZ plötzlich »ein Stück großer Literatur« [FAZ 80], und das ist es in der Tat.

Einige Kinder hausen in einer Kellerruine: Da sind der gerissene Schleichhändler Jid aus dem KZ, der blonde Goy aus einem Kinderverschickungslager und der siebenjährige Curls, »Besitzer« der Ruine. Ewa, etwa 15 Jahre alt, betreibt Gelegenheitsprostitution, ihre Freundin Ate war BDM-Führerin und spricht auch noch so. Alle kümmern sich um das »Kindl« im Babywagen, ein winziges Mädchen mit Ballonbauch. Der schwarze Reverend Hosea Washington Smith aus Louisiana, zufällig in dieses gemütliche Inferno geraten, versucht die Kinder aus ihrem Elend in die Schweiz zu retten. Er scheitert.

Das ist die ganze Geschichte – zugleich eine krude, verzweifelt radikale, eine beklemmende Parabel über die Zerstörung des Menschen durch Krieg und Faschismus. Alles ist danach kaputt und verdorben – auch die Sprache. Und eben das wurde einst als unerträgliche Provokation empfunden. Goethes Deutsch wenigstens, so die Lehrmeinung, habe Niedertracht und Grausamkeit der Nazidiktatur unbeschadet überstanden. In Neumanns »Die Kinder von Wien« ist hingegen die moralische Katastrophe einer Epoche Sprache geworden. Der Pädagoge Hartmut von Hentig hat dieses Buch als »Gedankenexperiment« gepriesen, »über Fragen wie: Was ist Schuld? Wie kommt sie in die Kinder? Ist ihre Lebenskraft nicht die Amoral? Und wenn das so ist, was ist zu tun? [Hent, 291].

Robert Neumann konnte das nicht mehr lesen. Er war am

3. Januar 1975 im 78. Lebensjahr gestorben. Wie wir erst 2007 erfahren sollten: durch eigene Hand. »Die Kinder von Wien«, schrieb Hartmut von Hentig, »als Abschied, als letztes Wort von und über Robert Neumann – neumannscher hätte er es weder für seine Freunde noch für seine Feinde machen können.«

Mehr als 30 Jahre danach ist Neumann weitestgehend unbekannt. Wem sagt das »Neumannsche« überhaupt noch etwas? Die Mischung aus Witz und Spott und Angriffslust, die Sprachmaskenvirtuosität eines heimlichen Moralisten? Gar nicht zu reden von seinen spärlichen Freunden und zahlreichen Feinden.

Diese Art Tessiner Nachbarschaftsliebe hatte mich immer schon interessiert: »Der See ist trüb, die Luft ist rein / Hans Habe muß ertrunken sein.« Apokryphe Verse von Robert Neumann. Andere Versionen lauten: »Das Wasser stinkt ...«, beziehungsweise »Es stinkt der See ...«. Meine, die erste, ist zweifellos logischer und poetischer, wahrscheinlich kommt sie dem Original am nächsten.

Mein Verhältnis zum Schriftsteller Robert Neumann (1897–1975), den ich naturgemäß nicht persönlich kannte, war eines der erheiterten Bewunderung. Selbstverständlich sind mir viele seiner buchstäblich klassischen Parodien vertraut gewesen – wer sich mit Alfred Polgar beschäftigt, der kommt an Neumann nicht vorbei. Zudem arbeitete ich nach meinem Germanistikstudium im Wiener »Dokumentationsarchiv des österreichischen Widerstands« (DÖW), wo ich die Exilsammlung betreute. Das DÖW besaß und besitzt Teile von Neumanns Nachlaß, darunter eine Menge Bücher und vor allem Kopien von Briefen und Dokumenten. Der Gründer und damalige Leiter des Archivs, Herbert Steiner, hatte Neumann in der Emigration kennengelernt. In den Beständen fand sich auch, was in einer anständigen, musealen Sammel- und Forschungsstätte nichts verloren hat: die Nummer 28 vom 6. Juli 1972 der bedeutenden Zeitschrift »Die Nachrichten« mit dem Aufmacher »Privatsekretär des Bestseller-Autors Hans Habe behauptet: Sex-Orgien in der Traumvilla«. Verschärft war der gesperrte Akt durch einen der angeblich 14 von besagtem Privatsekretär im Auftrag seines Dienstgebers angefertigten Schnappschüsse Habes und zugehöriger Damen in einschlägigen, äußerst freizügigen Posen. Der Sekretär, offenkundig im Unfrieden von seinem Arbeitsplatz geschieden, hat das Konvolut deutschen Zeitungsredaktionen angeboten, keine wollte das heikle Material drucken. Immerhin ging es um die Glaubwürdigkeit des beglaubigten Sexualmoralapostels Habe, eines Vorkämpfers wider alles Schweinische. Mir hat das pornographische Foto gefallen, Hans Habe – zur Zeit der Aufnahme schon ein reiferer Herr – musste sich für seine Darbietungen wahrlich nicht genieren. So wurden mir die guten Stücke geschenkt. Nachdem das Bildnis einen Ehrenplatz auf meinem Schreibtisch eingenommen hatte, wanderte es irgendwann in eine Schublade: Auch an Kuriosa kann man sich satt sehen. Vielleicht sollte ich die Kostbarkeiten eines Tages unentgeltlich der Hans Habe Stiftung mit Sitz im schweizerischen Lachen zur Verfügung stellen.

Ein anderes Streiflicht meiner durchaus einseitigen Beziehung: Ich saß im Benützerraum des DÖW und studierte Neumanns Memoiren »Ein leichtes Leben« (1963). An einem Tischchen vor mir: Franz West, ehemaliger Emigrant und danach Chefredakteur des Zentralorgans der KPÖ »Die Volksstimme«, der sich längst von der Partei getrennt hatte und – wie manch anderer Widerstandskämpfer und Exilant – als Pensionist für das Archiv tätig war. Gegen Schluß des Buches, Neumanns Erlebnisse und Aktivitäten in London während des Krieges betreffend, konnte ich das Lachen nicht unterdrücken. Denn da las ich über die politische Dachorganisation der österreichischen Emigration in Großbritannien, das – genauer betrachtet – kommunistisch dominierte »Free Austrian Movement«: »Nur die Sozialdemokraten standen spielverderberisch abseits. Nicht so die Habsburgischen Monarchisten. Seine Majestät der Kaiser Otto [d. i. Otto von Habsburg] war den österreichischen Kommunisten beinahe ebenso teuer wie Stalin selbst. Nun, und dann kam jene Vierteljahrhundertfeier der österreichischen Revolution [das war 1943], und Festredner waren erstens ich und zweitens ein schlanker Mann mit geöltem Schwarzhaar und einem Hitler-Schnurrbärtchen. Er hieß, glaube ich, Wasserdrilling oder so ähnlich, nannte sich aber damals West [...]. West sprach herrlich, ganz im monarchistischen Sinne. Ich selbst erzählte einfach meine Erinnerungen, und auf meinen Bericht von dem unheroischen Zustand, in dem ich damals dem Sturz der Habsburger zugejubelt hatte, folgte ein eisiges Schweigen. Am nächsten Tag bekam ich einen offiziellen Protestbrief, gemeinsam unterzeichnet, Schulter an Schulter, von Vertretern der Kommunisten und Monarchisten Österreichs.« [EIl, 561 f.] Zugegeben, West hieß ursprünglich nicht Wasserdrilling, sondern Weintraub. Aber immer noch hatte der vor mir Sitzende – nunmehr Anfang siebzig – schwarzes, sicherlich längst gefärbtes Haar. Und, das wußte ich historisch verbürgt: Die von Neumann so schräg geschilderten politischen Verhältnisse, die seltsame Eintracht von tiefroten Kommunisten und schwarzgelben Kaisertreuen in puncto österreichischer Nation, all das entsprach den Tatsachen.

Ein Drittes: Die Tochter des Präsidenten der Arbeiterbank Jacques Freundlich, die Wiener Journalistin und Erzählerin Elisabeth Freundlich (1907–2001), ist sowohl im Exil in Frankreich als auch in dem in den USA publizistisch ungemein aktiv gewesen, eine Kulturpatriotin der ersten Stunde. Sie war eine große Verehrerin Robert Neumanns. In der Festschrift zu Neumanns 60., »Stimmen der Freunde. Der Romancier und sein Werk«, ist ihr Beitrag – eine hymnische Analyse der Neumannschen Romane – der umfangreichste. [SdFFr, 63–131] Die Verehrung schloß Opferbereitschaft ein: Als Neumann verwitwet mit seinem kleinen Sohn Michael in Locarno-Monti hauste, reiste Elisabeth Freundlich von Wien an, um dem überforderten Vater beizustehen und während dessen vorübergehender Abwesenheit das Kind zu hüten. In Neumanns Erinnerungen taucht sie bloß mit Vornamen auf, ist indes die einzige, die nicht einmal von einem Hauch seiner gefährlichen Spottlust gestreift wird: »eine kleine Frau wienerisch-jüdisch-großbürgerlicher Art, über-temperamentvoll, über-beredt, auch über-gebildet [...]. Was für eine noble, gescheite, begabte Frau – Elisabeth.« [ElL, 521, 522] Zu Ehren von deren 80. Geburtstag gab es 1987 in einer geräumigen Wohnung der Wiener Josefstadt eine Einladung, wohl finanziert von Elisabeth Freundlichs geschiedenem Mann, dem Philosophen Günther Anders. Ich entsinne mich eines weiteren Gastes, gleichfalls herabgestiegen vom Fixsternhimmel des Denkens und der Gelehrsamkeit: des Literaturwissenschaftlers Hans Mayer. Und seltsamerweise auch der Ehrfurcht gebietenden Erscheinung eines weiß behandschuhten Dieners, der Getränke und Häppchen servierte. So elegant hatte ich mir nicht einmal gehobenes linksintellektuelles Milieu vorgestellt: auch das eine zauberische, auf Dauer einprägsame Begegnung mit der Welt von gestern.

Elisabeth Freundlich und Mayer ermunterten mich, eine Biographie des zu Unrecht halb vergessenen und ganz unterschätzten Literaten Neumann zu schreiben. Ich vermochte es weder ihm noch ihr als Geburtstagsgeschenk zu versprechen, sagte jedoch zu, wenn es sich irgendwie ausginge, über das Projekt ernsthaft nachdenken zu wollen. Es ging sich nicht aus. Aber das Angebot zwei Jahrzehnte danach, ein Neumann-Porträt zu versuchen, konnte ich auch deshalb nicht ablehnen, weil ich mir einer Art Unterlassungssünde bewußt war. Außerdem brauchte die Biographie Neumanns jetzt nicht mehr im Detail erarbeitet zu werden, sie war – von Hans Wagener – im Wilhelm Fink Verlag schon angekündigt.

Nach intensiverer Beschäftigung mit Robert Neumann und seinem Œuvre muß ich gestehen: Ich bin froh, die vage Zusage von anno dazumal nicht eingehalten zu haben. Mein idealisiertes Neumann-Bild, es verdankte sich recht lückenhaften Kenntnissen, wäre an den überprüfbaren Fakten peinsam zuschanden geworden. Solche Enttäuschung erzeugt oft Bitterkeit gegen den Idealisierten – und die hätte er keinesfalls verdient. Robert Neumann bleibt – auch für mich – ein glänzender Autor mit genialischen Zügen, der unerreichte Parodist deutscher Zunge, ein politischer Publizist und Polemiker von außergewöhnlichem Rang und nicht zuletzt einer der amüsantesten, geistreichsten Zeitgenossen des 20. Jahrhunderts. Daß Abstriche in seiner Einschätzung, Relativierungen nötig waren, eher unangenehme Charakterzüge hervortraten, versteht sich im Grunde von selbst. Derlei überrascht nur Naive – wie auch ich einst einer war. Der Mann in seinem Widerspruch ist faszinierend wie eh und je.

Geboren wurde Robert Neumann am 22. Mai 1897 in Wien als Sohn des Bankbeamten Samuel (Jakob) Neumann und von dessen Gemahlin Josephine (Perl Gitl) Pilpel. Er hatte zwei Geschwister: die um sieben Jahre ältere Schwester Viola und die um ebenso viel jüngere Gertrud. Samuel Neumann brachte es immerhin bis zum Direktor-Stellvertreter und »Kaiserlichen Rat«. Kapitalistische Assoziationen, die sich mit dem Begriff »Bankdirektor« verbinden (der Sohn verwendete ihn oft), sind jedoch unangebracht. Von Luxus keine Rede – es herrschte ein bürgerlicher, nicht großbürgerlicher Lebensstil des stillen, bescheidenen Familienernährers, der eine ökonomisch wichtige Hintergrundfigur der k. k. österreichischen Sozialdemokratie war, befreundet mit deren Gründer Victor Adler. Die Matura (das Abitur) erwarb Robert Neumann wegen des Ersten Weltkriegs vor der Zeit. Seine Behauptung, der Herr Papa habe sich verpflichtet, ihm ein eigenes Kavalleriepferd für ein k. u. k. Dragonerregiment zu Verfügung zu stellen, ist – wie einiges sonst – aus der Luft gegriffen. Auch bei Neumanns farbenfroher Familiengeschichte bis hin zurück ins 15. Jahrhundert, einem veritablen »Schicksalsteppich« [EIL, 253], scheint Vorsicht angebracht: Auch das mehr Dichtung als Wahrheit. In bezug aufs Militärische läßt sich feststellen: Robert Neumann war an keinerlei Frontkämpfen beteiligt, sondern untauglich wegen eines sogenannten Sportlerherzes, das ihm sein leidenschaftliches, mit Athletenehrgeiz betriebenes Schwimmen eintragen hatte. Neumann studierte Medizin und, darauf legte er besonderen Wert, er hörte Vorlesungen bei Sigmund Freud, weshalb er sich – ebenfalls sehr übertrieben – als Freud-Schüler verstand. Die einzige Folge der unvollendeten ärztlichen Ausbildung: Sein Hang zur Hypochondrie hatte dadurch üppige, terminologisch fundierte Nahrung gefunden. Abenteuerlich mutet Neumanns Wechsel zum Studium der Germanistik an – er wählte den Umweg über die Chemie an der philosophischen Fakultät, so daß der Studiosus angeblich schon nach einem Semester mit seiner Dissertation beginnen konnte. Daß er 80 Seiten zum Thema »Heine und der Dilettantismus« verfertigt habe – das Manuskript sei nachher von der Gestapo beschlagnahmt worden –, ist aller Wahrscheinlichkeit reine Erfindung. Unter dieselbe Rubrik fällt wohl die von Neumann gerne erzählte Anekdote, er habe in revolutionärer Gesinnung mit Franz Werfel den »Wiener Bankverein« gestürmt [ElL, 359; VdH, 369 f.]. Echt hingegen waren seine literarischen Ambitionen und der – von ihm rückblickend bedauerte – jugendliche Größenwahn. 1919 erschien ein Bändchen »Gedichte«, von dem insgesamt 37 Stück abgesetzt wurden, was den Dichter nicht hinderte, von seinem verblüfften Verleger allen Ernstes die Herstellung einer Luxusausgabe zu fordern [Wag, 24].

Zu dieser Zeit war der junge Mann – in erster von vier Ehen – bereits verheiratet (mit Stefanie Grünwald), 1921 kam sein Sohn Heinrich Herbert (Heini/Henry) zur Welt. Vom überaus seriösen, skrupulösen Großvater Samuel (Jakob), der seine Ressourcen in Kriegsanleihen verloren hatte, war keine Unterstützung zu erwarten. Also stürzte sich Robert Neumann zur Versorgung der Seinen in den Trubel der Inflation: Er begann seine Laufbahn als Hilfsbuchhalter des Bankhauses Gartenberg & Co. [Wag, 26] und beendete sie mit dem Konkurs einer von ihm aufgebauten Lebensmittel-Importfirma. Als sein Vater die luxuriösen Büroräume und die frisierten Bücher inspiziert hatte, meinte er resigniert: »Meine Herren, Sie sollten alle im Gefängnis sitzen.« [Wag, 28]. Das Memoiren-Kapitel »Über meine Karriere als Finanzgenie« [ElL, 339–355] würde, juristisch und nach heutigen Maßstäben als Geständnis bewertet, für einen ordentlichen Eintrag im Strafregister reichen. Aber der Autobiograph Neumann, darum ist er so schwer zu fassen, pflegte sich nun mal im Sinne eines Schelmenromans zum Negativhelden zu stilisieren. Waren andere bereit, ihre Großmutter für eine gelungene Formulierung zu verkaufen, tat er desgleichen auf eigene Kosten: Er machte sich, so gut es ging, schlecht. Hauptsache, er konnte sich witzig präsentieren. Und Selbstironie ist schließlich die beste Verteidigungsstrategie gegen Angriffe von außen. »Es ist«, wird er in seinem

Tagebuch »Vielleicht das Heitere« konstatieren, »englische Wohlerzogenheit und Erzähler-Weisheit in einem, alles über sich gegen sich zu berichten.« [VdH, 394] Jedoch war Neumann ohne Zweifel eine Spielernatur, und seine Erfahrungen in zwielichtiger Finanzwelt wußte er produktiv zu nutzen. Im Inflationsroman »Sintflut« gehören die Börsenabschnitte zu den überzeugendsten Partien. Wie er des öfteren mit geglückter Prosa verfuhr, integrierte er auch diese Stellen bedenkenlos in spätere Werke, etwa in den unter verschiedenen Titeln publizierten Roman »Struensee« (1957 als »Herrscher ohne Krone« mit O. W. Fischer verfilmt). Wohlwollende würden von Collagentechnik sprechen, minder Wohlwollende ihm die Neigung zur Mehrfachverwertung ankreiden. Bei der Abfassung der Biographie des Waffenmagnaten und -schiebers Sir Basil Zaharoff, einer Mischung aus sarkastisch abfälligem Sachbuch und Roman, kamen ihm seine Intimkenntnis und sein gebanntes Interesse ebenso zustatten. Trotz allem Abscheu vor dem Börsenhai und Gentleman-Kriminellen und trotz den von dessen Anwälten in London angestrengten Prozessen verspürte er offenbar eine innere Nähe, von Abenteurer zu Abenteurer: »Welch ein Übermaß an zielgerichteter Raffgier, brutaler Verschlagenheit, leidenschaftlicher Herzenskälte und herzkalter Leidenschaft! Ein rauschhaftes, ein berauschendes, ein königlich zur Neige getrunkenes Leben – wenn es uns gestattet wäre, solch ästhetenhaften Maßstab daran zu legen.« [Wag, 62]

Doch das ist ein chronologischer Vorgriff – auf die Phase, als sich Robert Neumann auf dem Markt etabliert hatte. Der Weg bis dahin war beschwerlich. Es hing nicht zuletzt mit seiner Auffassung vom Schreiben und seinem Literaturverständnis zusammen: Thomas Manns stilistische Meisterschaft beeindruckte ihn über Gebühr, mit neumodischem Expressionismus und Sprachzertrümmerung konnte er nichts anfangen, die damals aktuelle Richtung wurde sogar sein Feindbild. Literarhistorisch gesehen wirkte er – ein selbsternannter »Bewahrer der Flamme der Tradition« [Par, 561] – schon als Anfänger antiquiert: Robert Neumann als neuer, um eine Generation verspäteter Thomas Mann, das war von vornherein zum Scheitern verurteilt.

Dank der Vermittlung des älteren Kollegen Ernst Lissauer (dessen chauvinistischer »Haßgesang gegen England« 1914 verschaffte ihm die zweithöchste preußische Auszeichnung, den Roten Adlerorden, und fatale Unsterblichkeit) stand er in Kontakt zum Stuttgarter Verlag Engelhorn. Dort lagen zwei fertige Bände Neumanns, der Boccaccio bis hin zur Imitation verpflichtete Novellenkranz »Die Pest von Lianora« und die Parodiensammlung »Mit fremden Federn«, die zuvor – prahlte Neumann – von 16 Verlegern abgelehnt worden war. Da er auf bürgerlich-künstlerische Weise sich partout kein Auskommen zu sichern vermochte, stach der erfolglose Literat sogar in See – allerdings nur für mehrere Wochen als Frachtaufseher auf einem Handelsschiff. Bei seiner Rückkehr, berichtet die von ihm in Umlauf gesetzte Fama, war er ein gemachter Mann: »Mit fremden Federn« hat jedenfalls sofort bei Publikum und Kritik eingeschlagen, der 30 Jahre alte Verfasser war »Besitzer eines frühgeborenen Ruhms oder Rühmchens« [ElL, 332]. Thomas Mann, eines der »Opfer«, teilte Neumann mit, man habe bei der Lektüre im Familienkreis »Tränen gelacht«: »Ihr Buch, das von witzigster Kunst strotzt, wird großen Erfolg haben oder hat ihn wohl schon.« [Wag, 37] Der Prophet hat recht behalten. Was Neumanns Parodien unter den herkömmlichen auszeichnete, war sein außergewöhnliches Talent, »andere Personen zu ›impersonieren‹, eine schauspielerische oder hochstaplerische Begabung im Grunde. Und auch die Steigerung des Charakteristischen ins Absurde, die Zerstörung von innen her, die Fünfte Kolonne der Aggression, hatte nie gefehlt [...]. Umgesetzt in die Literatur und geladen mit dem Sprengstoff meines Ressentiments, ergab das mein erstes Bündelchen Parodien. Was sie von anderer Leute Parodien unterschied, war ihr Un-Humor, ihre magische Grausamkeit (die Grausamkeit des Märchens), ihre Entschlossenheit, nicht zu verulken, sondern ins Herz zu treffen.« [Par, 561] Der Umfang der von Neumann geborgten Sätze rechtfertigt sich durch die Qualität: Der Praktiker der Parodie Neumann hatte auch in der Theorie (»Zur Ästhetik der Parodie«) Bedenkenswertes zu sagen.

Das Problem eines jeden Parodisten: Die Kunstform Parodie vergeht mit dem Parodierten, weil sie von ihm lebt. Kennt das Publikum den verspotteten Schriftsteller nicht mehr, geschweige denn dessen Eigenheiten, die thematischen und verbalen Manierismen, verpufft sie ins Leere. Die Namen Ernst Zahn, Richard Voß, Rudolf Stratz, Josef Winckler, Joseph Eckerskorn, Otto Hauser, Maurice Dekobra und Rudolf Presber sind uns seit langem weniger als Schall und Rauch: Sie sagen uns gar nichts. So verhält es sich auch mit den Parodien auf sie. Ausnahmen sind dennoch möglich: Kaum jemand hat heute Hedwig Courths-Mahler oder Nataly von Eschstruth gelesen, aber unsere Vorstellung davon ist klar genug, um die karikierende Imitation genießen zu können. Eine weitere Variante des unfreiwilligen postumen Nachlebens wäre das entlarvende Zitat, die von Karl Kraus erfundene und perfektionierte Methode, Texte und damit deren Urheber wie tote Schmetterlinge aufzuspießen und zu Demonstrationszwecken ihrer natürlichen Vergänglichkeit zu entziehen. Das überzeugendste Beispiel aus Neumanns Produktion: dasjenige des militaristischen Naziautors Edwin Erich Dwinger [Par, 359–362].

Robert Neumann verhehlte nie: Ressentiment und Häme, ja Haß, waren wichtige Triebfedern, »Mit fremden Federn«

zu schreiben oder – so der Titel des Fortsetzungsbandes –
literarisch »Unter falscher Flagge« zu segeln. Die gütige Parodie ist ein innerer Widerspruch. Trotzdem hat er auch und
gerade dann höchstes Niveau erreicht, wenn sein – und der
Leser – Lustgewinn aus der unübertrefflichen Präzision der
Diagnose resultierte. Neumanns Definition der Lyrik seines
Freundes Erich Kästner – er hatte nicht viele Freunde –
grenzt ans Wundersame: »Halb ein Bürgerschreck und halb
ein erschrockener Bürger / dichte ich mich leicht frierend
durch das Menschengewühl.« [Par, 252] Kästner bedankte
sich artig für diese Formel: »... das, lieber Robert, war mei-
sterhaft und Maßarbeit!« [SdFKä, 36] Wie hatte doch
Thomas Mann in seinem Todesjahr auf die Zusendung fri-
scher Parodienernte reagiert? »... ich habe wieder gestaunt
über die Genialität komischer Einfühlung, die sich in der
neuen Sammlung offenbart. Es gibt dergleichen nicht zum
zweitenmal und hat es wahrscheinlich nie gegeben. Eine Art
von mimischer Kritik ist das, die ich mir als Produkt der
Reizbarkeit erkläre und also des Leidens – sooft sie bloß als
Lustigmacherei aufgefaßt werden mag.« [HP, 220]

Der Segen imitatorischen Könnens erwies sich jedoch als
Fluch, sogar als einer im zweifachen Sinn. Denn im deutschen Sprachraum wurde und wird Robert Neumann haupt-
sächlich als Parodienverfertiger wahrgenommen, eine Be-
rufsbezeichnung, die nicht so sehr auf den Parnaß verweist
wie auf den Bezirk der Zirkusartistik. Ungestraft meinten
ihn seine Gegner und Verächter – er hat sie zeitlebens mit
dem Elan des nimmermüden Züchters vermehrt – durch die
als Schimpfwort mißbrauchte Vokabel »Parodist« erledigen
zu dürfen. Die nächste Stufe auf der Abschätzigkeitsskala
bildete der Vorwurf des Plagiats. Erika Manns Biographin
Irmela von der Lühe, her mistress's voice, erklomm sie ohne
Mühe: »Als genialer Plagiator war Robert Neumann seit

1927, seit seinem Buch ›Mit fremden Federn‹, berühmt.«
[Lühe, 267] Hinzu gesellte sich ein sozusagen inneres Verhängnis. Die Gabe virtuoser Anverwandlung verführte den
Erzähler Neumann häufig dazu, auf eine unverwechselbare
Stimme zu verzichten: Welche sprachliche Tonlage er auch
immer benötigte, sie stand ihm zur Verfügung. Das und eine
schier unerschöpfliche – melodramatische, filmartige Motive
nie verschmähende – Stoffülle beinträchtigen das Leseverg-
nügen von Neumanns beiden großen Romanen der ausge-
henden Weimarer Republik, in erster Linie »Sintflut« (1929),
in geringerem Maße »Die Macht« (1932), einer epischen »Na-
turgeschichte des Geldes«. Den »Geschmack am Anrüchigen,
Obskuren, Schwindelhaften« [MFdP, 342] wollte, konnte
er nicht verleugnen. Neumanns Kommentar lange danach:
»… einer jener über-naturalistischen Überromane, in die ein
junger Autor an autobiographischer und sonstiger Substanz
preßt, was gut und teuer ist, und habe ich in dem Buch auch
seit Jahrzehnten nicht wieder gelesen, so weiß ich doch, daß
da an Mord und Totschlag, an hohen und miesen Gefühlen,
an Homo- und Heterosexualität, und natürlich auch an Sym-
bolsubstanz so viel hineingepackt ist, daß beinahe der Ein-
band birst.« [ElL, 431]

Dessenungeachtet – Robert Neumann war nun ein bekann-
ter, in mehrere Sprachen übersetzter Autor. An seiner Betrieb-
samkeit, zumindest in den späten 20er Jahren, änderte das
nichts. Erich Kästner gratulierte dem 60jährigen mit einer
Erinnerung an frühe Begegnungen, die des Dichterkollegen
merkantile Professionalität boshaft würdigte: »Am meisten
bewunderte ich aber Ihre überlebensgroße Aktenmappe! Es
handelte sich um einen mappenförmigen Musterkoffer für
Geschäftsreisende. Er enthielt, in getrennten Lederfächern,
Ihre für den Berliner Markt bestimmten Manuskripte, und
an den oberen Fachrändern stand zu lesen, was die Fächer

enthielten, also ›Romane‹, ›Erzählungen‹, ›Kurzgeschichten‹, ›Parodien‹, ›Aufsätze‹, ›Zweitdrucke‹ und anderes mehr. Trotz Ihrer prächtigen Selbstironie und unbeschadet meines Sinnes für freiwillige Komik, an der Existenzberechtigung Ihrer musterhaften Mustermappe gab es nichts zu deuteln.« [SdFKä, 37]. Neumann tat wegen der »übelwollenden Anekdote«, die auch von Hermann Kesten verbreitet wurde, ergrimmt und schritt – scheinbar humorlos – zu einer förmlichen Richtigstellung: »Es ist eine Lüge. Ich hatte gar keinen Handkoffer, es war ein Rucksack.« [ElL, 409]

Politischer Weitsicht hat sich Robert Neumann im nachhinein nicht bezichtigt, im Gegenteil. Aber so blind, wie er sich selbst darstellte, war er sicher nicht. Am Tag der Ernennung Adolf Hitlers zum Reichskanzler weilte er – nach einer Vortragstournee – in Berlin: »... hatte ich nicht gerade einem Reporter der Wiener ›Neuen Freien Presse‹ gesagt, ich sei eben ausgiebig und öffentlich durch Deutschland gereist, hundert Menschen treffend – und nicht einen Nazi? Diese Nazis gebe es gar nicht, so sagte ich; habe es einen gewissen Hitler je wirklich gegeben, so sei es mit ihm jetzt aus.« [ElL, 19] Robert Neumann kehrte sofort nach Wien zurück. Am 26. April 1933 stand er auf der Liste jener Autoren, deren Bücher vom NS-Regime als »verbrennungswürdig« erachtet wurden [Wag, 48]. Die vernichtende Einschätzung Neumanns von nationalsozialistischer Seite spricht am deutlichsten aus einem Artikel der Serie »Juden, die wir nicht vergessen« des »Völkischen Beobachters« vom 31. Dezember 1938, kein Silvesterscherz: »Er ist das typische Beispiel für die semitische Zersetzung gewesen. Witz um des Witzes willen. Dreck – hurrah! Noch besser – Morast! [...] Aus einer geistreichen Spielerei, aus einem l'art pour l'art der übelsten Sorte wird eine Krankheit, eine Pest, die Achtung vor der ewigen Größe des Schöpferischen ableugnet. Anders ist es nicht zu erklären, da dieser Jude selbst vor Goethe, Balsac [!], Shelley, Strindberg, Dostojewski, Byron, Shakespeare, Kant mit seinen Parodien nicht haltmachte. [...] Wohl uns, da [!] diese Krankheit, die der semitische Erreger uns zugebracht hatte, mit einer Radikalkur beseitigt worden ist.« [VölkB]. Kein Wunder, dass Neumanns Biograph diesen Hetzartikel in extenso zitiert [WAG, 101]. Übertriebenes Taktgefühl, dabei die Schnitzer des »Völkischen Beobachters« stillschweigend zu verbessern. 1952 entdeckte Neumann in einem Buch des dubiosen, weil sich penetrant als »im Dritten Reich ›anständig‹ gebliebenen Deutschen« [EE, 132] präsentierenden Erich Ebermayer (»Gefährtin des Teufels. Leben und Tod der Magda Goebbels«, zusammen mit Hans Roos) ein zweischneidiges Kompliment: Goebbels habe Gästen mit Vorliebe aus dem Bändchen »Mit fremden Federn« vorgelesen, das »er fast auswendig kannte.« [EIL, 414] Und scheinbar geschmeichelt fügte er hinzu: »Wirklich schmeichelhaft ist allerdings der Zusatz des Biographen: ›N.s ätzende Schärfe stand Goebbels' eigenem Wesen zweifellos besonders nahe.‹« Der ätzende Scharfe revanchierte sich mit einer kleinen Parodie: »Magda Goebbels. Nach Erich Ebermayer« [PAR, 441 ff.]

Robert Neumann hatte, wie die übrigen im Dritten Reich verbotenen und verbrannten Autoren, den deutschen Markt verloren. Die politischen Verhältnisse in seiner Heimat Österreich, der austrofaschistische »Ständestaat«, widerten ihn an. Als er aus London das Angebot erhielt, eine Zaharoff-Biographie zu schreiben, zögerte er nicht lange. Nicht einmal seine rudimentären Englischkenntnisse schreckten ihn ab. Im Februar 1934, nach den auf Kanzler Dollfuß' Befehl von Heimwehren und Bundesheer blutig niedergeschlagenen Arbeiterunruhen, verließ Neumann Wien in Richtung England. Seine Behauptung, in Salzburg sei Stefan Zweig, »auch er auf der Flucht in das Große Elend der Fremde« [EIL, 54], in den

Zug gestiegen, hat nur ein einziger Zweig-Biograph für bare Münze genommen [Prater, 236]. Wie so oft bei Neumanns Reminiszenzen gilt auch hier: Se non è vero, è ben trovato. Oder mit Neumanns Worten: »Wie es selektive Gedächtnisse gibt, gibt es auch pointierende.« [EiL, 147]

Stefan Zweig, der allzeit Hilfreiche, wurde in London ein guter, verläßlicher Gefährte Neumanns. Er regte ihn zu dem historischen Roman »Struensee. Doktor, Diktator, Favorit und armer Sünder« (1935) an, gemeinsam arbeiteten sie an einem Drehbuch. Neumann durfte während einer ausgedehnten Vortragsreise Zweigs dessen vornehmes Apartment in der Hallam Street bewohnen. Wie Neumann ihn später schildert (»Stefan Zweigs Literatur en gros« [EiL, 114–120]), berührt darum nicht sonderlich sympathisch. Gewiß, all das ist blendend formuliert und scharf beobachtet, aber nicht mit den Augen eines Wohlgesinnten, für den Zweig ihn hielt, und eben nicht mit der von Neumann erwähnten »aufrichtigen Bewunderung für diesen warmherzigen, weltoffenen und brillanten Freund« [EiL, 116]. Er goß über den »Bewunderten« sublimen Hohn und Spott aus.

De jure war Neumann noch keineswegs Flüchtling. Inhaber eines österreichischen Passes, verbrachte er die Sommer 1935 und 1936 weiterhin in Altaussee, besuchte Frau Stefanie und Sohn Heini, die er nach dem fehlgeschlagenen Naziputsch vom Juli 1934, dem Dollfuß zum Opfer fiel, vorübergehend nach England geholt hatte. Im September 1937 brachte er sie, das nahe Verhängnis ahnend, abermals über den Ärmelkanal. Längst jedoch war die Ehe zerrüttet, fürs Gattenamt ist der homme à femmes Robert Neumann ziemlich ungeeignet gewesen. Schließlich war ein neues Liebesobjekt aufgetaucht: die Lektorin und Journalistin Franziska (»Rolly«) Becker, zwölf Jahre jünger als Stefanie. Von Neumann unternommene Experimente einer ménage à trois stellten sich, wie vorauszusehen, als zermürbend und sämtlichen Beteiligten unzumutbar heraus. Abgesehen von dem Band über Zaharoff hatte keine seiner Veröffentlichungen in England und Amerika nennenswerte Resonanz gefunden. 1937 begann er mit einem Romanprojekt, das seine bisherigen Erzählleistungen übertreffen sollte, viele halten »An den Wassern von Babylon« für sein wichtigstes Werk. Hermann Broch, dem Neumann im August 1937 ein Exposé geschickt hatte, zeigte sich – über kollegiale Freundlichkeit weit hinausgehend – hingerissen: »das skizzierte Buch« stelle »geradezu eine Meisterleistung« dar: »es ist ein Maximum an äußerer Spannung und ein Maximum an sozialen und metaphysischen Perspektiven, und ebendeshalb wird das von Ihnen darin eingebettete Judenproblem paradigmatisch und allgemeingültig, um so mehr als der Jude – Sie erinnern sich vielleicht meiner parallel laufenden Hypothese – gerade durch seinen Extremismus, den Sie gleichfalls unterstreichen, zum Exponenten des modernen Menschen schlechthin geworden ist (was nicht zuletzt zum Antisemitismus gehört). Ich bin von Ihrem Plan ausgesprochen begeistert [...].« [BrBR 1, 449] Wesentliche Teile des Textes, unter dem Arbeitstitel »The Great Misery«, entstanden nach dem »Anschluß« Österreichs im März 1938 an Nazideutschland, als Neumann zum Emigranten im Wortsinn geworden war. »An den Wassern von Babylon«, jüdische Schicksale vor dem Hintergrund eines mörderischen Antisemitismus auffächernd, ist jenseits stilistischer Brillanz durchdrungen von Ernsthaftigkeit und Trauer. Hier hatte nicht jemand irgendein spannendes, momentan aktuelles Thema gewählt, hier äußerte sich ein Betroffener voll Leidenschaft und Verzweiflung. Ausnahmsweise stimmt die Phrase: »mit Herzblut geschrieben«. Das Kapitel »Marcus oder Die Emigration« gehört zu den unvergänglichen Klassikern der deutschen Exilliteratur. »[...] nie hat uns das wilde Kampflied zur Bewahrung menschlicher Würde heißer angeweht als aus diesem Stück makelloser Prosa«, schwärmte Elisabeth Freundlich, »diese 35 Seiten sind Quintessenz einer Epoche und bleibend.« [SdFFr, 99] Daß Neumann seine Darstellung des Leidens Exil gleichsam als literarischer Psychopathologe der Beschreibung von Hanno Buddenbrooks Sterben anglich, war mehr als eine Verbeugung vor Thomas Mann: Die Nüchternheit wissenschaftlicher Idiomatik ist der größtmögliche Kontrast zu unkontrollierbarer Gefühlsintensität: »Die Emigration, emigratio communis primaria, unterscheidet sich von anderen chronischen Krankheitsvorgängen erstens dadurch, daß Patient sich des Befallenseins erst nach einer gewissen, individuell variierenden Inkubationsfrist bewußt wird. Zweitens kennt sie Zwischenperioden eines trügerischen Sichwohlbefindens, klinisch bezeichnet als Euphorie. Die, drittens, abwechseln mit für dieses Übel typischen Zuständen der Großen Verzweiflung, desperatio emigratica, Zuständen von heftig contagiösem Charakter, in denen Patient entweder, drittens A, die Einsamkeit sucht oder, drittens B, gleichartig Erkrankte aufspürend, Amok läuft und die Einsamkeit meidet. Viertens endet zu beschreibende species aus der Familie der fressenden Übel unweigerlich mit dem Tode.« [Bab, 216] Mag sein, daß zu dieser Bitterkeit, bei der die Parodie in die Tragödie kippt, tatsächlich allein der gelernte, der begnadete Parodist fähig ist.

Das Jahr 1938 markiert mehrere Brüche in der Existenz Robert Neumanns: auch die Entwicklung vom Wortjongleur zum engagierten Literaten. Im September gründete er mit Franz Werfel im südfranzösischen Sanary-sur-Mer den österreichischen PEN-Club im Exil. Werfel fungierte nominell als dessen Präsident, Neumann – der Sekretär und alsbald »Acting President« – leistete von London aus die für viele Schriftsteller und Journalisten aus Österreich lebensrettende Arbeit. Beschaffung von Visa und Bürgschaften, Korrespondenzen mit Behörden, Unterstützung der Neuankömmlinge – Neumann war unermüdlich tätig. Allein für diesen selbstlosen Einsatz würde ihm ein Ehrenplatz im kollektiven Gedächtnis gebühren. Innerhalb des »Austrian Centre«, das die Flüchtlinge betreute, förderte er alle Bestrebungen, die österreichische Identität zu festigen, außerhalb bemühte er sich, das Bild eines anderen Österreich als das der nationalsozialistischen »Ostmark« weiterwirken zu lassen. Seit 1934 mit den englischen Verhältnissen vertraut, konnte er für später Eingetroffene unentbehrliche Vermittlerdienste leisten, zumal da er endlich auch in Großbritannien als Autor Erfolge verbuchte. »By the Waters of Babylon« in der Übersetzung von Anthony Dent erzielte sechs Auflagen und war im November 1939 »Evening Standard Book of the Month« [Wag, 73]. Schon ihm März 1939 hatte Neumann den Antrag zur Erlangung der britischen Staatsbürgerschaft gestellt (die ihm erst 1947 zuerkannt wurde). Um so härter traf ihn ein halbes Jahr danach die Klassifizierung als »enemy alien« (»feindlicher Ausländer«) der Kategorie B. Somit befand er sich unter jenen, die als nicht absolut vertrauenswürdig angesehen wurden und daher 1940 interniert werden sollten. Neumann führte die Entscheidung darauf zurück, daß er »in Sünde« mit einer verheirateten Frau (»Rolly«) zusammenlebte, doch dürfte er das Tribunal auch dank des schroffen, wiewohl richtigen Hinweises, er sei »schon Nazigegner gewesen«, als »manche Leute in England noch die Naziaufmärsche in Nürnberg besuchten« [Wag, 109], gegen sich aufgebracht haben. Die mehr als drei Monate hinter Stacheldraht zählten zu den schlimmsten Perioden in Neumanns Leben, was der Leser von »Ein leichtes Leben« keinesfalls vermuten würde. Dort tischt uns Neumann unter der Überschrift »KZ auf englisch« mehr oder minder absonderliche Schwänke auf –

etwa den von der plötzlichen Vermehrung der orthodoxen
Juden im Lager, weil diese erheblich besseres Essen bekamen.
Das Motto seines in diesem Fall äußerst selektiven Gedächt-
nisses: »Was in deiner Erinnerung nicht haftenblieb, ist nicht
gewesen.« [EIL, 77] Ein Anhänger der Lehre Sigmund Freuds
müßte das eigentlich als Verdrängung bezeichnen. Neumanns
Biograph Wagener hat dessen während der Internierung ver-
faßte Tagebücher eingesehen, die eine andere, eine drastische
und erschütternde Sprache sprechen – voll Jammer und
Wut, voll Angst und Depression bis an den Rand von Selbst-
mordgedanken: »Ich kann nicht mehr. [...] Ich kann nicht
mehr weiter. [...] Sie haben mich hier zugrunde gerichtet –
dieses Volk, auf dessen Gastfreundschaft und Rechtlichkeit
ich gebaut hatte. [...] ich werde verrückt. [...] Oh, Hölle.«
[Wag, 117] Die Häftlinge im Lager Mooragh auf der Isle of
Man durften eine hektographierte Lagerzeitung gestalten.
Die »Mooragh Times« ist über Nummer 1 vom 12. August
1940 nicht hinausgekommen. Liest man das Geleitwort
Robert Neumanns auf der ersten Seite, das er auch in seinem
Internierungsjournal reproduzierte, ahnt man einerseits,
warum; anderseits befürchtet man wiederum eine Neumannsche Flunkerei. Aber das Rarissimum der »Mooragh Times«
hat sich im Nachlaß erhalten: Jedes Wort, jedes Komma
stimmt mit dem im Diarium Überlieferten überein. »Wir
wünschen dieser Zeitschrift ein kurzes Leben«, schrieb der
inhaftierte Robert Neumann. »Sie sterbe bald, mit ihrem
Anlaß. Doch liege sie nach ihrem seligen Entschlafen nicht
einfach eingesargt in den Raritätenkasten der Bibliophilen.
Uns, den Gefangenen, soll sie lebendig bleiben als ein Doku-
ment der Schande. Und unseren Gefängniswärtern als ein
Zeugnis dessen, wie da eine große Nation in diesem Sommer
1940 zum erstenmal in den Jahrhunderten ihrer heroischen
Geschichte es für richtig befunden hat, den Feldzug zur Be-

freiung abendländischer Kultur zu beginnen damit, daß sie ihre treuesten Freunde, die erbittertsten Feinde ihrer Feinde, gefangensetzt und ganz besiegt. Getrost, Freunde innerhalb und außerhalb dieses Stacheldrahts. Wir sind starke und erfahrene Überleber. Wir werden es überleben.« [MoTim]. Es gibt ein humanes, ein schönes Pathos, gegen das nichts einzuwenden ist.

Robert Neumann wurde am 24. August 1940 entlassen, doch nicht – wie bei ihm nachzulesen –, weil er einen empörten, dreisten Protestbrief an Winston Churchill geschickt hätte (»Eine Woche später war ich frei« [ElL, 82]), sondern aus Gesundheitsgründen. Daß er wieder einmal die Fiktion den Fakten vorzog, hatte eine erzieherische Ursache: Er wollte den prinzipiellen Unterschied zwischen dem nazistischen Unrechtsstaat Deutschland und dem demokratischen Rechtsstaat England betonen: »Eine abgegriffene, entwertete, kaum mehr in Zahlung genommene Münze: Demokratie. Es gab sie offenbar, trotz allem.« [ElL, 82]

Den spektakulärsten Auftritt als Sprecher der österreichischen Emigranten absolvierte Neumann am 24. Januar 1942 vor 1500 Teilnehmern, als er Churchill für dessen offizielle Erklärung, Österreich sei das erste Opfer der Naziaggression gewesen, dankte. Seine Rede gipfelte in den Worten: »Wir sind nicht mehr allein.« [Wag, 95] Das war die eine, staatsbürgerlich-patriotische Seite der Medaille. Die andere betraf seine professionell-literarische Zukunft, und diesbezüglich hatte er einen entgegengesetzten Entschluß gefaßt: Er wollte ein englischer Schriftsteller werden, das bedeutete: selbst Englisch schreiben. Sein erster englischer Roman, »Scene in Passing«, erschien 1942 in London, 1943 als »Mr. Tibbs Passes Through« in New York. Im Vorwort zu dieser Ausgabe erläuterte er seine Entscheidung: »By abandoning his native tongue he [Neumann] wanted to protest against the deeds done by others who used his native tongue. [...] Dropping that language, and adopting that of the country which had offered him freedom and hospitality, was – so he then thought – a matter of dignity. Thus, furthermore, the exile hoped to escape the curse of otherness, to throw bridges over the abyss of loneliness.« [Wag, 258 f.] Die Motive – Distanzierung von Deutsch als der Sprache der Henker, der Wunsch, seine Würde zu bewahren, und die Hoffnung, den Fluch des Andersseins und der Isolation zu überwinden – sind allesamt nachvollziehbar. Wenige außer ihm waren zu solchem Sprachwechsel fähig – etwa Hilde Spiel und Arthur Koestler. Auch dieses, sein eigenes, Husarenstück konnte Neumann jedoch lediglich ironisch würdigen: »... in einer Sprache geschrieben, die Nichtengländer für englisch halten, Engländer für ›irgendwoher von den Äußeren Hebriden vielleicht‹ oder amerikanisch, Amerikaner ebenfalls für amerikanisch ›aber nicht dorther, wo ich zu Hause bin – Amerika ist ein großes Land!‹ In Wirklichkeit war es ein Versuch, mit deutschen Sprachmitteln englisch zu schreiben – ungelenk, kämpfend um jede Metapher, tastend nach jedem Wort – ein Versuch im ganzen, der Widerstandslosigkeit, dem ›Zuvielkönnen‹, das die Jugendwerke dieses Autors charakterisierte, dadurch zu entgehen, daß er sich ein härteres Medium suchte, eine zweite sprachliche Virginität.« [EIL, 157] Die englische Kritik hingegen gelangte einhellig zu einem viel positiveren Urteil: Man rühmte die »heroische Leistung«, gleichwertig der eines Joseph Conrad, und die »meisterliche Beherrschung der Worte« wurde heimischen Autoren zur Nachahmung empfohlen [Dove, 98]. Robert Neumann hat insgesamt acht Bücher in seiner Adoptiv-Sprache abgefaßt, darunter auch den zeitgeschichtlich aufschlußreichen Roman »The Inquest« (1944) – deutsch 1950: »Bibiana Santis. Der Weg einer Frau« –, der im Londoner Emigrantenmilieu angesiedelt ist.

Mit Bibiana Santis, so Elisabeth Freundlich, schuf er seine
»zeitgültigste und packendste Frauengestalt« [SdFFr, 103].

In sein Familienleben hatte Neumann inzwischen zur
Freude der britischen Obrigkeit Ordnung gebracht: Ende
Mai 1941, als die Scheidung von Stefanie rechtskräftig wurde,
heiratete er »Rolly« Becker in Oxford. Und finanzielle Sorgen
bedrängten ihn nicht mehr, seitdem er mit dem Großverlag
Hutchinson einen Exklusivvertrag geschlossen hatte und
1943 von diesem obendrein als Programmleiter des Subver-
lags »Hutchinson International Authors« eingesetzt worden
war. Doch das private Desaster ließ nicht auf sich warten:
Am 22. Februar 1944 starb sein vielversprechender Sohn
Heini, mittlerweile in der Uniform eines britischen Soldaten,
an einer Sepsis. Die folgenden Monate waren die »furchtbar-
sten« in Robert Neumanns Leben, quälend erfüllt von Selbst-
vorwürfen: »Ich hab alles gut machen wollen«, heißt es im
unveröffentlichten Tagebuch, »ihm überall helfen. Ich hab
überall versagt.« [Wag, 133]. Hermann Broch kondolierte mit
einer Reminiszenz an den pubertierenden Heini Neumann:
»Ich erinnere mich, daß er in Aussee gesagt hat, er könne nie-
mals Schriftsteller werden, weil es bloß einen gäbe, der wirklich Stil habe, und das sei sein Vater. Das war, von allem
Wahrheitsgehalt des Ausspruches abgesehen, überaus rüh-
rend, weil sich ja darin eine sehr offenherzige und doch sehr
keusche Vaterbeziehung dokumentierte – nämlich Bewunderung und Eifersucht –, und seitdem habe ich den Buben gern
gehabt; außerdem war er ja ein so besonders schönes Men-
schenkind.« [BrBr2, 399] Leben und Weltbild des Jünglings
Heini, soweit sie in dessen Aufzeichnungen vorhanden waren, versuchte Neumann in einer fiktiven Autobiographie zu
bewahren. Das Manuskript »ROBERT NEUMANN beeing
the Journal and Memoirs of Henry Herbert Neumann edited
by his father« enthält nur kleine Bruchstücke aus der Feder

des Sohnes – der weitaus größte Teil stammt vom Vater selbst, ist sozusagen der Grundstock von Robert Neumanns autobiographischem Werk und wurde danach auch von ihm so verwendet. An seiner tiefen Trauer ist nicht zu zweifeln – allein, Neumanns durch und durch literarische Natur entwickelte eine merkwürdige Eigendynamik: Sein Selbstbild schob sich unwillkürlich vor dasjenige des toten Sohnes.

Der Sieg der Alliierten und der Untergang des Naziimperiums beendeten Neumanns Emigration keineswegs. Mit seiner Frau »Rolly« hatte er ein romantisches Anwesen in Cranbrook erworben, ein ehemaliges Pestspital, umwoben von Gespenstersagen, noch unglaubwürdiger als das von Neumann sofort aufgegriffene lokale Gerücht, Daniel Defoe habe dort seinen »Robinson Crusoe« zu Papier gebracht. Sein erster Erinnerungsband wird dann den Titel »Mein altes Haus in Kent« (1957) tragen. Auch die zweite Ehe neigte sich mittlerweile dem Finale zu. Bei der Rückkehr von einem mehrmonatigen Indien-Aufenthalt, diesmal ging es um einen kostspieligen Ausflug in die Filmproduktionswelt, war »Rolly« verschwunden, sie hatte von den Seitensprüngen des Herrn Gemahls genug. Gattin Numero drei, die Tänzerin Evelyn Walewska Hengerer (»Griselda«), war nunmehr bereits 33 Jahre jünger als der Bräutigam. 1955 wurde sein Sohn Michael Henry geboren. Viel Zeit ist der jungen Frau an der Seite des älteren Mannes nicht vergönnt gewesen. Sie starb mit 28 an einem Nierenleiden. Robert Neumann, der 63 jährige Vater eines Halbwaisen, zog 1959 mit diesem ins Tessin, in Monti bei Locarno hatte er ein kleines Haus gemietet. »Einmal Emigrant – immer Emigrant. Durchgeschnittene Wurzeln. Eine Bauernregel: ›Juden und Jesuiten sollen nicht kaufen, sondern mieten.‹« [VdH, 142] Deutschland als Dauerwohnsitz kam für ihn, wie für so viele andere Emigranten, nicht in Frage, sein Ursprungsland Österreich ebensowenig.

Seine 19 ermordeten Familienangehörigen [EiL, 158] konnte er nicht vergessen. In einem Essay für Hermann Kestens Anthologie »Ich lebe nicht in der Bundsrepublik« (1963) lieferte er dafür die bündigste Erklärung: »Es laufen zu viele Mörder frei herum. Wird einer von den redlichen Staatsanwälten (die gibt es!) gefaßt, so spricht ihn der Richter frei. Verurteilt er ihn – die Quersumme dieser Kriegsverbrecher-Verurteilungen über die siebzehn Jahre seit 45 liegt bei zehn Minuten, ich wiederhole: zehn Minuten Gefängnis für jeden Ermordeten. Und da sollte ein Exverfolgter, der weiß Gott was erlitten, der auch, unter anderem Vorzeichen eine Vergangenheit zu bewältigen hat – da sollte der zurück?« [Kest, 127]. Zugleich aber führte Neumann eine weitere Spielart des Fremdheitsgefühls an: Die Kluft zwischen seiner, der Vorkriegsgeneration, zwischen den tonangebenden Literaten der Weimarer Republik, und den nachfolgenden, cum grano salis als »Gruppe 47« und deren Umfeld zu definieren, die von einem Nullpunkt nach der Nazidiktatur ausgingen, war kaum zu überbrücken. Robert Neumann fühlte sich zum alten Eisen gerechnet, in seinen Erfahrungen – auch und gerade den traumatischen des Exils – nicht ernst genommen. »Wer ruft ihn zurück? Niemand! Die restaurative Rechte begreiflicherweise nicht: unter diesen Heimkehrern wären zu viele mit einem peinlicherweise gutem Gedächtnis. Aber auch die sogenannte literarische Linke, also die Leute, die ihre Malaise gegenüber der Restauration an sich schon für eine Gesinnung halten und ihre Jugend für ein literarisches Prärogativ unter Nachsicht der Taxen – was sollten die, um Gottes willen – mit lebendigen Heimkehrern machen? Toten – das ginge noch. Aber lebendige?« [Kest, 127] Da war er doch lieber »im vergoldeten Dead End Europas« [VdH, 317] zu Hause, »in der Sackgasse des Tessin, einem komfortablen Exil vom Exil« [VdH, 81]. Seinen literaturpolitischen Ambitionen frönte er als einer der Vizepräsidenten des Internationalen PEN und Ehrenpräsident des wiedergegründeten österreichischen PEN-Clubs, beide Funktionen boten ihm Gelegenheit, als graue Eminenz die Fäden im Hintergrund zu ziehen. Heinrich Böll 1971 auf den Stuhl des internationalen PEN-Präsidenten zu hieven war auch sein Verdienst. Alle Zeugen berichten von Neumanns offensichtlichem Spaß am Intrigieren, wobei ihm das strategische Geschick eines passionierten Schachspielers nachgesagt wird. Daß er nicht zu den Kalten Kriegern gerechnet werden konnte, sich im Gegenteil um Verbindung zu den Schriftstellern der DDR bemühte und den antifaschistischen Konsens der weiland Anti-Hitler-Koalition im Exil nicht sang- und klanglos begraben wollte, trug ihm den Ruf eines Kryptokommunisten ein und setzte zwei seiner Freundschaften harten Belastungsproben aus – die zu Manès Sperber und vor allem jene mit Friedrich Torberg, dem Herausgeber des »FORVM«. Über ihn prägte er das hübsche Bonmot: »Ich fürchte, er verspeist zu jedem Frühstück einen Kommunisten wie andere Leute ein weiches Ei.« [EIL, 425] Und weiter: »Es ist leider ein akuter Fall von politischem Irresein. Wie alle Irren hält er alle möglichen anderen Menschen für irre – zum Beispiel mich. Was aber meine Liebe für ihn nie schmälern wird.« [EIL, 425f.] Vorausgegangen war dem ein brieflicher Disput im Februar/März 1961. Hatte Torberg ihm am 6. 3. ihre »immerhin dreißigjährige Beziehung« aufgekündigt, rief ihn Neumann am 10. März zur Raison: »Seien Sie doch kein Narr. Wer sich im Kampf gegen die Diktaturen rechts und links Ihre antidiktatorische Diktatur gefallen läßt, kann ja doch nur ein Würstchen sein; und verarge ich es Ihnen schon, wenn Sie Ihre stupende Begabung an die Vernichtung der Würstchen unter Ihren Gegnern verschwenden, so betrachte ich es geradezu als einen Charakterfehler, wenn ein Mann wie Sie sich mit

Würstchen als Freunden zufriedengibt. […] und vermengen Sie Politisches nicht mit Privatem, und schreiben Sie mir nie wieder solche Abschiedsbriefe, sonst sag' ich es der Marietta, die Verständnis dafür haben wird, daß man sich Tyrannen nicht beugen darf.« [FTKor, 268f.] In der Tat hat das Eingreifen der lebensklugen Marietta Torberg ein sinnloses Zerreißen dieser Lebensbande unter Geistesverwandten verhindert: »[…] sagen Sie ihr, ich hätte immer schon gewußt, daß ich mich auf sie verlassen kann. Sie ist ein gescheites Mädchen.« [FTKor, 272]. In »Vielleicht das Heitere« nannte Neumann Torberg – das Fremdporträt als Selbstporträt – einen witzigen, hochbegabten, streitbaren Mann, über den er sich »ununterbrochen herzlich ärgere. Beinah der einzige Freund, trotz allem. Sicher der einzige, dessen Idiom ich spreche. Der mein Idiom spricht.« [VdH, 515; siehe auch VdH, 130]

Privat hatte Robert Neumann ein spätes Glück gefunden: die deutsche Rundfunkmitarbeiterin Helga Margarete Heller. Seine vierte, letzte Ehefrau, 1960 in Locarno geheiratet, war 37 Jahre jünger als er, was sie weniger störte als ihn. Eine Bemerkung seines Sohnes Michael – »[…] ich bin so traurig, daß du schon so alt bist und bald sterben mußt. Ich werde dann eine ganze Woche weinen, aber nicht mehr.« [Wag, 172f.] – hielt er halb belustigt, halb traurig im unveröffentlichten Journal fest. Robert Neumanns Hypochondrie verstärkte sich zusehends. Der Anlaß, das »Tagebuch aus einem anderen Jahr« unter dem Titel »Vielleicht das Heitere« zu konzipieren und publizieren, war sein Irrglaube, unmittelbar todgeweiht zu sein. Anderslautende Prognosen seines Arztes schlug er – mit der Selbstgewißheit des ehemaligen Medizinstudenten – in den Wind.

Die Klage der Vereinsamung erklingt als depressives Leitmotiv in Neumanns späten, persönlich gefärbten Texten: Seine Arbeits- und Lebensbilanz ergab, »daß man isoliert ist.

Respektiert von einigen, gehaßt von einigen, ignoriert von vielen. Herzliches kommt von ein paar wirklichen Freundinnen. Kein wirklicher Freund? Ein paar mir Wohlgesinnte. Herzuzählen an den Fingern einer Hand. Aber nicht ein Freund.« [VdH, 11] Ein zweiter häufig auftauchender Begriff ist der vom »Trotzdemimmernochlebendigen« mit seinem beschwörenden Unterton – als müsse er sich versichern, präsent zu sein, obwohl von der Umwelt lange schon ins Abseits gedrängt. Es war – abgesehen vom Politologen Wolfgang Abendroth und dem Schriftsteller Gerhard Zwerenz – die Enkelgeneration, die der Studentenbewegung, der er etwas zu sagen hatte und die er zu verstehen dachte. Hier fielen seine Appelle, die braune Vergangenheit nicht auf sich beruhen zu lassen, auf fruchtbaren Boden. Das dritte, sehr früh gebrauchte Schlüsselwort seiner Existenz war die Eigenprägung des »Überlärmens«. Es bedeutet nicht zuletzt die Flucht vor dem Ernst ins Spiel, aus dem Leisen ins Laute, aus der Niedergeschlagenheit in »Militanz und Aggression« – um Furcht und Schrecken zu übertönen, wie es ein pfeifendes Kind im finsteren Wald tut.

Nein, in das Los des allmählich würdig werdenden Greises wollte er sich nie schicken, er bevorzugte aufmüpfige Altersradikalität. Auseinandersetzungen wich er nicht aus, er spürte deren verborgene Quellen vielmehr mit der Wünschelrute auf. Robert Neumann steigerte die aggressive Polemik gegen die Gruppe 47 – als Clique der mäßig Begabten und »wechselseitige Hagelschaden-Versicherung«, »vergreiste Teenager mit einer großen Zukunft hinter sich« [Wag, 203] – so lange, bis eine öffentliche Reaktion der Attackierten unvermeidlich war. Der Gedanke, dabei gegen potentielle politische Verbündete in der Ablehnung der Wirtschaftswunderselbstzufriedenheit zu Felde zu ziehen, war ihm anscheinend fremd. Daß der fulminante Formulierer auch des öfteren rhetorisch recht behielt, wenn er unrecht hatte, liegt in der Natur der Sache. Neumann machte sich hinsichtlich des Problematischen seines Wesens keine Illusionen. Über »das Ineinanderspielen, in mir selbst, von Wahrheitssucht, Selbstgerechtigkeit, Streitlust, Sensationslust, Eitelkeit, Courage. Kenne sich da der Teufel aus.« [VdH, 305]

Von heftigen Ambivalenzen zeugt der Fall des Neumann-Romans »Olympia« (1961), eine ironische Ergänzung zu Thomas Manns »Felix Krull«. Dessen Schwester, von Mann bloß erwähnt, erzählt darin ihre Geschichte – die der gealterten Kokotte Olympia de Croulle. Thomas Manns »Erbtochter« und Nachlaßverwalterin Erika Mann (und mit ihr der S. Fischer Verlag) betrachteten das Opusculum als Plagiat, was es nicht war, und gingen vor Gericht. Gegenseitige Bezichtigungen und Beschimpfungen – hie »professioneller Drollmops«, da »geistig sterile Existenz«, eventuell auch »Gewitterziege« [HP, 204] – erzeugten ein für sämtliche Beteiligten unwürdiges Medienspektakel. Aus der Korrespondenz zwischen Neumann und seinem Verleger Kurt Desch läßt sich erkennen, daß das Ganze ein von Verlag und Autor kalkulierter Skandal mit dem publicityträchtigen Ziel gewesen ist, eine einstweilige Verfügung und eine Klage gegen den Band zu provozieren [HP, 213 ff.], um den Absatz zu steigern. Es gelang. Thomas Mann, den Robert Neumann, wenn auch mit einer Prise Spott, verehrt hatte wie keinen zweiten Schriftsteller, konnte mit dessen ihm regelmäßig zugesandten Werken – außer den hoch geschätzten Parodien – nichts anfangen. Er schwieg beredt. In »Olympia«, einem allzu üppig angelegten literarischen Scherzo, steckt wohl auch ein Quentchen unbewußter Rache für narzißtische Kränkung.

Marcel Reich-Ranicki hat »Olympia« verrissen – »ein braves und biederes, staubbedecktes Buch, das man getrost auch Backfischen geben kann. Fast jede Maupassant-Novelle ist

pikanter.« [MRR, 171]. Das schmerzte. Über seinen Rache-
impuls war sich Neumann im klaren (VdH, 57 ff.], er gab
ihm schließlich – hin- und hergerissen – trotzdem nach. Der
Roman »Der Tatbestand oder Der gute Glaube der Deutschen« (1965) behandelt ein brisantes Thema – das durch den
Holocaust »vermasselte« deutsch-jüdische Verhältnis: »Dieser
Pseudo-Philosemitismus, dieser latente Haß, dieser irrepa-
rable Mangel an wechselseitiger Unbefangenheit« [VdH,
148]. Im Mittelpunkt: der jüdische Journalist polnischer
Herkunft Sahl-Sobieski, Überlebender des Gettos Litz-
mannstadt und des KZ, der 20 Jahre danach mit einer Selbst-
anzeige einen Prozeß gegen sich Rollen bringt, weil er 1945
bei dem Versuch, in die Schweiz zu flüchten, zwei Juden
einem SS-Mann denunziert und damit der »Endlösung« aus-
geliefert habe. Hätte Neumann in seinem 1968 erschienenen
Tagebuch »Vielleicht das Heitere« nicht immer wieder davon
gesprochen, Reich-Ranicki zur Hauptfigur des damals ent-
stehenden Romans zu machen, würden die wenigsten auf den
Gedanken verfallen, irgendwelche Parallelen zwischen Reich-
Ranicki und Sahl-Sobieski zu konstruieren. Erich Fried
allerdings monierte schon 1965 in der »ZEIT«, in diesem
»gründlich mißglückten« Buch werde der »Argwohn« geweckt,
»Robert Neumann habe wieder einmal seiner Gewohnheit
gehuldigt, in seine Arbeiten mehr oder minder entstellte
Namen und Lebensskizzen von Menschen einzubauen, die er
nicht mag oder auf diese Weise für etwas strafen will.« [Fried
1965]. Beklemmende, ewige Wiederkehr des gleichen: daß
eine Passage des »Tatbestand« (»Wozu noch kam: er sah doch
tatsächlich aus wie aus dem ›Stürmer‹ geschnitten …« [TB,
288]) ohne weiteres aus Martin Walsers Schlüsselroman »Tod
eines Kritikers« (2002) stammen könnte. Beide Bände haben
übrigens eine vergleichbare Schlußpointe: Jenes Paar, an dessen Auslöschung sich Sahl-Sobieski schuldig fühlte, taucht

schließlich ebenso frisch und munter auf wie der vermeintlich ermordete Starkritiker Ehrl-König. »Speichel auf den Lippen und lispelnd, wenn er lebhafter sprach«; Ekel über das »weiße Zeug, das ihm »in den Mundwinkeln blieb« – die Quizfrage wäre lohnend, was davon Sahl-Sobieski in Neumanns »Der Tatbestand« zugeschrieben wird und was Ehrl-König bei Walser. Hans Flesch-Brunningen, Hilde Spiels zweiter Mann, der Neumann bereits in Wien und dann in London gut kannte, hat sich in seinen Memoiren so nobel wie möglich, quasi mit britischem Understatement, ausgedrückt: »kein ungefährliches und angenehmes Kind von Neumanns Muse«, ein »nicht eben sehr faires Spiel mit dem guten Ruf und Status des Betreffenden.« [FB, 236]. Angesichts von Reich-Ranickis Überlebensgeschichte ließe sich das auch schärfer sagen: Es war schäbig, an der Grenze zur Perfidie.

Neumanns Biograph Wagener widmete dessen Verhältnis zu seinem Kritiker ein eigenes Unterkapitel: »Marcel Reich-Ranicki, das Alter ego« [Wag, 239–243]. Vermutlich hat er dabei Aussagen Neumanns allzu wörtlich genommen: »[…] er und ich zwei Trotzdemimmernochlebendige, darum meine Intimkenntnis seiner Defekte, darum seine Intimkenntnis meiner Defekte. Wir sollten Freunde sein und sind es nicht – das macht uns einander hassenswert.« [VdH, 59] Und an anderer Stelle: »[…] ein gut Teil der Arbeit am Roman war ein Blick in seine Augen: in ihnen spiegelt sich mein Gesicht. Das ist es: Dieser Mann ist mir auf eine erbitternd intime Weise angeglichen. Ein Verwandter; ein ungeliebter Verwandter«. [VdH, 484]. Unheimlich, daß die Eintragung Konsequenz einer TV-Diskussion mit Reich-Ranicki war – der dritte im Bunde: Martin Walser.

Als Robert Neumann 1970 zufällig Reich-Ranickis »alten Angriff« auf sich wieder las, notierte er: »Viel Zutreffendes. Ungerecht feindselig reagiert, statt besser hinzuhören.«

[Wag, 243] Der krönende Abschluß von Wageners Biographie hätte dem Biographierten wohl eher nicht behagt: Das Fazit über den »Homme de lettres und unbequemen Mahner« Robert Neumann mündet ausgerechnet in ein überaus positives Zitat Marcel Reich-Ranickis [Wag, 247].

Im Tessin, unweit von Neumann, der 1969 mit Frau und Kind in eine Mietwohnung samt Terrasse mit Postkartenblick über den Lago Maggiore umgezogen war, sind mehrere prominente Schriftsteller unterschiedlicher Güte ansässig gewesen. Man wich, wohl auch wegen Neumanns Animositäten, einander aus. Mit Alfred Andersch hatte er 1959 von ihm angezettelte publizistische Sträuße ausgefochten – 1969 besuchte er ihn in Berzona: »Guter Nachmittag bei Anderschs. Schad um verlorene zehn Jahre ›Feindschaft‹.« [Wag, 189]. Erich Maria Remarque, seit 1931 Besitzer der »Casa Monte Tabor« voll von Kunstschätzen in Porto Ronco, mied er lange Zeit ebenfalls. Das Trefflichste an Neumanns Parodie »Remarc de Triomphe« (Par, 393–396) ist der Titel. Nach einem Abendessen im Hause Remarque war wiederum eine Urteilsrevision fällig »[…] hinter all dieser Unterhaltungs- und Spannungsperfektion (und das ist das Besondere an Remarque, das zu übersehen man leichtfertig bereit ist) steht eine Sauberkeit der Gesinnung, eine Absage an Opportunismus und Liebedienerei, die gerade bei einem so sehr in die Breite wirkenden Schriftsteller imponierend sind. Hinter all dem Nabob-Getue – was für ein guter Mann!« [VdH, 100 f.] Als er hörte, Remarque sei schwer erkrankt, erkundigte er sich telephonisch nach dessen Befinden und sinnierte: »Wann immer ich etwas über ihn sagte, ließ ich mich hinreißen vom Laster der Pointe.« [VdH, 296].

Im Falle des Zwists mit Hans Habe, der in Ascona die prunkvolle Villa »La Timonella« bewohnte, sah er freilich keinen Grund, seine Position irgendwann in Frage zu stellen.

Neumann konnte Habe von Anfang an nicht leiden, als der Sohn des korrupten Zeitungszaren Imre Békessy sich Österreichs faschistischer »Heimwehr«-Presse angedient hatte, und hielt an seiner Habe-Aversion bis zum letzten Atemzug fest: Der ungemein erfolgreiche Trivialromanfabrikant und reaktionäre Kolumnist Habe, Verfasser einer der auftrumpfend verlogensten Autobiographien der Weltliteratur (»Ich stelle mich«, 1954), war ihm ein Dorn im Auge. Sein Verleger Kurt Desch, bei dem – zu Neumanns Kummer – ebendiese lächerlich eitle Selbstbeweihräucherung herausgekommen war, sollte ihm deshalb prompt »Sippenhaftung« [WAG, 194] vorwerfen. In der Wochenzeitung »DIE ZEIT« waren 1962 Auszüge aus Neumanns »Ein leichtes Leben« abgedruckt worden, in denen nebenbei und durchaus ungehässig von Békessy die Rede war [ElL, 407]. Habe tobte – gegenüber dem verantwortlichen Redakteur, dem Neumann sehr gewogenen Feuilletonchef Rudolf Walter Leonhardt, und vor allem bei ZEIT-Verleger Bucerius, mit dem er halbfreundschaftlichen Umgang pflog. In einem vierseitigen Beschwerdebrief des, er schrieb es selbst, »berühmtesten deutschsprachigen Romanciers im Ausland« Hans Habe an Bucerius entdecken wir Erstaunliches: »Die großen jüdischen Repräsentanten der zwanziger Jahre sind tot. Übriggeblieben ist, was sich unbemerkt am Boden des Abfallkübels befand, Leute wie Robert Neumann, Heinz Liepman, Reich-Ranicki. Sie ›gefährden‹ die deutsche Literatur nicht. Es sind arme Schlucker, die bereit sind, für ein paar Mark Herrn Leonhardt Kapo-Dienste zu leisten.« [Habe]. Soviel zum Humanisten Habe. Der feinsinnige Polemiker Hans Habe äußerte sich in einem Leserbrief: »Der an schwerer Senilität leidende Robert Neumann, ein in die Literatur verirrter kleiner Parodist, der teils von Thomas Mann ›Anleihen‹ nimmt […], teils sich mit Pornographie – in einem ›konkret‹-Artikel kommt das Wort ›F…‹ gezählte siebzigmal vor – über Wasser hält ...« [Wag, 195]. Da lobt man sich Robert Neumanns von Bosheit glitzernde Parodie auf den Memoirenschreiber Habe. »Ich stelle mich aus« ist eine Paradebeispiel dafür, daß Verachtung sehend machen kann: »Die Schlacht von Les Deux Magots, die einzige siegreiche dieses Feldzuges, war, wie ich hier enthüllen will, mein Werk: Ich hatte die Deutschen persönlich umzüngelt und an ihren empfindlichsten Stellen aufgerieben. Als die Siegesglocken läuteten, lag ich in einer verlassenen, schon in zweiter Generation katholischen Dorfkirche einsam auf meinen Knien, im Zwiegespräch mit meinem Schöpfer ... Der Rosenkranz, den ich dabei benützte, war mir von einer französischen Bordellmutter gegeben worden; aber deutsche Worte stammelten über meine Lippen. Ich liebe budapesterisch; ich heirate womöglich amerikanisch; aber ich bete deutsch.« [Par, 440]. Um auch eine Anleihe bei Thomas Mann zu nehmen: Gerade in seinem Hass und Kampf hat Robert Neumann »ein wenig höhere Heiterkeit in die Welt getragen«.

Zitierte Quellen und Literatur

Bab   Robert Neumann: *An den Wassern von Babylon.* Roman.
München (dtv) 1991.

BrBR1   Hermann Broch: *Briefe 1 (1913–1938).* Dokumente und
Kommentare zu Leben und Werk. Hrsg. von Paul Michael Lützeler.
Frankfurt am Main 1981.

BrBR2   Hermann Broch: *Briefe 2 (1938–1945).* Dokumente und
Kommentare zu Leben und Werk. Hrsg. von Paul Michael Lützeler.
Frankfurt am Main 1981.

ChoV   Robert Neumann: Children of Vienna. A Novel.
London 1946.

Dove   Richard Dove: *Almost an English Author: Robert Neumann's
English-Language Novels.* In: German Life an Letters 51: 1, January
1998, S. 93–105.

EE   Erich Ebermayer: *Eh' ich's vergesse ... Erinnerungen an Gerhart
Hauptmann, Thomas Mann, Klaus Mann, Gustaf Gründgens, Emil
Jannings und Stefan Zweig.* Hrsg. und mit einem Vorwort von Dirk
Heißerer. München 2005.

EIL   Robert Neumann: *Ein leichtes Leben. Bericht über mich selbst und
Zeitgenossen.* Wien-München-Basel 1963.

FAZ 74   Martin Gregor-Dellin: *Geschichten aus der Trümmerwelt.
Robert Neumanns »Die Kinder von Wien«.* In: Frankfurter Allgemeine
Zeitung, 28. 11. 1974.

FAZ 80   Gert Ueding: *Im Keller eines zerbombten Hauses. Eine Chronik vom unmenschlichen Leben nach dem Krieg.* In: Frankfurter Allgemeine Zeitung, 16. 2. 1980.

FB   Hans Flesch-Brunningen: *Die verführte Zeit. Lebenserinnerungen.* Hrsg. und mit einem Nachwort von Manfred Mixner. Wien-München 1988.

Fried   Erich Fried: *Bestandsaufnahme eines Tatbestandes. Robert Neumanns Roman über den guten Glauben der Deutschen.* In: Die Zeit, Nr. 49, 3. 12. 1965, S. 2 f.

FTKor   Friedrich Torberg: *In diesem Sinne … Briefe an Freunde und Zeitgenossen.* Mit einem Vorwort von Hans Weigel. Hrsg. von David Axmann, Marietta Torberg und Hans Weigel. München-Wien 1981.

Habe   Hans Habe: *Brief an Gerd Bucerius, Ascona, 5. Juni 1962.* Bucerius-Archiv Hamburg. Für die Vermittlung einer Kopie dankt der Verfasser Klaus Harpprecht.

Hent   Hartmut v. Hentig: *Vom Wert der Umwertung. »Die Kinder von Wien« des Robert Neumann.* In: Merkur. Deutsche Zeitschrift für europäisches Denken. 29. Jg., Heft 3, März 1975, S. 287–293.

HP   Holger Pils: *Parodie, Plagiat oder nur PR? Robert Neumanns Olympia (1961) und der Rechtsstreit mit Thomas Manns Erben.* In: Anne Maximiliane Jäger (Hg.): Einmal Emigrant – immer Emigrant? Der Schriftsteller und Publizist Robert Neumann (1897–1975). München 2006, S. 204–230.

Kest   Hermann Kestern (Hrsg.): *Ich lebe nicht in der Bundesrepublik.* München 1964.

KvW79   Robert Neumann: *Die Kinder von Wien.* Roman. Mit einer Einführung von Christine Nöstlinger. Weinheim und Basel 1979.

Lühe   Irmela von der Lühe: Erika Mann. Eine Biographie. Frankfurt / New York 1993.

MFdP   Hermann Kesten: *Meine Freunde die Poeten.* München 1959.

MRR Marcel Reich-Ranicki: Robert Neumann und sein Roman
»Olympia«. In: Marcel Reich-Ranicki: Deutsche Literatur in West
und Ost. Reinbek bei Hamburg 1970, S. 168–172.

MoTim *Mooragh Times.* No. 1. August 12 th, 1940. Bibliothek
des Dokumentationsarchivs des österreichischen Widerstands
DÖW 541.

NÖ48 r. k.: *Mißratene Kinder? – Mißratenes Buch! Notwendige
Korrektur eines verzerrten Bildes von Wien und seiner Jugend.* In: Neues
Österreich, 6. 6. 1948, S. 3 f.

Par Robert Neumann: *Die Parodien. Mit fremden Federn. Unter
falscher Flagge. Theatralisches Panoptikum. Zur Ästhetik der Parodie.*
Gesamtausgabe. Wien-München-Basel 1962.

Prat Donald A. Prater: *Stefan Zweig. Das Leben eines Ungeduldigen.*
Aus dem Englischen von Annelie Hohenemser.
Frankfurt am Main 1984.

SdFFr Elisabeth Freundlich: *Die Welt Robert Neumanns.*
In: *Robert Neumann. Stimmen der Freunde. Der Romancier und sein
Werk. Zum 60. Geburtstag am 22. Mai 1957.* Wien-München-Basel
1957, S. 63–131.

SdFKä Erich Kästner: *Brief an Robert Neumann.*
In: Robert Neumann: *Stimmen der Freunde.* A. a. O., S. 36 ff.

Stad Franz Stadler: *Robert Neumann als Autor der Children of
Vienna.* In: Anne Maximiliane Jäger (Hrsg.): *Einmal Emigrant –
immer Emigrant.* A. a. O., S. 231–255.

TB Robert Neumann: *Der Tatbestand oder Der gute Glaube der
Deutschen.* Roman. München 1965.

VdH Robert Neumann: *Vielleicht das Heitere. Tagebuch aus einem
andern Jahr.* München-Wien-Basel 1968.

VölkB *Juden, die wir nicht vergessen. Aus Passion ins Panoptikum.*
In: Völkischer Beobachter, 31. 12. 1938.

Wag Hans Wagener: *Robert Neumann. Biographie.* München 2007.

ROBERT NEUMANN, geboren 1897 in Wien, gestorben 1975 in München, gehörte in den späten 20er und frühen 30er Jahren mit seinen parodistischen und satirischen Schriften und Romanen zu den produktivsten Schriftstellern in Österreich. Nachdem seine Werke 1933 von den Nazis verboten worden waren, emigrierte er 1934 nach Großbritannien. Als einer der wenigen Schriftsteller im Ausland begann Neumann sofort in der englischen Sprache zu schreiben und zu publizieren; er arbeitete für die BBC, war Lektor (und Teilhaber) eines Verlages, der Autoren wie Heinrich Mann ins Englische übersetzte, wurde 1947 britischer Staatsbürger und lebte seit 1958 in Locarno. In den sechziger Jahren machte sich Neumann auch als Literaturkritiker und politischer Publizist für linksliberale und satirische Zeitungen und Magazine wie »konkret«, »DIE ZEIT« und »pardon« einen Namen.

DIE KINDER VON WIEN von **Robert Neumann** ist im
März 2008 als zweihundertneunundsiebzigster Band der
ANDEREN BIBLIOTHEK im Eichborn Verlag, Frankfurt
am Main, erschienen.
Der Roman wurde 1946 in englischer Sprache erstveröffent-
licht und 1974 in Neumanns eigener Übersetzung erstmals
in Deutschland publiziert.
Ulrich Weinzierl hat zu diesem Band einen biographischen
Essay beigesteuert. Das Lektorat lag in den Händen von
Palma Müller-Scherf.

DIESES BUCH wurde in der Ehrhardt gesetzt und bei
der Fuldaer Verlagsanstalt auf 100 g/m² holz- und säure-
freies mattgeglättetes Bücherpapier der Papierfabrik
Schleipen gedruckt und gebunden. Reproduktionen im
Duotone-Verfahren von Möller Medienproduktion,
Leipzig. Typographie und Ausstattung: Christian Ide und
Lisa Neuhalfen.

1.–6. Tausend März 2008.
Dieses Buch trägt die Nummer:

✳   01592

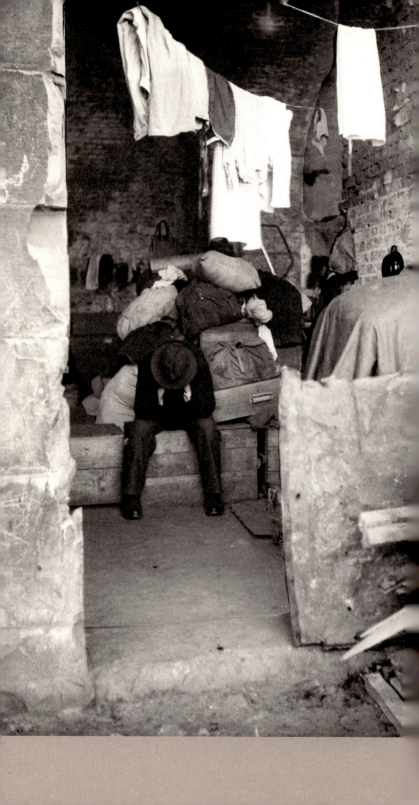